ROMAN KLEMENTOVIC

WENN DAS LICHT GEFRIERT

ROMAN KLEMENTOVIC

WENN DAS LICHT GEFRIERT

THRILLER

GMEINER

*Personen und Handlung sind frei erfunden.
Ähnlichkeiten mit lebenden oder toten Personen
sind rein zufällig und nicht beabsichtigt.*

Gedicht auf Seite 6 entnommen aus: Herausgegeben von Alexander Gorkow. Lindemann, Till: In stillen Nächten. Gedichte. Mit Illustrationen von Matthias Matthies. © 2013 Kiepenheuer & Witsch GmbH & Co. KG. 2013, Köln.

Immer informiert

Spannung pur – mit unserem Newsletter informieren wir Sie regelmäßig über Wissenswertes aus unserer Bücherwelt.

Gefällt mir!

Facebook: @Gmeiner.Verlag
Instagram: @gmeinerverlag
Twitter: @GmeinerVerlag

Besuchen Sie uns im Internet:
www.gmeiner-verlag.de

© 2020 – Gmeiner-Verlag GmbH
Im Ehnried 5, 88605 Meßkirch
Telefon 0 75 75 / 20 95 - 0
info@gmeiner-verlag.de
Alle Rechte vorbehalten
1. Auflage 2020

Lektorat: Claudia Senghaas, Kirchardt
Herstellung: Mirjam Hecht
Umschlaggestaltung: U.O.R.G. Lutz Eberle, Stuttgart
unter Verwendung eines Fotos von: © jaedo976 / stock.adobe.com
Druck: GGP Media GmbH, Pößneck
Printed in Germany
ISBN 978-3-8392-2770-1

Für Elea.

Schön, dich bei uns zu haben!

In stillen Nächten weint ein Mann
weil er sich erinnern kann

»Liebe« von Till Lindemann

PROLOG

Sonntag, 7. September 1997

Im ersten Moment begriff Monika nicht, weshalb sie aufgewacht war. Letzte Fetzen eines absurden Fiebertraums hingen noch an ihrem Verstand fest. Es fiel ihr schwer, einen klaren Gedanken zu fassen.

Einen Augenblick lang lag sie einfach nur da und starrte an die finstere Decke. Bis ihr der fahle Geschmack in ihrem Mund bewusst wurde. Sie versuchte zu schlucken, doch die Schmerzen in Rachen und Mundhöhle waren zu heftig. Die Medikamente, die sie einige Stunden zuvor genommen hatte, hatten längst ihre schmerzlindernde Wirkung verloren. Zudem schien die Entzündung über Nacht schlimmer geworden zu sein. Jetzt fühlte es sich an, als hätte sie ein Knäuel Stahlwolle hinuntergewürgt.

Blind tastete sie nach dem Glas auf ihrem Nachtkästchen. Sie sehnte sich nach einem Schluck Wasser. Doch als sie es anhob, stellte sie fest, dass es leer war.

Mist!

Sie machte die Nachttischlampe an und sah nach links. Sie erwartete, Thomas dort auf dem Bauch liegen zu sehen. Den Kopf im Kissen vergraben. Arme und Beine ausgestreckt und seltsam in die Decke verheddert. Sie erwartete, dass alles so sein würde wie immer.

Doch das war es nicht.

Thomas war nicht da.

Erst jetzt fiel es ihr wieder ein. Und mit einem Schlag war

die Angst zurück. Wie eine Schicht Raureif, die sich blitzartig über ihren ganzen Körper gelegt hatte.

Sie fuhr im Bett hoch. Wie lange hatte sie geschlafen?

Thomas hatte offensichtlich mitbekommen, dass sie aufgewacht war. Sie hörte ihn aus dem Flur. Im nächsten Moment erschien er im Türrahmen.

Der Ausdruck auf seinem Gesicht ging ihr durch Mark und Bein.

»Und?«, fragte Monika. Selbst dieses eine Wort bescherte ihr Schmerzen.

Er schüttelte stumm den Kopf.

»Hast du in ihrem Zimmer nachgesehen?«

Noch so eine unnötige Frage. Natürlich hatte er das.

»Sie ist nicht da.«

Monika blickte zum Fenster. Weil sie die Lampe angemacht hatte, konnte sie nicht mit Sicherheit sagen, ob bereits ein Hauch von Licht durch die feinen Rillen der Jalousie fiel.

»Wie spät ist es?«

»Kurz nach fünf.«

Monika rang nach Luft.

Am Vorabend hatte Thomas sie noch zu beruhigen versucht. »Du kennst doch Anna. Du weißt, was für eine Träumerin sie ist. Sicher hat sie bei einer Freundin geschlafen und die Zeit aus den Augen verloren. Das ist ihr doch schon öfter passiert.«

Das stimmte nicht. Nur ein einziges Mal war so etwas vorgekommen. Damals hatte zum Glück ein Anruf bei den Sommers genügt. Anna hatte bei Valerie, ihrer besten Freundin, übernachtet und vergessen, ihnen Bescheid zu geben. Danach hatte Monika ihrer Tochter eine gehörige Standpauke gehalten. Sie war sich eigentlich sicher gewesen, dass

Anna sie nie wieder derart im Ungewissen lassen würde. Ihre Tochter hatte es ihr doch hoch und heilig versprochen.

Natürlich hatten sie es auch dieses Mal gleich bei den Sommers versucht. Aber Valerie hatte Anna seit Freitagnacht nicht mehr gesehen. Und sie hatte auch nicht sagen können, wo Anna war oder mit wem sie mitgegangen sein konnte, weil sie schon vor ihr, kurz nach 1 Uhr, das Lokal verlassen hatte, in dem die beiden sich mit Freunden getroffen hatten, um Annas 18. Geburtstag vorzufeiern. Anscheinend war es zu einer Pöbelei zwischen Valeries Exfreund und einem anderen Jungen gekommen, und dem Mädchen war die Lust zu feiern vergangen.

Auch Annas übrige Freundinnen hatten keinen Hinweis zu ihrem Aufenthaltsort geben können. Angeblich war Anna keine Viertelstunde nach Valerie verschwunden gewesen – ohne sich zuvor von irgendjemandem verabschiedet zu haben. Ob Anna alleine oder in Begleitung das Lokal verlassen hatte, konnte scheinbar niemand sagen. Was seltsam war. Weil angeblich eine Unmenge an Menschen dort gewesen war. Da musste doch irgendjemand etwas gesehen haben.

Als es gestern dunkel geworden war, hatte Thomas noch den Gelassenen gegeben. »Schatz, glaube mir, Anna geht es gut. Du brauchst dir keine Sorgen zu machen. Du solltest dich besser ausruhen und ein wenig schlafen. Ich bleibe wach und warte auf sie. Du wirst sehen, sie kommt sicher bald nach Hause.«

Erst hatte Monika sich geweigert. Aber als gegen halb zwölf ihr Fieber höher geworden war und es anfing, ihr richtig dreckig zu gehen, gab sie schließlich nach.

»Aber nur eine Stunde«, hatte sie gesagt. »Bitte weck mich dann.«

»Ich weck dich, sobald Anna heimgekommen ist.«

»Aber …«

»Vertrau mir«, hatte Thomas sie unterbrochen. »Alles ist gut. Morgen früh ist sie wieder da. Es ist ihr 18. Geburtstag. Denkst du ernsthaft, Anna lässt sich die Geschenke entgehen?«

Er hatte sich in einem Lächeln versucht, was ihm gründlich misslang, und sie auf die schweißnasse Stirn geküsst. Doch jetzt war es *morgen früh*. Und nichts war gut. Anna war immer noch nicht da. Und nun konnte auch Thomas seine Nervosität nicht länger verbergen.

Einen Moment lang schien er zu hadern. Dann trat er ins Schlafzimmer und setzte sich mit einem tiefen Seufzer zu ihr an die Bettkante. Jetzt, da sie ihn aus der Nähe sah, war sich Monika sicher, dass er die ganze Nacht kein Auge zugemacht hatte.

Er nahm ihre Hand, drückte sie. Öffnete seinen Mund, schloss ihn wieder, ohne etwas gesagt zu haben. Stattdessen begann er, an seiner Unterlippe zu kauen.

Sekunden verstrichen. Sie schwiegen einander an. Es war nicht mehr als ein letztes Hinauszögern.

Schließlich atmete er tief durch, rieb sich mit beiden Händen das Gesicht und erhob sich schwerfällig. »Ich rufe jetzt die Polizei.«

*

Montag, 8. September 1997

Für einen Septemberabend war es ungewöhnlich heiß. Am Himmel war kaum eine Wolke zu sehen, und obwohl die Sonne schon tief stand, brannte sie immer noch mit einer ungeheuren Kraft auf sie hinab. Viel zu spät waren Sonnencremen durchgereicht worden. Allen stand der Schweiß im glühend roten Nacken. Die Kleidung klebte unangenehm auf der Haut. Nicht die leiseste Brise brachte Erleichterung. Die Blätter an den Bäumen hingen starr. Die ganze Gegend schien den Atem anzuhalten.

Das Schicksal ihrer Tochter war immer noch ungewiss. Anna war seit fast drei Tagen wie vom Erdboden verschluckt. Und das, obwohl die örtliche Polizei Verstärkung angefordert hatte, eine Suchhundestaffel und sogar ein Hubschrauber im Einsatz waren. Das tiefe Rattern hoch über ihnen unterstrich den Ernst der Lage. Jedes Bellen ließ selbst gestandene Männer zusammenzucken.

Im lokalen Radiosender wurde laufend über Annas Verschwinden berichtet und ihre Personenbeschreibung durchgegeben:

Gesucht wird die 18-jährige Anna Venz. Sie ist schlank und etwa 1,65 Meter groß. Anna hat braunes schulterlanges Haar, das sie zumeist offen trägt, und grün-braune Augen. Zum Zeitpunkt ihres Verschwindens trug sie Bluejeans, ein schwarzes T-Shirt mit der weißen Aufschrift »ZERO«, einen schwarzen Pullover und schwarz-weiße Turnschuhe der Marke Converse. Außerdem hatte sie ihre schwarze Lederhandtasche bei sich. Zuletzt wurde Anna in der Nacht von Freitag auf Samstag kurz nach Mitternacht in dem Tanzlokal »Tanzhöhle« gesehen. Wenn Sie sachdienliche Hinweise zu Annas Aufenthalt geben können, wenden Sie sich bitte direkt an die nächste Polizeidienststelle.

Stets endete der Moderator, indem er sich direkt an Anna wandte: *Anna, wenn du das hier hörst: Bitte melde dich. Deine Familie sucht dich und macht sich Sorgen.*

Irgendjemand, Thomas konnte nicht mehr sagen, wer es gewesen war, hatte ihm mitgeteilt, dass nun sogar einige landesweite Medien aufgesprungen waren. Man hatte ihm einreden wollen, dass dies eine große Hilfe wäre. Er zweifelte daran. Und dennoch versuchte er, Monika dasselbe weiszumachen.

Die Hilfsbereitschaft war enorm. Im Laufe des Vortages hatten sich immer mehr Freiwillige der Suche angeschlossen. Viele von ihnen hatten sich spontan von der Arbeit freigenommen, um weiterhin mithelfen zu können. Einige hatte Thomas noch nie zuvor gesehen. Er erwischte sich bei dem Gedanken, dass jemand unter ihnen war, der wusste, wo Anna steckte und was mit ihr geschehen war. Aber er verdrängte ihn gleich wieder.

Anna ist nichts passiert! Ihr geht es gut! Es gibt eine logische, völlig harmlose Erklärung für ihr Verschwinden! Ganz bestimmt sogar!

Doch trotz der großen Unterstützung blieb es eine gewaltige Herausforderung. Die ganze Stadt musste abgesucht werden. Der Wald, der sie umschloss, war riesig. Es hätte wohl einer ganzen Armee bedurft, um auch nur annähernd eine realistische Chance zu haben, jeden Flecken darin zu durchkämmen. Und dann war da natürlich noch das unwegsame Moor – alleine das erstreckte sich über eine Fläche von mehr als 50 Hektar. Die zahlreichen Tümpel und die kleinen Seen darin wurden von professionellen Tauchern abgesucht. Als Thomas sie zum ersten Mal in ihren schwarzen Neoprenanzügen gesehen hatte, war ihm fast das Herz stehen geblieben. Für ein paar Sekunden hatte er alle Hoffnung verloren. Hatte eine Leere verspürt wie noch nie zuvor in seinem Leben. Als wäre da plötzlich ein Loch in seiner Brust, klebrig und schwarz. Das alles anzog, verschluckte und vernichtete.

Aber schnell hatte Thomas sich gefangen.

Die Taucher werden nichts finden! Anna geht es gut!

Generell erlebte Thomas alles in einem ständigen Wechselbad der Gefühle. Er war dankbar für die Hilfe. Stolz, dass sein kleines Mädchen so beliebt war und ihre Freunde sich so unermüdlich an der Suche nach ihr beteiligten. Er empfand Liebe. Hegte Hoffnung.

»Mach dir keine Sorgen, Thomas«, hatte Valeries Mutter Elisabeth ihn mit wässrigen Augen zu beschwören versucht. »Wir werden Anna schon finden. Alles wird gut, du wirst sehen.« Dann hatte sie ihn umarmt.

»Ja, das werden wir«, hatte er geantwortet und war über die Leere in seiner Stimme erschrocken.

Ein Teil von ihm wollte ja daran glauben.

Aber die Angst war das alles überschattende Gefühl in ihm. Wie eine eiskalte knöcherne Hand mit langen Krallen hatte sie sein Herz gepackt. Und mit jeder Minute, die ohne ein Lebenszeichen seiner Tochter verstrich, wurde ihr Griff fester. Der Gedanke, dass Anna etwas passiert sein könnte, brachte ihn fast um den Verstand.

In den letzten Stunden hatte sich aber auch zunehmend Wut in ihm breitgemacht. Darüber, dass die Polizei nicht ehrlich zu sein schien. Dass sie Monika und ihn für dumm verkaufen wollten. Aber das waren sie nicht. Thomas war klar, was es bedeutete, dass sich die Polizei bei ihrer Suche zunehmend auf den Wald und das Moor konzentrierte. Und weshalb sie Taucher hinzugezogen hatten. Anna war hier aufgewachsen, sie kannte die Gegend wie ihre Westentasche. Dass sie sich verirrt hatte, schien Thomas ausgeschlossen. Und freiwillig wäre sie nachts doch niemals in den Wald oder ins Moor gegangen. Wozu auch? Das Lokal, das Anna mit ihren Freunden Freitagnacht besucht hatte, lag weder in der Nähe des Waldes noch des Moores. Und auch um nach Hause zu kommen, hätte sie nicht einmal in deren Nähe müssen. Wieso hätte Anna also dort hingehen sollen?

Nein, das alles ergab doch keinen Sinn. Wenn Anna tatsächlich im Wald oder im Moor war, dann ... Thomas wagte es nicht, diesen Gedanken zu Ende zu denken.

*

Dienstag, 9. September 1997

Die Stimmung war gekippt. Bei allen. Spätestens, als mit Einbruch der Dunkelheit die Suche erneut hatte unterbrochen werden müssen, glaubte niemand mehr ernsthaft daran, Anna noch wohlauf zu finden. Nicht nach vier Tagen ohne Lebenszeichen.

Am wenigsten Monika. Sie hatte immer eine innige Beziehung zu ihrer Tochter gehabt. Eine Art Seelenverwandtschaft, wie sie nur zwischen Mutter und Tochter möglich ist, verband sie. Monika hatte stets gespürt, wenn Anna etwas auf dem Herzen lag. Sie wusste, wann sie Ansprache oder jemanden zum Zuhören brauchte. Wann sie in den Arm genommen oder schlichtweg in Ruhe gelassen werden wollte.

Doch jetzt spürte Monika gar nichts mehr. Als wäre die Verbindung zwischen Anna und ihr gekappt worden. Als wäre ihr kleiner Engel nicht mehr hier.

Deshalb hatte sie auch die Geburtstagsgeschenke in den Keller gebracht. Monika hatte deren Anblick nicht länger ertragen. Vor allem jenen des knallroten Pakets, in dem die Westerngitarre steckte, die sich Anna so sehr gewünscht hatte. Sie würde wohl für immer darin verpackt bleiben.

Niemals würden deren Saiten durchs Haus klingen. Der Gedanke daran schnürte Monika die Kehle zu.

Seit einer gefühlten Ewigkeit saß sie am Küchentisch und starrte ins Leere. Eine beklemmende Stille schrie durchs Haus.

Monika konnte nicht sagen, ob sie noch krank war. Sie hatte seit Samstag kaum geschlafen und war so sehr mit Schmerz- und Beruhigungsmitteln vollgestopft, dass sie ihre Umgebung nur noch dumpf wahrnahm. Als wäre sie selbst und alles um sie herum mit einer dicken Schicht Watte umwickelt worden.

Irgendwann tauchte Thomas vor ihr auf. Viel zu nah. Die Haut in seinem Gesicht wirkte zerfurcht, die Bartstoppeln ungewohnt. Seine Augen waren gerötet, darunter lagen dunkle Schatten. Er sah so furchtbar aus, wie sie sich fühlte.

Endlich, dachte Monika, und verspürte eine absurde Genugtuung. Denn Thomas' gespielter Optimismus und diese absolut unbegründete Zuversicht hatten sie zunehmend wütend gemacht und waren ihr bald unerträglich geworden.

»Hast du mich verstanden?«, wollte er wissen.

Offensichtlich hatte er zuvor schon etwas gesagt.

Monika sah ihn bloß an. Ihr fehlte die Kraft zu sprechen. Oder irgendetwas anderes zu unternehmen, damit er aus ihrem Blickfeld verschwand.

»Du sollst trinken!« Er zeigte auf die Tasse vor ihr auf dem Küchentisch.

Monika hatte gar nicht mitbekommen, dass er sie dorthin gestellt hatte.

»Nimm wenigstens einen Schluck.«

Sie rührte sich nicht. Es schien ihr schlichtweg undenkbar, die Kraft aufzubringen, um nach der Tasse zu greifen, sie hochzuheben und zu ihrem Mund zu führen. Oder dies Thomas zu erklären.

Ihr Blick verlor sich wieder im Nichts. Fast war es, als konnte sie durch Thomas hindurchschauen.

»Monika, du musst …«

Er hielt mitten im Satz inne. Seine Augen wurden plötzlich größer. Sein Blick schoss zum Fenster.

Thomas' Verhalten riss Monika aus ihrer Lethargie. Erst begriff sie nicht. Doch ihre Sinne schärften sich. Und im nächsten Augenblick hörte auch sie es.

Es kam jemand.

Anna?

*

Thomas hatte es gespürt, bevor er die Reifen über den Kies der Auffahrt knirschen hörte und das Licht der Scheinwerfer durch das Küchenfenster fiel.

War zuvor zumindest noch ein letzter Funke Hoffnung in ihm gewesen, so war auch dieser nun von einer Sekunde auf die andere erloschen. Mit einer ungeheuren Wucht hatte ihn die Erkenntnis getroffen. Darüber, dass es vorbei war. Dass es ihre Familie nicht mehr gab. Und er Anna niemals wiedersehen würde. Nie mehr würde er sie in den Arm nehmen können, ihre Stimme hören. Er würde sich nie wieder über ihre viel zu laute Musik beschweren können, nicht mehr über ihre Schuhe im Vorzimmer stolpern. Sie würden niemals auf ihre bestandene Führerscheinprüfung anstoßen können, er würde sie nie mit ihrem ersten kleinen Auto überraschen können. Er würde nicht erfahren, ob sie tatsächlich einmal Physik studiert hätte, wie sie zuletzt behauptet hatte. Oder welchen Beruf sie ergriffen hätte. Wer einmal ihr Herz erobert hätte. Ob sie diesen Menschen geheiratet und Kinder mit ihm bekommen hätte. Wie sie in 20 oder 30 Jahren ausgesehen hätte. Ob sie die gleichen Lachfältchen um ihre Augen wie Monika bekommen hätte. Ob sie so früh wie er ergraut wäre. All diese Fragen und noch so viele mehr würden für immer unbeantwortet bleiben. Und Thomas war sich sicher, den Schmerz darüber niemals überwinden zu können.

Jahre später würde er seiner Therapeutin diesen Moment der Erkenntnis als väterlichen Instinkt zu erklären versuchen. Damit, dass ihm klar war, dass die Polizei sie zu so später Zeit nicht wegen einer Banalität aufsuchen würde. Schon gar nicht an Tagen wie diesen. *Aber woher haben Sie zu diesem Zeitpunkt schon gewusst, dass es die Polizei war?*, würde die Therapeutin fragen. Und er würde ihr keine Antwort geben können.

Jetzt ging Thomas mit flatterndem Puls zum Fenster hinüber. Schirmte seine Augen mit den Händen ab, drückte sie ans Glas. Und erkannte, dass seine Vermutung stimmte und es sich tatsächlich um einen Polizeiwagen handelte, der vor ihrem Haus gehalten hatte. Die Lichter gingen aus, der Motor erstarb.

Er wandte sich Monika zu. Für einen Sekundenbruchteil glaubte er, Hoffnung in ihrem Gesicht zu erkennen. Sie sah ihn mit weit aufgerissenen Augen an, der Mund stand ihr leicht offen. Ihre Handflächen lagen auf der Tischplatte, als wollte sie sich tatsächlich hochstemmen. Doch dann begriff auch sie. Und von einem Augenblick auf den anderen wurde sie leichenblass.

»Wer ... wer ist das?«, fragte sie dennoch.

Er schluckte schwer.

»Thomas ...«, flehte sie. Ihre Augen wurden glasig, ihr Kinn begann zu beben.

Er konnte spüren, wie etwas auf seine Brust zu drücken begann. Wie der Druck rasend schnell stärker und stärker wurde. Und ihm das Atmen zunehmend schwerer fiel.

Einen quälend langen Augenblick passierte nichts. Dann waren wieder Geräusche von draußen zu hören. Zwei Türen wurden geöffnet und zugeschlagen. Der Kies knirschte, Schritte näherten sich dem Haus.

»Thomas, bitte, was ... was ...?«, stammelte Monika. Die erste Träne lief ihr über die Wange. Gleich drauf die zweite. Und noch eine. Es wurden immer mehr. »Was ... ist los? Wer ist das?«

Er hätte sie so gerne in den Arm genommen. Ihr über den Rücken gestreichelt. Ihr gesagt, dass alles gut werden würde. Aber was hätte das genützt?

Wie paralysiert ging er an ihr vorbei.

»Thomas?« Es war kaum mehr als ein Flüstern gewesen, das Monika über die Lippen gekommen war. »Bitte ...«

Er verließ die Küche. Ging den dunklen Flur entlang. Und blieb im Vorzimmer stehen. Während er die verschlossene Tür anstarrte, begann seine Umgebung, sich zu drehen. Das Blut rauschte wie verrückt in seinen Ohren.

Der Bewegungsmelder reagierte, das Licht vor dem Haus sprang an. Zwei Silhouetten zeichneten sich durch das Milchglas der Eingangstür ab. An einer glaubte Thomas, die Kappe einer Uniform zu erahnen.

Monika war ihm gefolgt. Sie faselte Unverständliches in seinem Rücken. Weil er nicht reagierte, griff sie seinen Oberarm, zerrte dran. Aber er schaffte es einfach nicht, sich zu ihr umzudrehen. Er hätte ihre Trauer nicht ertragen. Stattdessen starrte er weiter auf diese verfluchte Eingangstür und fragte sich, weshalb die beiden Ankömmlinge nicht endlich läuteten.

Worauf warten sie?

Monika schlug mit der Faust auf sein Schulterblatt ein. »Thomas! Rede mit mir!«

Aber er sagte nichts.

Monika stieß einen markerschütternden Schrei aus. Sie schlug noch einmal auf ihn ein, doch ihre Kraft hatte sie verlassen.

Dann läutete es.

Und plötzlich war da kein anderes Geräusch mehr.

Für Thomas war es von diesem Moment an, als wäre er nicht länger er selbst. Als stünde er neben sich und beobachtete lediglich, wie er einen letzten Schritt auf die Tür zumachte, sie entriegelte, ein letztes Mal tief durchatmete und schließlich öffnete. Wie er die betretenen Mienen der Polizisten wahrnahm. Wie er versteinert dastand, als einer der beiden zu Boden blickte und dabei an seinem Ärmel zupfte. Und der andere »Es … es tut uns leid« sagte. Wie er daraufhin den Krach in seinem Rücken hörte. Wie er herumfuhr. Und Monika zusammengebrochen auf dem Boden liegen sah.

22 JAHRE SPÄTER

Elisabeth hatte Mühe, sich auf den Beinen zu halten. Einen Fuß vor den anderen zu setzen. Sich weiter durch den Regen zu schleppen, weiterzukämpfen. Hinaus aus diesem verdammten Moor. Sie musste es schaffen. Irgendwie. Aber ihre Umgebung drehte sich immer heftiger. Ihre Kräfte schwanden. Zudem fühlte es sich an, als hafteten Bleigewichte an ihren Schuhen. Schwerer Matsch war daran kleben geblieben. Und mit jedem Schritt wurde es mehr.

Sie schaute an sich hinab. Auf das Messer, das in ihrem Bauch steckte. Und konnte es nicht fassen. Sie tastete danach, zuckte zurück, schrie vor Schmerz.

Sie stützte sich an einem Baumstamm ab.

Nur ganz kurz!

Um den Schwindelanfall zu überstehen. Um Kraft zu sammeln. Und sich zu orientieren. Aber sie hatte keine Ahnung, aus welcher Richtung sie gekommen war. Wo die Stadt lag. Alles sah gleich aus. Da war kein Geräusch, an das sie sich hätte halten können. Nur ohrenbetäubendes Prasseln. Und die grelle Stimme in ihrem Kopf, die immerzu dieselbe Frage brüllte: *Wie konntest du nur so blind sein?*

Plötzlich glaubte sie, doch noch etwas anderes gehört zu haben. Ein tiefes Platschen. Zu tief, als dass es vom Regen gekommen sein konnte. Schritte?

Hinter dir!

Panik. Sie fuhr herum. Riss instinktiv die Arme zur Verteidigung hoch.

Doch da war niemand.

Sie drehte sich um die eigene Achse.

Niemand zu sehen.

Konnte sie sich getäuscht haben?

Sie kniff die Augen zusammen, suchte ihre Umgebung ab. All das nasse Gestrüpp, das teils hüfthohe Gras, die Bäume.

Sie suchte nach einem Schatten, der da nicht hingehörte. Aber alles war verschwommen. In Bewegung. Drehte sich. Es war zwecklos.

Los, weiter!

Sie machte einen ersten wackeligen Schritt. Dann den nächsten. Beim dritten wollte sie einer tiefen Pfütze ausweichen und verlor dabei fast das Gleichgewicht. Nur mit Mühe gelang es ihr, sich auf den Beinen zu halten.

Sie würde es niemals hier rausschaffen. Würde hier sterben. In diesem verfluchten Moor.

Plötzlich war da wieder ein tiefes Platschen. Direkt hinter ihr. Sie spürte eine Bewegung. Schnellte herum. Riss erneut die Arme hoch. Doch da war es schon zu spät.

Der Schatten stürzte sich auf sie. Packte sie, verkrallte sich in ihren Haaren, riss sie herum und ihren Kopf heftig zurück. Ihr Blick war gen Baumkronen gerichtet, ihr Hals zurückgebogen. Ein Arm schlang sich darum. Drückte zu. Immer fester. Elisabeths Kehlkopf brannte vor Schmerz. Sie zerrte an dem Arm, war aber zu schwach. Bekam kaum Luft. Ihre Umgebung verschwamm. Sie schloss die Augen. War kurz davor aufzugeben. Ihren Tod zu akzeptieren.

Doch da packte sie plötzlich die Wut. Darüber, all die Jahre hintergangen worden zu sein. Belogen, betrogen. Letzte, ungeahnte Kräfte flammten in ihr auf. Sie zerrte fester an dem Arm um ihren Hals. Plötzlich ließ der Druck nach. Elisabeth rang nach Luft. Spürte gleichzeitig einen Schmerzblitz durch ihren Bauch schießen. Weil das Messer herausgezogen wurde. Im nächsten Moment wurde sie zu Boden gerissen. Alles ging so schnell. Sie hatte keine Chance. Ihr Kopf knallte gegen etwas Hartes. Dann war er auf einmal unter Wasser. Wieder trat sie aus, schlug um sich. Versuchte, gegen den neuerlichen Druck um ihren Hals anzukämpfen. Zurück an die Oberfläche zu gelangen. Verschluckte sich, bekam Wasser in die Lungen. Musste husten, schluckte noch mehr Wasser.

Und dann erfasste sie erneut Eiseskälte. Weil die Klinge in sie eindrang. Dabei Haut und Fleisch zerschnitt. An ihren Knochen kratzte.

Schmerz explodierte in ihr.

Ihr Kopf war wieder aus dem Wasser. Aber das hatte keine Bedeutung mehr. Der Schrei blieb ihr in der Kehle stecken. Es war bloß ein nasses Röcheln, das ihr entkam.

»Es ist alles deine Schuld!«

ZWEI ABENDE ZUVOR
MONTAG

1

Während es im Wasserkocher allmählich zu brodeln begann, stand Elisabeth gedankenverloren am Küchenfenster. Im Glas spiegelte sich schwach ihre Silhouette, in der Welt dahinter ihr Gemütszustand.

Die Sonne war längst untergegangen, ein düsteres Licht hing über dem Land. Eine Stunde zuvor war es völlig windstill gewesen. Jetzt fegten kräftige Böen die letzten rotbraunen Blätter von den Bäumen im Vorgarten und trieben sie über den Rasen. Das Windrad am Gartenzaun ratterte und drehte sich wie verrückt. Der Wald dahinter schien in Aufruhr, alles darin in Bewegung. Über den wankenden Fichten- und Tannenwipfeln rückte eine massive dunkle Wolkenschicht näher.

Das angekündigte Unwetter war im Anmarsch.

Einst hatte Elisabeth die Ruhe und Abgeschiedenheit der Gegend genossen. Die Tatsache, dass sie keine Nachbarn hatten. Die Stadt gut einen Kilometer entfernt lag. Und fast ihr gesamtes Grundstück von dem Wald, der sich kilometerweit in alle Richtungen ausbreitete und nur einen schmalen Korridor entlang der Straße bis zur Stadt freiließ, umschlossen war.

Aber das war lange her. Seitdem war viel passiert. Mittlerweile machte ihr der Gedanke daran Angst.

Der Angriff lag nun schon Jahre zurück. Und dennoch hatte sie immer noch Albträume. Ständig glaubte sie, irgendwo einen verdächtigen Schatten vorbeihuschen zu sehen. Ein seltsames Knarzen zu hören. Schritte. Oder ein

Flüstern. Sie fühlte sich beobachtet. Konnte den fremden Blick auf ihrer Haut brennen spüren.

Besonders an diesem Abend.

Seit zwei Monaten fieberte Elisabeth ihm schon mit diesem unguten Gefühl im Bauch entgegen. Seit sie den ersten Anruf bekommen hatte.

Sie hatte sich damals gerade mit dem verstopften Abfluss in der Küche abgemüht und versucht, ihn mit einer beißend riechenden Flüssigkeit, deren Dämpfe ihr in den Augen brannten, frei zu bekommen. Da hatte das Telefon geklingelt.

»Kannst du bitte rangehen?«, rief sie Friedrich, weil ihre verschwitzten Hände in Einwegplastikhandschuhen steckten.

Sie bekam keine Antwort.

»Friedrich?«

Wieder nichts.

Das Telefon klingelte immer noch.

Genervt schnalzte sie mit der Zunge gegen die Vorderzähne. Streifte sich die Handschuhe ab, wischte sich die Hände an ihrer Schürze trocken und eilte zum Telefon.

Im Vorbeilaufen warf sie einen Blick ins Wohnzimmer. Friedrich saß dort in seinem Fauteuil vor dem laufenden Fernseher, wie er das mittlerweile die meiste Zeit des Tages tat. Er hatte die Rückenlehne leicht zurückgestellt und die Beine auf der Fußstütze überkreuzt. Seine Hände umschlossen die Fernbedienung und ruhten auf seinem Bauch. Sein Kinn auf der Brust. Er war eingeschlafen.

Elisabeth erreichte das Telefon und nahm ab.

»Sommer.«

»Frau Elisabeth Sommer?«

Die männliche Stimme am anderen Ende der Leitung

klang besonders nasal und war Elisabeth auf Anhieb unsympathisch.

»Ja?«

»Grüße Sie, Klaus Königsberger mein Name.«

Der Mann legte eine Pause ein. Als sollte sein Name irgendeine Erkenntnis bei ihr hervorrufen oder gar als Erklärung für seinen Anruf ausreichen.

»Ja bitte?«

»Ich nehme an, Sie kennen die Sendung ›Mörder im Visier‹?«

Elisabeth kannte sie nicht. Dennoch spürte sie, wie sich schlagartig ihr Puls erhöhte. Wie eine dunkle Vorahnung sie überkam.

»Nein.«

»›Mörder im Visier‹«, wiederholte Königsberger deutlich langsamer.

»Kenne ich nicht.«

»Oh. Nun, …«, setzte er an und schien ein wenig aus dem Konzept geraten. »Ich bin der leitende Redakteur der Sendung. Wir behandeln darin ungeklärte Mordfälle und andere schwerwiegende Verbrechen. Dabei ist es uns ein Anliegen, dass …«

»Darf ich fragen, was Sie von mir wollen?«

Elisabeth glaubte, die Antwort bereits zu kennen. Sie versuchte, dem Drang, sofort aufzulegen, zu widerstehen.

»Wir beabsichtigen, einen Beitrag über den Mordfall Anna Venz zu gestalten und …«

»Kein Interesse.«

Elisabeths Puls hatte sich weiter in die Höhe geschraubt.

»Bitte lassen Sie mich erst mal erklären. Wir würden uns wirklich sehr freuen, wenn Sie als Mutter der besten Freundin …«

»Nein.«

»Aber Sie könnten Ihre Sicht der Dinge ...«

»Tut mir leid.«

Elisabeth hatte aufgelegt. Sie zitterte am ganzen Körper. Starrte das Telefon an, als hätte es eben nach ihr geschnappt. Minutenlang. Den Rest des Tages war sie zu nichts mehr zu gebrauchen.

Doch Königsberger ließ nicht locker. Er versuchte es schon am darauffolgenden Tag erneut.

»Hören Sie, Frau Sommer, es wird sich dabei um einen äußerst seriösen Beitrag handeln, das kann ich Ihnen versichern. Unser oberstes Ziel ist es, Annas Mörder zu finden und ihn seiner gerechten Strafe zuzuführen. Der Moorkiller muss ...«

»Ich habe *Nein* gesagt. Und dabei bleibt es auch!«

»Aber Frau Sommer, Sie sollten wirklich ...«

»Hören Sie auf, mich zu belästigen!«

Wieder legte Elisabeth auf.

Natürlich hatte sie sich inzwischen informiert und sich ältere Beiträge der Sendung im Internet angesehen. Danach war ihr klar gewesen: Königsberger und den anderen Machern ging es nicht um eine seriöse Berichterstattung, sondern vielmehr darum, den Zusehern mit makabren und möglichst grausigen Bildern Angst einzujagen.

Zwei Tage später versuchte Königsberger es schließlich ein letztes Mal, Elisabeth zu einem Interview zu bewegen. Dieses Mal bot er ihr Geld an. Sehr viel Geld. Und als sie ablehnte, verdoppelte er den Betrag sogar. Aber Elisabeth überlegte keine Sekunde, es anzunehmen. Auf keinen Fall wollte sie Teil dieser hetzerischen Sendung sein. Und um nichts auf der Welt wollte sie mit Annas Tod Geld verdienen.

»Ich will Ihr Geld nicht, hören Sie! Und wenn Sie mich noch einmal belästigen, wende ich mich an die Polizei!«

Es war naiv von ihr, zu glauben, sich dadurch der Aufregung entziehen zu können. Das war schlichtweg unmöglich. Die Sendung wurde schnell zum beherrschenden Thema in der Stadt. Annas Ermordung war wieder in aller Munde. Spekulationen wurden angeheizt, Gerüchte gestreut, alte und neue Schuldzuweisungen gemacht.

Fast war es, als hätte es die letzten 22 Jahre nicht gegeben. Als hätten die Wunden nie Zeit gehabt zu heilen. Als wäre Annas nackte Leiche erst gestern im Moor gefunden worden.

Zwei Monate war Königsbergers erster Anruf nun her. Seither hatte Elisabeth schlecht geschlafen. Die letzten beiden Nächte hatte sie kaum ein Auge zubekommen. Immerzu waren ihr die Ereignisse von damals durch den Kopf gespukt. Bilder vor ihrem geistigen Auge aufgeblitzt.

Gesichter.

Friedrichs, als das frühmorgendliche Läuten an der Tür sie beide aus dem dünnen Schlaf gerissen hatte. Valeries, als sie Sekunden später den Kopf in den Flur hinausgestreckt und ängstlich »Wer ist das, Mama?« gefragt hatte. Ihr eigenes, als sie mit einer grausamen Vorahnung am Vorzimmerspiegel vorbeigehuscht war. Jene der beiden Polizisten, die vor ihrer Tür gestanden hatten. Monikas, als der Sarg ihrer Tochter ein paar Tage später in die Erde hinabgelassen worden war. Und Thomas', als er Monika gestützt und dabei eine unsagbare Traurigkeit ausgestrahlt hatte. Aber auch abgrundtiefen Hass.

Friedrich gegenüber hatte Elisabeth versucht, sich nichts anmerken zu lassen. Wenn er schon mit der Bürde seiner Krankheit leben musste, so sollte seine Vergesslichkeit wenigstens einmal etwas Gutes haben. Sie hatte sogar mit dem Gedanken gespielt, ihm die Sendung zu verschweigen. Aber das wäre nicht fair gewesen. Anna war auch ein wichtiger Teil seines Lebens gewesen. Außerdem würde es gut sein, ihn gleich an ihrer Seite zu haben. Elisabeth fürchtete sich davor, was der TV-Beitrag in ihr auslösen würde.

Ein leises Pochen drang allmählich zu ihr durch und zerrte sie aus ihren trüben Gedanken. Elisabeth begriff, dass es der Türkranz war, den sie selbst aus Tannenzweigen geflochten hatte und der vom Wind durchgerüttelt wurde und gegen das massive Holz klopfte. Ihr war klar, dass sie ihn besser hätte abnehmen und ins Haus holen sollen. Aber in diesem Moment war er ihr schlichtweg egal. Sollte ihn der Wind doch tragen, wohin er wollte.

Der Wasserkocher schaltete sich mit einem Schnappen aus.

Mit leicht zittrigen Händen goss Elisabeth das brodelnde Wasser in die Kanne, in die sie bereits einen Beutel mit selbst gemachtem Hagebuttentee gehängt hatte. Die Gläser ihrer Brille liefen dabei an.

»Schatz?«

Es war Friedrich gewesen, der sie über den lärmenden Fernseher hinweg aus dem Wohnzimmer gerufen hatte.

»Ja?«

»Kommst du?«

Sie stellte den leeren Wasserkocher zur Seite. Blickte zur Wanduhr neben dem Kühlschrank. Weil sie nichts erkennen konnte, nahm sie die Brille ab. Ohne sie fühlte Elisabeth sich blind wie ein Maulwurf. Auch jetzt konnte sie die Uhr nur verschwommen wahrnehmen und musste zwei Schritte näher rangehen.

Noch neun Minuten.

Jetzt war es also wirklich gleich so weit.

Sie schloss die Augen, rieb sie sich mit Daumen und Zeigefinger. Atmete tief durch. Versuchte, Mut zu fassen, sich zu wappnen. Und wusste dabei ganz genau, dass es zwecklos war. Es würde schlimm werden. Egal, was sie tat oder sich einzureden versuchte.

»Elisabeth?«

»Ja, ich komme schon!«

Sie setzte sich die Brille wieder auf. Warf einen letzten Blick aus dem Fenster. Die dunklen Wolken waren schon ganz nah.

2

Als Elisabeth ins Wohnzimmer kam, saß Friedrich wie immer in seinem Fauteuil. Sein schneeweißer Haarkranz war bereits eine Spur zu lang geworden und zerzaust. Er ließ ihn sich nur noch widerwillig kämmen. An Tagen, an denen sie das Haus nicht verließen, ersparte Elisabeth ihnen beiden diese leidige Prozedur.

Obwohl sie ihm ständig seine Lieblingsgerichte kochte, Pfannkuchen zum Beispiel, hatte Friedrich in den letzten Monaten stark abgenommen. Sein Wohlstandsbäuchlein, das er sich über Jahrzehnte hinweg aufgebaut hatte, war nahezu verschwunden. Dafür schienen seine Tränensäcke und die Haut unter seinem Kinn täglich schwerer zu werden. Aber davon konnte auch Elisabeth ein Lied singen. Jeden Morgen, wenn sie in den Spiegel sah, war sie aufs Neue darüber schockiert.

Friedrich sah nicht zu ihr auf. Stattdessen glotzte er regungslos auf den Fernseher, in dem eine Kochsendung mit mehr oder weniger prominenten Menschen lief. Eine Blondine Anfang 30, die Elisabeth nicht kannte und die gekleidet war, als würde sie eine hochelegante Abendveranstaltung besuchen, kreischte hysterisch, weil das Wasser in ihrem Topf überkochte. Anstatt den Deckel anzuheben oder den Topf von der Herdplatte zu nehmen, zappelte sie auf halsbrecherisch hohen Stöckelschuhen durchs Studio. Dabei rutschte sie beinahe aus. Das Publikum lachte und klatschte.

Verrückte Welt.

Friedrichs Arme ruhten auf den breiten Lehnen seines Fauteuils. In der rechten Hand hielt er ein Glas Himbeersaft, seit einiger Zeit sein Lieblingsgetränk. Elisabeth konnte sich nicht erinnern, dass er vor seiner Erkrankung jemals Himbeersaft getrunken hatte. Leitungswasser war ihm immer am liebsten gewesen. Abends ab und zu mal ein kleines Bier. Zur Not auch ein Glas Weißwein. Aber niemals Himbeersaft. Womöglich hing diese spät entdeckte Leidenschaft ja mit einer Erinnerung aus seiner Kindheit zusammen. Jedenfalls aber an eine Zeit, in der sie sich noch nicht gekannt hatten.

Friedrich trug seinen Lieblingspyjama, den dunkelblauen mit den verschlissenen Ärmeln und dem Loch an der Schulternaht. Elisabeth konnte nicht sagen, wie oft sie dieses verdammte Ding schon genäht hatte. Aber kaum, dass Friedrich ihn einen Abend lang trug, tauchte ein neues Loch irgendwo entlang einer Naht auf. Eigentlich hätte das Teil längst in die Altkleidersammlung gehört. Aber dagegen wehrte Friedrich sich vehement.

Seine ausgelatschten rot-braun karierten Hausschlappen warteten parallel zum Fauteuil angeordnet auf ihren letzten Einsatz des Tages. Auch sie hätten längst entsorgt gehört. Vor über einem Jahr hatte sie ihm neue gekauft. Aber obwohl sie den alten zum Verwechseln ähnlich sahen, weigerte Friedrich sich, sie zu tragen. Es seien nicht seine, behauptete er, wann immer Elisabeth sie ihm unterzujubeln versuchte. Ein einziges Mal war es ihr gelungen, ihn davon zu überzeugen, ihnen zumindest eine Chance zu geben. Da hatte er schon beim Hineinschlüpfen behauptet, dass sie unbequem seien und seine Füße darin schmerzten. Elisabeth hatte ihn gebeten, sie erst einmal einzutragen, und versucht, sein Gejammer zu ignorieren. Aber schon nach einer halben Stunde gab sie sich geschlagen und brachte ihm seine alten zurück.

Manchmal war Friedrich wie ein Kind.

Und dennoch liebte Elisabeth ihn. Mit all seinen Macken und Eigenheiten. Seinen Schwächen und Fehlern. Seiner Sturheit zum Beispiel. Oder seiner meist stillen und in sich gekehrten Art, seinen einsilbigen mürrischen Antworten. Seinem Ungeschick, was handwerkliche Tätigkeiten anging. Und seiner fehlenden Selbstreflektion darüber. Seit über 40 Jahren war Friedrich der Mann an ihrer Seite. Ihre Schulter zum Anlehnen. *Das wärmende Licht ihres Lebens*, wie sie ihn einmal in einem Gedicht genannt hatte. Zugegeben, das war vielleicht eine Spur zu kitschig gewesen. Aber Friedrich war ganz einfach der wichtigste Mensch in ihrem Leben. Und jetzt, da er auf ihre Hilfe angewiesen war, hatte sie sich geschworen, immer für ihn da zu sein.

Trotz seiner scheinbaren Teilnahmslosigkeit wusste Elisabeth, dass Friedrich sich auf ihren gemeinsamen Fernsehabend freute. Auf ihr allabendliches Ritual. Wenn sie ehrlich war, hatte Elisabeth keine große Lust, jeden Abend vor der Glotze zu verbringen. Einen guten, anspruchsvollen Film, ja, aber nicht immer diesen Müll, den Friedrich sehen wollte. Stattdessen hätte sie lieber mal wieder eine gute Oper gehört, wie früher eine Partie Schach gespielt oder ein gutes Buch gelesen. Elisabeth hatte einmal gehört, dass es im Japanischen einen Begriff dafür gab, sich Bücher zu kaufen, jedoch nicht zu lesen: Tsundoku. Sie war wohl mittlerweile zu einer Spezialistin dafür geworden, wusste schon gar nicht mehr, wohin mit all den Bücherstapeln.

Aber was blieb ihr anderes übrig? Seit seiner Erkrankung waren Friedrich solche Regelmäßigkeiten wie simple Fernsehabende wichtig geworden. Und wann immer sie versuchte, von der Routine abzuweichen, wurde er unruhig.

Jetzt wirkte er zufrieden. Er hatte keine Ahnung, dass es kein Abend wie jeder andere war. Dies war das erste Mal, dass Elisabeth ihn um seine Vergesslichkeit beneidete.

Sie stellte die Teetasse am Tisch ab und versuchte, es sich auf der Couch bequem zu machen. Doch sie war zu angespannt, fand keine angenehme Position. Schon nach wenigen Sekunden regte sich ein Schmerz in ihrem Kreuz, und in ihrem Nacken begann es zu ziehen. Sie steckte sich einen kleinen Zierpolster dahinter. Aber die neue Haltung machte es nur noch schlimmer, also legte sie ihn wieder zur Seite.

Sie warf einen Blick auf die Standuhr in der Ecke.

Noch sieben Minuten.

Friedrich sah Elisabeth zum ersten Mal an, seit sie ins Wohnzimmer gekommen war. Er hatte ihre Unruhe bemerkt, sagte jedoch nichts. Stattdessen widmete er sich wieder der Kochsendung, in der die hysterische Blondine es tatsächlich fertiggebracht hatte, einen Mixer zum Qualmen zu bringen. Das Publikum hatte einen Heidenspaß.

Noch sechseinhalb Minuten.

Auf einmal reichte es Elisabeth. Sie hatte das Gefühl, diese stumpfsinnige Sendung keinen Augenblick länger ertragen zu können. Sie nahm die Fernbedienung vom Tisch und wechselte ohne Vorwarnung den Sender.

Friedrich sah sie erneut an. Sein Gesichtsausdruck war ein einziges Fragezeichen.

»Wollen wir das ›Quizrennen‹ schauen?«, fragte er.

Er liebte diese Rateshow. Elisabeth hingegen fand sie ausgesprochen langweilig, und sie glaubte nicht, dass Friedrich ihr wirklich folgen konnte. Vielmehr vermutete sie, dass ihm bloß die Moderatorin gefiel. Und das konnte sie ihm wirklich nicht verübeln. Die junge Lateinamerikanerin hatte volle Lippen, einen ausgesprochen süßen Akzent und trug stets Kleider, die ihre körperlichen Vorzüge – und die waren nicht zu verleugnen – perfekt in Szene setzten. Garantiert hatte die Show einen überdurchschnittlich hohen Männeranteil unter den Zusehern.

»Das ›Quizrennen‹ ist immer samstags«, antwortete Elisabeth. »Heute ist Montag.«

»Montag?«

»Ja, Montag.«

»Ah.« Sein Blick wanderte zurück zum Fernseher. »Montag«, murmelte er.

Elisabeth beobachtete Friedrich aus dem Augenwinkel. Sie war sich sicher, dass er gerade gar nicht wahrnahm, was er sah. Sie konnte es der Leere in seinem Blick entnehmen.

»Was wollen wir denn schauen?«, fragte er.

»Du weißt ja«, setzte sie an und ärgerte sich sofort darüber, schon wieder diese Phrase verwendet zu haben. Denn natürlich hatte er keine Ahnung. Elisabeth verstand nicht, wieso sie ihr immer wieder über die Lippen rutschte. Wahrscheinlich war es eine Art Verdrängung. Ausdruck dafür, dass sie seinen geistigen Verfall nicht akzeptieren konnte. »Jetzt beginnt gleich eine Sendung über ungeklärte Verbrechen.«

»Mh«, machte er und schien nicht begeistert.

»Da bringen sie auch einen Beitrag über Anna«, fügte sie hinzu.

Er riss die Augen auf, wandte sich in seinem Fauteuil zu ihr um. »Über Anna?«

»Ja.«

»Über … über …?«

»Ja, Friedrich. Über Valeries Freundin.«

»Was … was ist das für eine Sendung?«

»Sie heißt ›Mörder im Visier‹.«

»Mörder …?«

»… im Visier, ja.«

Sie bereute es bereits, ihm diese verdammte Sendung nicht einfach verschwiegen zu haben.

»Aber wieso?«

»Erinnerst du dich, dass Anna …« Elisabeth holte tief Luft. Selbst nach all den Jahren fiel es ihr schwer, es auszusprechen. »… dass sie ermordet wurde?«

»Ermordet?«

Er begann, den Kopf zu schütteln. Sein Blick ging ins Leere. Er wandte sich von Elisabeth ab. Murmelte Unverständliches.

Elisabeth hatte es sich plötzlich anders überlegt. Sie wollte das Gespräch weg von dem Mord lenken. Es zumindest noch einen weiteren Moment hinauszögern. Deshalb zeigte sie, einer spontanen Eingebung folgend, auf das gerahmte Foto auf der Kommode unmittelbar neben Friedrich.

»Als Valerie letzte Weihnachten hier war, da haben wir gemeinsam das Grab besucht. Kannst du dich erinnern?«

Er beachtete das Bild nicht. Raunte stattdessen etwas, das wie »Anna ist im Moor« klang.

Das stimmte. Annas Leiche war im Moor unweit des Besucherparkplatzes gefunden worden. Dennoch ging Elisabeth nicht darauf ein. Sie ließ nicht locker.

»Schau dir das Foto an, Schatz! Kannst du dich an letzte Weihnachten erinnern? Als Valerie mit den Kleinen hier war?«

Friedrich wandte seinen Kopf um. Sah jedoch das falsche Bild an.

Neben jenem von Valerie stand das gerahmte Hochzeitsfoto ihres Sohnes Philipp und dessen Frau Sarah. Es war im Jahr nach dem Mord entstanden. Zu einer Zeit, in der ihr eigentlich noch so gar nicht nach Feiern zumute gewesen war. Und dennoch war es ein schöner Abend gewesen. Zum gefühlt ersten Mal war Elisabeth damals wieder ein Lachen entkommen.

»Nicht dieses Bild. Schau ein Stück weiter links!«

Jetzt betrachtete Friedrich das richtige Foto. Aber gleich darauf sah er Elisabeth an und schien nicht recht zu wissen, was sie von ihm wollte.

»Auf dem Foto, das ist Valerie«, erklärte sie.

Er schaute es noch einmal an, länger als zuvor. Dann wieder Elisabeth. »Das ist nicht Valerie.«

»Doch, Friedrich, sieh es dir genau an! Die Frau auf dem Bild ist Valerie.«

Das Problem mit dem Foto ihrer Tochter war, dass es eben erst letzte Weihnachten entstanden war. Valerie hatte damals eine neue Kurzhaarfrisur und ein wenig zugenommen gehabt. Das erschwerte es Friedrich noch mehr, darauf seine Tochter zu erkennen. Mit Fortschreiten der Krankheit hatte er sie zunehmend als kleines Mädchen in Erinnerung, das nur deshalb nicht hier war, weil es oben in seinem Zimmer spielte oder in der Schule war. Da passte eine 39-jährige Frau nicht in sein Denkschema. Als sie letzte Weihnachten vor der Tür gestanden hatte, hatte Friedrich sich ihr vorgestellt und ihr eine Führung durchs Haus angeboten.

»Sie ist in ihrem Zimmer, richtig?«

»Nein, Friedrich.«

»Wo ist sie?«

»Valerie ist zu Hause.«

»Valerie!«, rief er plötzlich aus voller Kehle.

»Schatz, …«

»Komm runter!«

»Valerie ist bei sich zu Hause.«

»Sie ist nicht in ihrem Zimmer?«

»Nein, sie wohnt in London. Schon viele Jahre.« *Sie ist kurz nach dem Mord weggegangen.*

Er runzelt die Stirn. »In London?«

»Ja, mit Tom und den Kindern.«

Das hatte ihm den Rest gegeben. Jetzt war er schwer durcheinander. Elisabeth konnte ihm förmlich ansehen, wie es in ihm ratterte. Wie er versuchte, diese Informationen zu verarbeiten.

»Welchen Kindern?« Er kratzte sich die Schläfe.

Elisabeth konnte nicht sagen, wie oft sie beide diese Erkenntnis bereits hatten durchkauen müssen.

»Unsere beiden Enkelkinder, Schatz. Lily und Alice.«

»Unsere …?«

»Ja, Friedrich. Lily und Alice sind unsere Enkelkinder. Auch sie waren letzte Weihnachten hier.«

Elisabeth streckte sich nach vorne und zeigte auf einen weiteren Bilderrahmen auf der Kommode. Friedrich hatte das Bild bisher nicht gesehen, weil es schräg hinter ihm stand.

»Sieh doch!«

»Das?«

»Ja, das sind Lily und Alice.«

Er betrachtete das Foto einen Augenblick lang. Dann sah er Elisabeth an und kurz darauf wieder das Foto. Er redete leise vor sich hin und wandte sich schließlich dem Fernseher zu, immer noch murmelnd. Er kratzte sich den Handrücken. Versuchte, das Gehörte zu verdauen. War sichtlich überfordert damit. Kratzte sich die Schläfe, dann erneut den Handrücken.

Elisabeth war froh darüber, dass ihr Ablenkungsmanöver funktioniert hatte. Gleichzeitig tat ihr Friedrich leid, und sie fühlte sich schäbig. Sie hätte ihn dieser unnötigen Belastung nicht aussetzen dürfen. Hätte sie es geschickt angelegt, würde er längst im Bett liegen und friedlich träumen. Er hätte niemals etwas von diesem Beitrag mitbekommen müssen.

Elisabeth war klar, dass es wohl das Beste gewesen wäre, Friedrich schnell ins Bett zu bringen. Aber dafür war es zu spät. »Mörder im Visier« würde in etwa fünf Minuten beginnen. Und so sehr sie sich davor fürchtete, sie wollte den Beitrag auf keinen Fall verpassen. Sie musste sich ihm stellen. Ihre Geister besiegen.

Und so saß Elisabeth einfach nur da. Voller Schuldgefühle und Anspannung.

22 Jahre waren eine verdammt lange Zeit. So vieles hatte

sich seit Annas Tod verändert. Aber eines nicht: Ihr Mörder lief immer noch irgendwo draußen herum. Vielleicht ganz in ihrer Nähe.

Ein paar Werbespots lang schwiegen sie.

Friedrich hatte sich längst beruhigt. Doch das änderte nichts an Elisabeths Sorge darüber, wie er gleich reagieren würde, wenn die Sendung begann. Der Vorgeschmack, den sie eben bekommen hatte, ließ sie Böses ahnen.

Noch drei Minuten.

Da wandte Friedrich sich zu ihr um und fragte: »Wollen wir das ›Quizrennen‹ schauen?«

3

Anfangs waren es nur einzelne Worte, die Friedrich auf die Schnelle nicht einfallen wollten. Dinge, die er verlegte und nicht wiederfand. Seine Autoschlüssel zum Beispiel. Oder sein Mobiltelefon. Einmal waren Elisabeth und er den ganzen Vormittag damit beschäftigt, das Haus nach seiner Lesebrille abzusuchen. Er konnte sich einfach nicht mehr erinnern, wohin er sie getan hatte. Nach einer mehr als zweistündigen Suche gab Elisabeth schließlich auf. Und fand sie, als sie ihnen ein schnelles Mittagessen zubereiten wollte – im Gefrierfach. Wie sie dorthin gekommen war, konnte Friedrich nicht erklären.

Aber es war nicht nur so, dass er Dinge nicht wiederfand. Auch andere Aktionen beunruhigten Elisabeth zunehmend.

Eines Morgens zum Beispiel bemerkte sie, dass Friedrich sich innerhalb von nur zehn Minuten zum zweiten Mal die Zähne putzte.

»Alles in Ordnung?«, wollte sie wissen.

»Wieso?«, fragte er kaum verständlich mit der Zahnbürste im Mund.

»Weil du dir schon wieder die Zähne putzt.«

»Wieso schon wieder?«

Er hatte die Zahnbürste aus dem Mund genommen. Dennoch waren seine Worte kaum besser zu verstehen gewesen. Zahnpastaschaum quoll über seine Lippen.

»Du hast sie dir doch eben schon geputzt.«

»Unsinn.«

Er spuckte ins Waschbecken. Als er zu Elisabeth aufsah, klebte ein Batzen des weißen Schaums an seinem Kinn.

»Wir waren doch gemeinsam im Bad.«

»Nein.«

»Doch. Du hast dich beschwert, weil ich mir ausgerechnet dann die Haare kämmen muss, wenn du dir die Zähne putzt.«

»Das …« Er brach den Satz ab. Der Mund blieb ihm offen stehen. »Das war gestern.«

»Nein, das war heute. Vor zehn Minuten.«

Schweigen.

»Erinnerst du dich nicht?«

Er sagte nichts.

»Friedrich?«

Auf einmal kippte seine Stimmung. Trotz verdrängte die Verwirrtheit. »Und wenn schon! Bist du immer so perfekt?«

»Du brauchst mich doch nicht so anzuschnauzen.«

»Dann lass mich in Ruhe meine Zähne putzen.«

»Ich mache doch gar nichts.«

»Kannst du bitte einfach gehen.«

»Ja doch.«

»Du stehst ja immer noch da.«

»Ich gehe ja schon.«

»Gut.«

Tage darauf – es war ein verregneter Nachmittag – war Friedrich in ein neues Buch vertieft. Als Elisabeth nach gut einer Stunde wissen wollte, wie es ihm gefiel und worum es darin ging, stand ihm abermals der Mund offen. Er konnte es ihr nicht sagen. Kratzte sich stattdessen verlegen am Hinterkopf. Blätterte vor und zurück. Betrachtete den Buchumschlag. Und stammelte schließlich etwas zusammen, das im Grunde nur den Klappentext wiedergab, den er sich offensichtlich vor ihren Augen durchlas.

»Na, das klingt doch spannend«, sagte sie und versuchte, das schlechte Gefühl in ihrem Magen zu ignorieren.

Später, als Friedrich auf die Toilette verschwand, schlich Elisabeth zu seinem Fauteuil, schnappte sich das Buch und musste feststellen, dass er tatsächlich nahezu wortwörtlich den Klappentext nacherzählt hatte. Ein Schauder erfasste sie.

Ihre Unruhe wuchs.

Ein paar Wochen später kam Elisabeth erschöpft mit zwei schweren Taschen vom Einkaufen nach Hause. Während sie im Vorzimmer den Mantel ablegte, rief sie nach Friedrich, damit er ihr mit den Taschen helfen konnte.

Sie bekam keine Antwort.

»Friedrich?«

Wieder nichts.

Da fiel ihr der Geruch auf. Im ersten Moment wusste sie ihn nicht zu deuten. Doch dann, während sie sich gerade ihres zweiten Stiefels entledigte, begriff sie: Es roch verbrannt! Nach verbranntem Plastik, um genau zu sein.

Ihre Alarmglocken schrillten.

»Friedrich!«, rief sie erneut und rannte durchs Haus.

Als sie an der Küche vorbeikam, bemerkte sie, dass der Gestank hier am intensivsten war. Und tatsächlich: Eine Herdplatte lief auf höchster Stufe. Elisabeth schaltete sie ab. Und nahm erst jetzt das Szenario so richtig wahr. Ein leerer Topf stand auf einer kalten Herdplatte. Daneben lag eine Fertigpackung Milchreis, deren Plastik angesengt war. Zum Glück gerade noch so weit entfernt, dass die Hitze sich nicht weiter hatte ausbreiten können. Elisabeth schob beides zur Seite und riss das Fenster auf.

»Friedrich?«

Immer noch keine Antwort.

Jetzt gingen ihre Sorgen in eine andere Richtung. War ihm etwas passiert? Sie hetzte aus der Küche. Suchte das ganze Haus nach ihm ab und rief immerzu seinen Namen. Schließlich wurde ihr klar, dass er oben auf der Toilette saß.

»Friedrich?«, fragte sie durch die geschlossene Tür hindurch.

»Was ist denn los um Himmels willen? Wieso schreist du denn wie eine Verrückte? Kann ich nicht einmal in Ruhe auf der Toilette sitzen?«

Elisabeth hörte das gedämpfte Rascheln seiner Tageszeitung.

»Der Herd war an.«

»Ja und?«

43

»Was heißt *ja und*? Du kannst ihn doch nicht einfach einschalten und dann aus Klo gehen.«

»Wie kommst du darauf, dass ich ihn eingeschaltet habe?«

»Weil du ihn eingeschaltet hast. Ich bin gerade erst vom Einkaufen zurückgekommen.«

»Ich habe ihn nicht eingeschaltet.«

»Und was ist mit dem Milchreis?«

Stille.

»Friedrich?«

Nichts.

»Hallo?«

»Geh weg!«

»Ich will doch nur ...«

»Du sollst mich in Ruhe lassen!«

Sein aggressiver Ton veranlasste Elisabeth, es dabei zu belassen. Kopfschüttelnd stieg sie die Treppen hinab ins Erdgeschoss, um die Einkäufe zu verstauen. Aber so richtig los wollte sie diese Situation den ganzen Tag nicht mehr lassen. Auch vor dem Einschlafen musste sie lange darüber grübeln.

Mit der Zeit machte Elisabeth sich immer mehr Sorgen. Besonders die eingeschaltete Herdplatte konnte sie nicht ignorieren. Sie suchte nach logischen, harmlosen Erklärungen für seine Verwirrtheit, die zuletzt schlimmer geworden zu sein schien. Oder bildete sie sich das alles nur ein?

»Wie läuft es eigentlich so im Büro?«, fragte sie ihn ein paar Tage später am Frühstückstisch.

Er klopfte mit dem Löffel gegen sein Frühstücksei, sah nicht zu ihr auf. »Wie soll es schon laufen?«

»Ist viel los zurzeit?«

»Nicht wirklich. Wieso?«

»Nur so.«

»Eigentlich ist es gerade besonders ruhig.«

»Keine Probleme?«

»Was für Probleme?«

»Ich weiß auch nicht.«

»Was ist denn los?«

»Nichts, ich wollte mich nur erkundigen.«

Also schien auch diese Vermutung in eine Sackgasse zu laufen. Außerdem vergingen oftmals mehrere Tage am Stück, an denen Friedrichs Verwirrtheit nicht zum Vorschein kam. Und wenn doch, dann waren es meist kleinere Missgeschicke. Ab und zu lachten sie beide sogar darüber. Elisabeth nannte ihn schusselig, denn das war er immer schon gewesen. Sie kannte zum Beispiel keinen zweiten Menschen, der es in seinem Leben so oft fertiggebracht hatte, einkaufen zu fahren und dabei die Einkaufsliste oder seine Brieftasche daheim vergessen zu haben.

Doch selbst als Friedrichs Aussetzer häufiger wurden, ahnte Elisabeth nichts von der wahren Ursache. Wie auch? Schließlich war er gerade erst 63 geworden. In diesem Alter denkt doch niemand an Alzheimer.

Aber sie war zunehmend ratlos und frustriert. Begann, im Internet zu recherchieren, und fürchtete bald, dass nur ein Hirntumor die Ursache für sein seltsames Verhalten sein könnte. Es waren furchtbare Tage, in denen sie ihren schlimmen Verdacht für sich behielt und sich immer weiter in diese Theorie hineinsteigerte. In denen sie unzählige Stunden vor dem Computer verbrachte und sich durch pseudowissenschaftliche Artikel und hysterische Foreneinträge klickte, ihre Hand auf der Maus vor Angst ganz feucht. Sie verschlang die Beiträge regelrecht auf der Suche nach einem deutlichen Hinweis dafür, dass Friedrich keinen Krebs hatte. Aber jeder einzelne schürte ihre Angst nur noch mehr. Es fühlte sich an, als steckte ein fetter Kropf auf Höhe ihres Kehlkopfes fest, der sich weiter ausbreitete und ihr zunehmend das Atmen erschwerte. Wenn Elisabeth alleine war, weinte sie oft und gab sich ihrer Verzweiflung hin. Wenn Friedrich daheim war und sie spürte, dass ihr wieder die Tränen kamen, lief sie schnell ins Bad und schloss sich ein. Weil Friedrich allmählich Verdacht geschöpft hatte, dichtete sie sich einen tagelangen Durchfall an.

Elisabeth wurde dünnhäutig. Wenn Friedrich sich ungeschickt anstellte oder etwas vergaß, explodierte sie sofort. Schimpfte mit ihm, ließ ihren Frust an ihm aus. Warf ihm vor, dass ihm immer schon alles gleichgültig gewesen wäre. Auch wenn sie ganz genau wusste, dass sie ihm damit Unrecht tat.

»Wie kann man nur so dumm sein!«, fuhr sie ihn eines Abends an, als er nach dem Zähneputzen nicht zu ihr ins Bett kam, sondern nach unten in die Küche ging, um sich einen Frühstückskaffee zu machen. Weil er ihre Aufregung gar nicht zu begreifen schien, nahm sie ihn bei der Hand und führte ihn mit tränenfeuchten Augen ins Schlafzimmer.

»Es tut mir leid, Schatz. Ich wollte dich nicht anschreien. Lass uns schlafen gehen.«

Mit der Zeit wollten Friedrich immer öfters die passenden Worte nicht einfallen. Zum Beispiel nannte er den Toaster »das Ding«. Manchmal konnte er sich an kurz zuvor Besprochenes nicht erinnern. Erzählte mehrmals dieselben Geschichten. Stellte immer wieder dieselben Fragen. Er begann, Namen zu verwechseln. Später fielen ihm manche gar nicht ein. Als er eines Morgens beim Frühstück Elisabeths Namen nicht mehr wusste und aus Frust darüber seine Kaffeetasse vom Tisch fegte, war es für sie, als hätte ihr jemand einen heftigen Tritt in die Magengrube verpasst.

Keine Frage, sie hatten einen neuen Tiefpunkt erreicht. Auch wenn Elisabeth inzwischen klar geworden war, dass er wohl doch nicht an einem Hirntumor litt, ließ sich das Offensichtliche nicht länger verdrängen: Friedrich war krank.

Außerdem war sie es leid, sich aus Scham mit ihm zu Hause zu verkriechen. Monatelang hatte sie Ausreden erfunden, um Freunde und Bekannte möglichst von Friedrich fernzuhalten. Ständig hatte sie einem von ihnen beiden eine Erkältung, Kopf- oder Zahnschmerzen angedichtet. Bald war es mühsam geworden, den Überblick darüber zu behalten, wem sie was vorgelogen hatte.

Zudem hatte sich selbst Valerie im fernen London längst einen Reim aus dem Verhalten ihres Vaters gemacht. In einem der letzten Telefonate hatte er sich nach den Hunden erkundigt und daraufhin nicht erklären können, welche er damit gemeint hatte. Weder sie beide noch Valerie hatten jemals einen Hund besessen. Nachdem Friedrich sie eine Woche später gefragt hatte, wie es ihr in der Schule ging, hatte Valerie Elisabeth vor die Wahl gestellt. Entweder sie würde endlich mit ihrem Vater zum Arzt gehen oder Valerie würde nach Hause kommen und das übernehmen.

Aber es war schließlich ihre Schwiegertochter Sarah, die Friedrich einen Termin bei einem Spezialisten vereinbarte und Elisabeth danach vor vollendete Tatsachen stellte. »Der Termin nächste Woche steht. Entweder du gehst mit ihm hin, oder ich werde es tun.«

»Ich weiß nicht, findest du das nicht ein wenig übertrieben? Es wäre doch auch möglich, dass …«

Sarah ließ sich gar nicht erst auf eine Diskussion ein und unterbrach Elisabeth: »Wie gesagt: Entweder du gehst mit Friedrich dorthin, oder ich tue es.«

Sarah hatte ihre eigenen Eltern früh verloren. Ihren Vater hatte sie nie wirklich kennengelernt – er hatte sie und ihre Mutter verlassen, bevor sie in den Kindergarten gekommen war, um eine neue Familie zu gründen. Ihre Mutter starb an einem Schlaganfall, als Sarah zwölf war. Diese Verluste hatten sie geprägt. Sarah war kein Mensch, der wegsah, wenn es Probleme in der Familie gab. Sie war jemand, der sie ansprach, anpackte und nach Lösungen suchte. Oder zumindest wissen wollte, woran sie war.

Philipp hingegen tickte wie Elisabeth. Wenn er zu Besuch war, was nicht oft vorkam, und sein Vater etwas Absurdes tat oder von sich gab, saß er nur da und starrte betreten auf die Tischplatte. Oder er brach mit einem unglaubwürdigen Vorwand abrupt auf und stürmte aus dem Haus. Der Apfel fällt bekanntlich nicht weit vom Stamm. Es war offensichtlich, dass er nicht wahrhaben wollte, was mit seinem Vater geschah.

Doch Sarah blieb hart. Und so saß Elisabeth eine Woche später mit Friedrich dem Neurologen gegenüber – etwas, das sie längst hätte tun sollen. Ihr Herz klopfte dabei zum Zerspringen, ihre Hand, mit der sie Friedrichs hielt, zitterte und war vor Aufregung ganz nass. Ihre Unterlippe hatte sie sich bereits im Wartezimmer wundgebissen.

Die Haut im Gesicht des Arztes war rosafarben und zart wie ein Babypopo. Nicht der leiseste Ansatz eines Bartes war darin zu entdecken. Er konnte keine 30 sein. Hätte Elisabeth den Mann auf der Straße gesehen, hätte sie ihn wohl für 20 oder noch jünger geschätzt.

Was kann der schon wissen?, versuchte sie sich also einzureden. *Der kann doch unmöglich sein Studium abgeschlossen haben. Wir verschwenden nur unsere Zeit!*

Doch Elisabeths Skepsis änderte nichts daran, dass die Diagnose, die er stellte, die einzig richtige war.

Alzheimer.

Mit 63.

Zweieinhalb Jahre vor Friedrichs wohlverdientem Ruhestand.

Konnte das Leben grausamer sein?

Jahrzehntelang hatte Friedrich hart gearbeitet. Er hatte sich seinen Allerwertesten aufgerissen, damit es den Kindern und Elisabeth gut ging. Hatte Überstunden geschoben. Er hätte sich ein paar schöne Ruhestandsjahre verdient. Sie hätten endlich die Reisen machen sollen, von denen sie schon so lange geträumt hatten. Sie wollten Griechenland sehen, Italien, Frankreich und so vieles mehr. Sie hätten fein essen gehen sollen. Tanzen. Lachen. Ihre gemeinsame Zeit genießen.

Stattdessen war ihr Alltag fortan von Friedrichs Krankheit geprägt. Und Elisabeths Wut darüber.

In etwas mehr als drei Wochen würde Friedrich 70 werden. Aber nach feiern war Elisabeth nicht zumute. Die Krankheit hatte ein schlimmes Ausmaß erreicht. In vielerlei Hinsicht war Friedrich wie ein Kleinkind geworden und nicht mehr der Mann, der er einmal gewesen war. Mit dem sie fast 45 Jahre zuvor zusammengekommen war und den sie fünf Jahre später geheiratet hatte. Immer öfter beschlich Elisabeth mittlerweile das Gefühl, mit einem Fremden unter einem Dach zu leben.

4

Als Thomas die Haustür öffnete, empfing ihn eine unangenehme Kälte. Am Nachmittag hatte es milde, spätsommerliche Temperaturen gehabt, der Himmel war nahezu wolkenlos gewesen. Aber das hatte sich in den letzten Stunden, in denen er sich im Keller verkrochen hatte, geändert. Mittlerweile waren dunkle, unheilverkündende Wolken aufgezogen. Es roch bereits nach Regen.

Er hielt nach Monika Ausschau. Fand sie unter der Esche stehen. Da, wo immer noch Annas Schaukel aus Kindertagen hing. Wo sich am Nachmittag die kräftigen Sonnenstrahlen durch die Zweige und die wenigen verbliebenen Blätter gezwängt hatten und auf das morsche Holzbrett gefallen waren. Wie so oft hatte er minutenlang darauf gestarrt. Und sich der schmerzvollen Erinnerung hingegeben. In Momenten wie diesen glaubte Thomas, Anna aus einer weit entfernten Welt »Höher!« rufen zu hören. »Noch höher!«

Jetzt wurde das Brett vom heftigen Wind hin und her geschleudert und zerrte an den spröden Seilen. Monika stand mit dem Rücken zu ihm. Ihr Kopf war gesenkt, ihr Blick schien auf einen Punkt irgendwo vor ihren Schuhspitzen gerichtet. Ihr Haar wehte im Wind, ihre Kleidung wurde an ihren ausgemergelten Körper gedrückt. In den letzten Wochen hatte sie viel geweint, kaum das Haus verlassen und so gut wie nichts gegessen. An manchen Tagen hatte er sie regelrecht dazu zwingen müssen. So wie heute Mittag.

»Nimm zumindest einen Bissen«, hatte er sie gedrängt.

»Ich kann nicht.«

»Du musst. Mund auf!«

Sie hatte sich abgewandt. »Nein, Thomas, bitte …«

Er hatte die Gabel zu ihrem zusammengepressten Mund geführt. »Komm schon, einen Bissen nur.«

Vehementes Kopfschütteln.

Erst, nachdem er laut geworden war, hatte sie wenigstens einen Bissen genommen.

Jetzt schlüpfte Thomas in das nächstbeste Paar Schuhe und trat nach draußen in die Kälte. Als er Monika erreicht hatte, stellte er sich neben sie. Er wollte etwas sagen, wusste aber nicht, was. Schließlich berührte er sie sanft an der Schulter.

Sie reagierte nicht.

»Willst du nicht lieber ins Haus kommen?«, fragte er. »Du musst doch frieren.«

Sie sagte nichts.

»Es geht gleich los.«

Sie blieb stumm.

»Monika, du solltest …«

»Ich glaube, ich will es lieber doch nicht sehen«, unterbrach sie ihn.

»Wie du meinst. Du musst es dir nicht anschauen. Aber du solltest trotzdem reinkommen. Es fängt gleich zu regnen an.«

Monika sprach so leise, dass er sie kaum verstehen konnte. Ihre Stimme zitterte. »Es tut so weh, Thomas. Ich halte das nicht mehr aus.«

Er hatte keine Ahnung, was er darauf sagen sollte. Monika hatte völlig recht. Es war unerträglich. Immer noch, nach 22 Jahren.

Er hatte alles Mögliche versucht, um den Schmerz zu lindern. Aber nichts, absolut gar nichts, hatte geholfen. Das

Sprichwort war falsch – die Zeit heilte nicht alle Wunden. Zumindest ihre nicht. Thomas vermisste sein kleines Mädchen jeden Tag. Bei fast allem, was er sah, tat oder erlebte, musste er an Anna denken. Und jetzt würde es gleich noch viel schlimmer werden. Ganz egal, was er sich in den letzten Wochen einzureden versucht hatte.

»Bitte lass mich heute Nacht nicht alleine, Thomas!«

»Du weißt, dass das nicht geht.«

»Aber wir müssen das doch nicht tun.«

»Ich werde nicht lange weg sein, versprochen.«

»Ich schaffe das nicht ohne dich.«

»Du weißt, dass ich gehen muss.«

»Nein, das musst du nicht. Wir können das alles vergessen. Niemand zwingt uns …«

»Wir tun das für Anna.«

Monika kullerten Tränen übers Gesicht. Thomas nahm sie in den Arm, drückte sie ganz fest an sich, streichelte ihr mit der flachen Hand über den Rücken. Konnte ihren Körper beben spüren.

Irgendwann löste Monika sich aus der Umarmung, schaute aus tränengetränkten Augen zu ihm auf. »Was soll das bringen?«

Thomas wischte ihr die Wangen trocken. »Das haben wir doch schon so oft durchgekaut.«

»Aber ich habe meine Meinung geändert. Ich halte es für keine gute Idee mehr. Und mit deinem verletzten Bein kannst du doch gar nicht …«

»Wir haben keine andere Wahl. Das weißt du genauso gut wie ich. Wir müssen das durchziehen, heute Nacht. So, wie wir es besprochen haben. Es ist unsere einzige Chance.«

Monika wollte erst etwas sagen. Doch sie entschied sich anders. Hielt inne.

Sekundenlang schwiegen sie einander an. Schauten einander in die Augen. Studierten das Gesicht ihres Gegenübers. Eine Windböe brachte die wenigen Blätter in der Baumkrone über ihnen zum Rascheln und trieb abgefallene über den Boden. Vom Wald drang ein leises Rauschen zu ihnen, gelegentliches Knarren. Und während sich in Thomas leise Zweifel regten, veränderte sich Monikas Blick. Ihre Bedenken schienen zu weichen. Entschlossenheit blitzte in ihren Augen auf.

Schließlich nickte sie. »Du hast recht.«

»Wir tun das Richtige, Monika«, sagte Thomas und war auf einmal selbst nicht mehr so sicher.

Sie nickte abermals.

Er griff ihre Hand.

»Komm, lass uns ins Haus gehen.«

Auf dem Weg musste er an all das Blut denken, das er in dieser Nacht noch sehen würde. Nicht nur im Fernsehen.

5

Der Werbeblock erschien Elisabeth endlos. Alleine die stumpfsinnige Werbung für ein großes Möbelhaus kam gleich dreimal in leicht abgeänderter Form. Aber dann war es endlich so weit: »Mörder im Visier« begann.

Eine hochdramatische, aufreibende Melodie setzte ein. Polizeisirenen schrillten darüber und wurden bald von unverständlichen Polizeifunkgeräuschen und einem EKG-Piepen abgelöst. Die Bilder wechselten im Sekundentakt. Detailaufnahmen von blutverschmierten Tatorten. Pistolen, Messer, eine Axt und andere Mordwaffen. Blutspritzer. Blaulicht. Phantomfotos. Fingerabdrücke. Absperrbänder. Eine Polizeimarke.

Elisabeth spürte, wie ihr die Hitze zu Kopfe stieg. Ihre Ohren begannen zu glühen. Sie bemerkte, dass ihr der Mund offen stand und sie die Luft angehalten hatte. Sie wollte tief durchatmen. Doch es fühlte sich an, als wurde sie von einer unsichtbaren Hand gewürgt. Je angestrengter sie versuchte, lockerer zu werden, desto angespannter fühlte sie sich. Sie legte sich einen Zierpolster in den Schoß und krallte sich darin fest.

Der Albtraum war zurück. In ihrem Wohnzimmer. Und selbst nach 22 Jahren schien er nichts an seiner Wucht eingebüßt zu haben.

Auf dem Bildschirm erschien der blutrote Schriftzug »Mörder im Visier«. Gleichzeitig hatte die musikalische Untermalung ihren dramatischen Höhepunkt erreicht. Ein schriller Frauenschrei klang langsam aus.

Dezente, aber nicht weniger dramatische Hintergrundmusik setzte ein. Eine tiefe männliche Stimme aus dem Off stellte die drei ungelösten Mordfälle der Sendung vor. Dazu blitzten erneut stakkatoartig Bilder auf: Fotos der Opfer, als diese noch gelebt hatten. Verdächtige, über deren Augen ein dünner schwarzer Balken verlief. Luftaufnahmen der Leichenfundorte. Ein Messer mit schwarzem Griff und einer grob gezackten Klinge.

Annas Fall, der offensichtlich als Höhepunkt der Sendung

dienen sollte, wurde als »Der Moorkiller« vorgestellt. Die tiefe männliche Stimme erklärte:

Anna Venz war ein lebensfroher, optimistischer Mensch an der Schwelle zum Erwachsenwerden. Das Mädchen hatte große Pläne, wollte studieren, vielleicht sogar ins Ausland gehen. Aber an einem Freitagabend im September 1997 sollten diese Träume ein jähes Ende finden. Und Anna den Tod.

Zuvor feierte sie an diesem Abend mit Freunden ihren 18. Geburtstag. Die Stimmung war ausgelassen, doch im Laufe des Abends kam es zu einem Streit. Kurze Zeit später, etwa gegen halb eins, war Anna plötzlich verschwunden. Die Freunde fanden das zwar seltsam, doch sie vermuteten, dass Anna die Lust am Feiern vergangen und sie nach Hause gefahren war. Es war jede Menge Alkohol geflossen, niemand machte sich ernsthafte Sorgen. Erst am Sonntagmorgen, zwei Tage später, meldeten Annas Eltern sie als vermisst, und eine der größten Suchaktionen, die das Land je gesehen hat, wurde eingeleitet. Eine Hundertschaft war pausenlos im Einsatz. Und fand vier Tage später Annas nackte Leiche mit Hilfe von Spürhunden in einem an die Heimatstadt angrenzenden Moor.

Aufgrund der Tatsache, dass Anna nackt gefunden worden war und ihr Körper zahlreiche Abwehrspuren aufweist, gehen die Ermittler von einem versuchten Sexualverbrechen aus. Und davon, dass es sich bei dem Fundort nicht um den Tatort handelt. Aber was passierte wirklich? Wo wurde Anna umgebracht? Was geschah mit ihrer Kleidung und ihrer Tasche? Behielt sie der Moorkiller als makabres Souvenir? Und welche Spuren gingen durch die zahlreichen Ermittlungsfehler verloren? Stimmt es, was man sich in der Gegend erzählt? Dass gar der Mörder selbst seine Hände bei der Vernichtung von Beweisen im Spiel hatte?

Ein Porträtfoto von Anna war während der letzten Sätze auf dem Bildschirm erschienen. Sie lächelte darauf unbeschwert. Der Anblick trieb Elisabeth Tränen in die Augen.

Sie hatte mitbekommen, dass Friedrich die ganze Zeit über unruhig gewesen war. Jetzt zeigte er ganz aufgebracht auf den Fernseher und rief: »Das ist Anna!«

»Ja, das ist Anna.«

Elisabeth schaffte es nicht, ihren Blick von dem Bild loszureißen.

Friedrich faselte unaufhörlich. Aber Elisabeth hörte ihm gar nicht richtig zu. In diesem Moment hatte sie der Schmerz fest im Griff. Sie machte sich keinerlei Gedanken darüber, was die Bilder wohl in Friedrich ausgelöst haben mochten. Woran er sich erinnerte und in welchen Kontext er dies zu verbringen mochte.

Seit dem Kindergartenalter war Anna die beste Freundin ihrer Tochter gewesen. Valerie und sie waren unzertrennlich und Anna ständig bei ihnen gewesen. Sie hatte fast schon zur Familie gehört. Hatte oft bei ihnen zu Abend gegessen, geschlafen und sie bei Ausflügen begleitet. Und dann, von einem Tag auf den anderen, war sie nicht mehr da gewesen.

Elisabeth wischte sich mit dem Handrücken Augen und Wangen trocken. Friedrich sollte nicht merken, dass sie weinte. Aber es war zwecklos, es kamen immer mehr Tränen.

Auf dem Bildschirm erschien die Moderatorin der Sendung. Sie trug ein schwarzes Kostüm und eine weiße Bluse, womit sie vermutlich zumindest einen Funken Seriosität in die Sendung zu bringen versuchte. Sie hatte einen betroffenen Blick aufgesetzt, als sie eine heruntergekommene Wohnhaussiedlung entlang ging und den ersten Fall einleitete.

Erst jetzt nahm Elisabeth Friedrich wieder wahr. Sie bildete sich ein, dass er eben von einem roten Slip gesprochen hatte. Aber da musste sie sich wohl verhört haben.

6

Von dem zweiten Werbeblock seit Sendungsbeginn bekam sie kaum etwas mit. In ihrem Kopf lief ein Gedankenkarussell, das für nichts und niemanden Halt machte. Es drehte sich nur um Anna. Wurde immer schneller und schneller.

Elisabeth war schlecht.

Friedrich hatte sich längst beruhigt. Er hatte die Rückenlehne seines Fauteuils zurückgestellt und die Beine auf der Fußstütze überkreuzt. Die gefalteten Hände ruhten auf seinem Bauch, das Glas Himbeersaft hatte er gefährlich nahe an der Kante des kleinen Tischchens neben sich abgestellt. Normalerweise hätte Elisabeth ihn gebeten, es weiter in die Mitte zu stellen. Erst drei Tage zuvor hatte er ein Glas mit einer schwungvollen Handbewegung von dort hinuntergefegt. Aber heute war es ihr egal.

Im Fernsehen lief eine Werbung für ein Online-Wettbüro, bei der Elisabeth immer den Kopf schütteln musste. Sie hatte sich schon immer gefragt, wie man nur so leichtsinnig mit seinem Geld umgehen konnte. Und wie man tatsächlich so naiv sein und glauben konnte, dass Wetten so einfach war, wie die stinkreichen Glücksspielkonzerne einem das weiszumachen versuchten? Wenn dem so gewesen wäre, dann hätten die sich keine TV-Werbung leisten können. Punkt.

Dass sie so sensibel auf dieses Thema reagierte, hatte einen Grund: Norbert, Friedrichs um drei Jahre älterer Bruder, war einer dieser Naiven. Spielsucht und ein ausgeprägter Hang zum Alkohol – keine besonders gute Mischung.

Friedrich und Elisabeth hatten Norbert finanziell ausgeholfen. Hatten ihm im Laufe der Jahrzehnte eine gehörige Summe geliehen, vieles sogar geschenkt, weil ihnen klar gewesen war, dass Norbert es ohnehin niemals würde zurückzahlen können. Und das, obwohl sie selbst nie viel Geld hatten.

Friedrich hatte die letzten zehn Jahre vor seiner verfrühten Rente zwar eine leitende Position in der Stadtverwaltung innegehabt. Aber bei einer Stadt, die von massiver Landflucht, fehlenden Arbeitsplätzen und mangelnder Attraktivität für Investoren betroffen ist, fallen die Angestelltengehälter nicht gerade üppig aus.

Und Elisabeth hatte mit ihren Marmeladen, Tees und Kräutermischungen ohnehin nie mehr als ein kleines Taschengeld gemacht. Aber sie hatte damals schlichtweg keine andere Wahl gehabt. Fast zehn Jahre lang hatte sie an dem kleinen Theater in der Stadt gearbeitet, es sogar mitaufgebaut. Hatte ihren Traum gelebt. Hatte verschiedenste Rollen einstudiert, war in sie hineingeschlüpft, hatte Bühnenluft schnuppern, Luftpartikel im grellen Scheinwerferlicht schweben sehen und die Blicke des Publikums auf ihrer Haut spüren dürfen. Hatte Applaus bekommen.

Dass sie nie die ganz große Karriere machen würde, war Elisabeth klar gewesen. Dafür hätte sie wegziehen, weit mehr Zeit investieren und vieles entbehren müssen. Aber das war es ohnehin nie gewesen, was sie angestrebt hatte. Was sie wollte, war, kreativ sein. Emotionen im Publikum auslösen. Und damit ihren Lebensunterhalt verdienen.

Was sie besser konnte als jeder andere, den sie kannte, und worum sie ihre Schauspielerkollegen und viele andere beneideten, war es, fremde Stimmen zu imitieren, Mimik und Gesten. Elisabeth wusste selbst nicht genau, wie sie es machte, musste nie großartig darüber nachdenken. Sie schaffte es instinktiv, das Markante in Stimmen, Blicken und Gesten zu erkennen und nachzuahmen. Auch männliche Stimmen und sogar einige prominente Persönlichkeiten hatte sie täuschend echt draufgehabt. Und so hatten sie in die Stücke, wenn es denn passte, auch humoristische Einlagen eingebaut, in denen Elisabeth im Mittelpunkt gestanden hatte.

Früher hatte sie sich auch oft einen Spaß daraus gemacht und Friedrichs, Philipps oder Valeries Stimme imitiert, wenn sie ans Telefon gegangen war. So gut wie immer hatten die Anrufer einige Zeit gebraucht, um zu begreifen, mit wem sie in Wirklichkeit sprachen.

Aber bald musste das Theater seine Pforten schließen. Zum einen natürlich, weil das Publikum zunehmend ausblieb. Zum anderen, weil nach und nach die meisten ihrer Schauspielerkollegen wegzogen. Das hatte zur Folge, dass Elisabeth oft in Doppelrollen schlüpfen musste, was sie, bis auf das intensivere Textlernen nicht störte. Und, dass die Stadt bald keine Fördergelder mehr zur Verfügung stellte. Auch wenn Friedrich sich dafür einsetzte und alles versuchte.

Elisabeth wollte es erst nicht wahrhaben. Sie entwarf weiter Kostüme, studierte Rollen ein, lernte Texte auswendig. Und bat Friedrich, sie mit ihr zu üben. Irgendeine Lösung würde sich schon finden. Aber es fand sich keine. Alles, was Elisabeth nach der Schließung blieb, war eine geringfügige Anstellung in der Schule, wo sie den Kindern im Rahmen eines Freifachs zweimal im Monat nachmittags Schauspielgrundlagen beibrachte und Stücke für die Weihnachtsfeiern und die Sommerfeste probte. Aber drei Jahre später war es auch damit vorbei, weil die Schule dafür kein Geld mehr aufbringen konnte. Oder wollte.

Elisabeth war gezwungen, die Schauspielerei aufzugeben und sich etwas Neues zu suchen. Aber das war leichter gesagt als getan. Denn was war sie schon? Eine arbeitslose Laienschauspielerin. Was folgte, waren fünf deprimierende Jahre der erfolglosen Jobsuche – auch, weil es so gut wie keine freien Stellen in der Gegend gab. Fünf Jahre, in denen ihr Selbstbewusstsein weiter den Bach runterging. In denen sie sich minderwertig fühlte. Weil sie keinen Beitrag leisten konnte. Und auch Friedrichs Job unsicherer wurde.

Einmal kam so etwas wie ein Funken Hoffnung in ihr auf. Als sie einen Anruf von der Mutter eines ehemaligen Schülers bekam.

»Georg war damals so begeistert von Ihnen. Geben Sie eigentlich noch Unterricht?«, fragte sie ohne große Umschweife.

»Natürlich«, log Elisabeth und konnte ihr Glück kaum fassen.

Binnen weniger Sekunden war ihr Funke zu einer kleinen Flamme geworden. Aber ebenso schnell erloschen. Weil die Frau sie bloß darum bat, auf dem Kindergeburtstag ihres jüngsten Sohnes als Clown aufzutreten. Es war wie ein Schlag ins Gesicht für Elisabeth. Und dennoch nahm sie den Auftrag an. Weil es immer noch besser war, als gar nichts zu tun. Das dachte sie zumindest. Tatsächlich empfand sie diese zwei Stunden als pure Erniedrigung. Und als Friedrich sie am Abend fragte, wie es gewesen war, brach sie in Tränen aus.

Nach diesem Nachmittag beschloss Elisabeth, den Traum der Schauspielerei endgültig aufzugeben. Und weil diese Entscheidung sie so sehr schmerzte, hörte sie auch damit auf, Menschen in ihrer Umgebung nachzuahmen. Natürlich nahm sie all die Eigenheiten ihrer Gegenüber weiterhin wahr. Das Kratzen am Handrücken zum Beispiel, wenn Friedrich mit einer Situation überfordert war. Seinen und Philipps stets mürrischen Unterton. Sarahs leichtes, kaum hörbares Lispeln. Doch in einem ständigen inneren Kampf unterdrückte Elisabeth fortan den Drang, diese nachzuahmen. Stattdessen versuchte sie, mit ihrem Wissen über Kräuter und Pflanzen für ihren Beitrag in der Haushaltskasse zu sorgen. Dass sie auch damit nicht das große Geld machen würde, war ihr klar. Aber ihr blieb keine andere Wahl. Elisabeth kannte jede Pflanze und jedes Kraut, das in der Umgebung wuchs. Sie wusste um deren heilende, aromatische oder geschmackliche Wirkungen. Und, woraus sie Marmeladen, Tees, Seifen, Kräuterkissen oder was auch immer machen konnte.

Friedrich und sie hatten also gelernt, mit dem wenigen Geld, das sie zur Verfügung hatten, gut auszukommen. Im Garten zogen sie ihr eigenes Gemüse. Und die großen Fleischesser waren sie ohnehin nie gewesen. Wäre es nach Friedrich gegangen, hätte sie drei- bis viermal die Woche Pfannkuchen machen können.

Friedrich reparierte Schäden am Haus und im Garten selbst. Und Elisabeth versuchte wiederum zu retten, was durch seine Reparatur kaputt gegangen war. Dieses handwerkliche Antitalent hatte er übrigens an Philipp weitergegeben. Ständig hatte der Schrammen und blaue Flecke. Unlängst, hatte ihr Sarah im Vertrauen erzählt, hatte er es tatsächlich geschafft, sich beim Ausholen den Hammer an die Stirn zu schlagen. Eine Glanzleistung, die selbst Friedrich noch nicht zustande gebracht hatte. Aber als Fotograf musste er ja auch nicht zwingend mit einem Hammer umgehen können.

Im Fernsehen war schon wieder die nervige Werbung für ein Möbelhaus zu sehen.

Friedrich gähnte herzhaft und streckte sich.

»Müde?«, fragte Elisabeth in der Hoffnung, ihn ins Bett zu bekommen.

Er ignorierte sie.

»Wieso machst du dich nicht schon fertig? Ich komme gleich nach.«

»Ich bin nicht müde.«

Er gähnte erneut.

»Ich sehe dir doch an, dass du kaum die Augen offen halten kannst.«

Wieder antwortete er nicht.

»Friedrich, du kannst doch …« Elisabeth brach den Satz ab.

Der Werbeblock war zu Ende. »Mörder im Visier« ging endlich weiter.

Die Moderatorin ging in ihrem Kostüm einen schmalen Holzsteg entlang, der über eine nebelverhangene Moorlandschaft hinweg führte. Schwer zu sagen, ob es sich dabei um das hiesige Moor oder irgendein anderes handelte. Wieder hatte die Frau einen betroffenen Ausdruck im Gesicht.

Nun, meine Damen und Herren, wollen wir uns einem

besonders mysteriösen Fall zuwenden, der sich im September
1997 ereignete und in dem der lebensfrohen Anna Venz auf
brutale Weise das Leben genommen wurde – in der Nacht
vor ihrem 18. Geburtstag. Auch in diesem Fall hoffen die
Ermittler, aufgrund eines Ereignisses in jüngster Vergangenheit dem Täter endlich auf die Spur zu kommen.

Ein Schwarz-Weiß-Bild von Anna wurde eingeblendet. Am unteren Bildrand erschien in Schreibmaschinen-
schrift mit Anschlag-Toneffekten der blutrote Schriftzug:
Der Moorkiller. Unmittelbar darauf wurde darunter Annas
Todestag eingeblendet: Samstag, 6. September 1997.

Wie von einer Tarantel gestochen, hatte Friedrich mit den
Fersen die Fußstütze hinuntergedrückt und sich aufgerich-
tet. Er zeigte auf den Fernseher und schrie: »Das ist Anna!«

»Ja«, murmelte Elisabeth und ging nicht weiter auf ihn
ein. Sie wollte den Beitrag hören.

»Elisabeth, schau doch!«

»Ja, Schatz, ich weiß.«

»Aber sie … wieso?«

»Das ist ein Beitrag über sie.«

»Was für ein Beitrag?«

Elisabeth war klar, dass sie Friedrich hätte besänftigen
und ihm die Situation erklären sollen. *Reagieren Sie, wenn
Ihnen jemand verloren erscheint!* – dieser Satz aus einer
Demenz-Broschüre hatte sich in Elisabeths Hirn gebrannt.
Aber in diesem Augenblick wollte sie einfach nur, dass er
still war.

»Warum …?«

»Bitte sei kurz leise! Ich will das hören!«

Friedrich erwiderte etwas, quasselte immer weiter. Aber
Elisabeth blendete ihn, so gut es ging, aus. Sie hatte ohnehin schon einige Sätze nicht mitbekommen.

... der Nacht von 5. auf 6. September 1997 ereignete sich in dieser bis dahin so friedlichen Gegend ein grausames Verbrechen, das bis heute ungeklärt ist und viele Rätsel aufgibt. Von zentraler Bedeutung ist für die Ermittler die Frage, ob der Mord mit den zahlreichen Übergriffen eines Unbekannten auf vorwiegend Frauen aus der Gegend zusammenhängt. Diese Attacken begannen knapp drei Jahre nach dem Mord und dauern bis heute an. Sie fanden in unregelmäßigen Abständen statt. Manchmal vergingen Jahre, einmal lagen bloß drei Tage zwischen zwei Übergriffen. Der letzte liegt erst drei Monate zurück – er ist die größte Hoffnung der Ermittler. Denn dabei scheint der Täter *erstmals einen Fehler begangen zu haben. Die Polizei hofft nun, ihn mit Ihrer Unterstützung endlich ausfindig machen zu können.*

Elisabeth zitterte. Und je mehr sie versuchte, es zu unterdrücken, desto heftiger wurde es. Wie jedes Mal, wenn sie von dem Psychopathen hörte, war sie von Angst überwältigt. Seit er es knapp fünf Jahre zuvor auch auf sie abgesehen hatte. Die Narbe an ihrer linken Schläfe war zwar inzwischen kaum zu erkennen. Und dennoch erinnerte sie Elisabeth jedes Mal, wenn sie in den Spiegel sah, daran, dass der Mistkerl in jener Nacht wie aus dem Nichts auf einmal vor ihr gestanden hatte. Dass er ausholte. Und zuschlug. Viel zu rasch, als dass sie die Hände hätte hochreißen und sich wehren können. Viel zu hart, als dass sie eine Chance gegen die Bewusstlosigkeit gehabt hätte.

Um die Dramatik zu unterstreichen, hatte die Kamera ganz nah an das Gesicht der Moderatorin gezoomt. Diese machte eine bedeutungsschwere Pause.

Bei Elisabeth zeigte es Wirkung. Sie bemerkte, dass sie erneut den Atem angehalten und sich regelrecht in den Zierpolster auf ihrem Schoß verkrallt hatte.

Doch zuerst wollen wir zurück in den September des Jahres 1997 gehen. In jene verhängnisvolle Nacht, in der die Schülerin Anna Venz eigentlich nur Spaß haben und ihren 18. Geburtstag mit Freunden feiern wollte. In der jedoch alles anders kommen sollte. Diese Nacht sollte zur letzten ihres Lebens werden. Weil sie irgendwann nach Mitternacht ermordet wurde.

Elisabeth versuchte, ihre Atmung in den Griff zu bekommen und von dem Zierpolster abzulassen. Sich auf den Beitrag zu konzentrieren.

Aber Friedrich quasselte unentwegt.

»Bitte sei kurz ruhig!«, fuhr sie ihn deutlich lauter als zuvor an.

Aber er reagierte überhaupt nicht darauf. Redete weiter.

Im Beitrag wurde eine nachgespielte Szene gezeigt. Eine Schauspielerin, die Anna verblüffend ähnlich sah, stand vor dem Badezimmerspiegel und machte sich für den Abend fertig. Sie kämmte ihr Haar, trug schwarzen Lidschatten und roten Lippenstift auf. Ihre Mutter, die für Elisabeth wiederum kaum Ähnlichkeit mit Monika hatte, erschien im Türrahmen und betrachtete Anna schweigend.

»Was ist?«, wollte Anna im für Teenager so typischen genervten Tonfall wissen.

Ihre Mutter lächelte. »Nichts.«

»Warum beobachtest du mich dann?«

»Weil ich nicht fassen kann, wie rasch die Zeit vergangen ist und wie schnell du erwachsen geworden bist. Ich kann mich noch erinnern, als …«

»Mama, bitte!«

»Was denn?«

»Du nervst.«

»Ja, ja, ich hör' ja schon auf.«

»Danke, zu gütig.«

»Viel Spaß heute.«

»Den werden wir haben.«

»Sei vorsichtig.«

Anna seufzte theatralisch.

»Und trink nicht zu viel.«

»Hast du nicht eben etwas davon gesagt, dass ich schon erwachsen bin?«

»Erst am Sonntag. Und morgen willst du ja auch noch feiern. Das geht einfacher ohne Kopfschmerzen, das kannst du mir glauben. Außerdem ...«

Anna verdrehte die Augen. »Bitte Mama, ich bin kein kleines Kind mehr.«

»Aber manchmal benimmst du dich leider noch wie eines.«

»Hab ich dir schon gesagt, dass du nervst?«

»Ist ja gut, ich lass dich in Ruhe.«

»Danke.«

»Soll ich dich fahren?«

»Nein, ich nehme das Fahrrad.«

»Aber ruf an, wenn ich dich holen soll.«

»Brauchst du nicht.«

Monika umarmte ihre Tochter. Die ließ es über sich ergehen.

Dies ist das letzte Mal, dass Monika Venz ihre Tochter lebend sieht.

7

Anna verließ das Haus und ließ die Tür lautstark hinter sich zufallen. Der Bewegungsmelder reagierte, das Licht sprang an. Ihr Fahrrad lehnte zwei Meter weiter an der Hauswand. Anna nahm es, stieg auf und fuhr los. Ein schmaler Lichtkegel zerschnitt von der Lenkstange aus die Nacht. Die Dunkelheit begann Anna zu verschlucken.

Es ist schon finster, als Anna von daheim aufbricht, erklärte der Sprecher mit der tiefen Stimme unnötigerweise. *Doch das Mädchen ist in der Gegend aufgewachsen und kennt sie wie ihre Westentasche. Bis zu dem Tanzlokal am Stadtrand, in dem sie sich gleich mit Freunden trifft, sind es keine zehn Minuten Fahrt. Ein Großteil der Strecke ist von Straßenlaternen gesäumt. Anna hat den Weg schon unzählige Male mit dem Fahrrad zurückgelegt.*

Schnitt.

Eine digitale Landkarte erschien auf dem Bildschirm. Eine rote Linie zeigte Annas Weg.

Schnitt.

Jetzt war Anna von vielen jungen Menschen umgeben, das Lokal war gut gefüllt. Laute Musik dröhnte aus den Boxen. Bunte Lichter flackerten im Hintergrund. Zigarettenqualm durchzog die Luft. Es wurde getanzt, gelacht und Alkohol getrunken. Ein Barkeeper warf drehend eine Wodkaflasche in die Luft, fing sie auf und goss damit aus lichten Höhen eine Reihe von Schnapsgläsern voll. Die Gäste brüllten einander ins Ohr, um sich zu verständigen.

Gegen 21 Uhr trifft Anna in der »Tanzhöhle«, einem damals bei der Jugend der Umgebung beliebten Lokal, ein.

Elisabeth musste unwillkürlich daran denken, wie das Gebäude, in dem die »Tanzhöhle« einst untergebracht war, heute aussah. Seit gut 15 Jahren stand es leer. Seit Norbert, der damalige Besitzer, es aufgrund seiner hohen Schulden hatte schließen müssen. Mittlerweile war die Fassade großflächig abgefallen, und Ziegelsteine kamen zum Vorschein. Die meisten der Fensterscheiben waren eingeschlagen und durch schwarze Plastikplanen ersetzt worden. Bei starkem Wind bauschten sie sich durch die Rillen der Holzlatten, die davor genagelt worden waren. Die Dachschindeln waren brüchig und mit Moos überzogen. Das Schild über der Tür so verrostet, dass der Schriftzug »Tanzhöhle« kaum zu lesen war.

Das Schlimmste daran: Das marode Gebäude tanzte nicht einmal aus der Reihe. Viel mehr fügte es sich perfekt ins Gesamtbild der Stadt. Jahrzehnte der Landflucht und die Angst vor dem Psychopathen hatten sie dahingerafft. Friedrich und seine Kollegen von der Stadtverwaltung waren dagegen machtlos gewesen.

Unternehmen waren pleitegegangen oder abgewandert. Arbeitsplätze verloren gegangen. Die ehemaligen Geschäftslokale, Straßen und Plätze verkommen. Die Restaurants von einst suchte man vergebens. Mittlerweile war die Stadt ein Schatten ihrer selbst. Um genau zu sein, war die Einwohnerzahl inzwischen so weit gesunken, dass es sich offiziell gar nicht mehr um eine Stadt handelte. Bloß ein größeres Dorf mit einer Kirche, einer Bücherei, die so gut wie nie geöffnet hatte, einer Bankfiliale mit ähnlichen Öffnungszeiten. Einer schäbigen verrauchten Kneipe namens »LeistBAR«, in die Elisabeth keinen Fuß setzen würde, in der Norbert aber liebend gerne trotz permanenten Geldmangels seine Abende verbrachte. Und einem Café, in dem man zumindest ein halbwegs brauchbares Frühstück bekam. Es kursierten jedoch schon länger Gerüchte, dass auch das Café unmittelbar vor der Schließung stand.

Und da gab es das Krankenhaus – ein vierstöckiger Betonklotz, der schon von Weitem zu sehen war und sich in das Landschaftsbild fügte wie ein Clown in eine Beerdigung. Das Gebäude war Ende der 8oer-Jahre entstanden, als die damalige Stadtführung sich überzeugt gegeben hatte, dass die Region sich weiter so gut entwickeln würde, wie sie das in den wenigen Jahren zuvor getan hatte. Tatsächlich aber hatte das Bevölkerungswachstum bereits während der fünfjährigen Bauphase stagniert. In dem Jahr, als das Krankenhaus eröffnet worden war, war die Einwohnerzahl erstmals zurückgegangen. Und das hatte sie seither jedes Jahr aufs Neue getan. Zehn Jahre nach der Eröffnung war ein gesamter Flügel stillgelegt worden. Weitere Stationen waren in den Jahren danach gefolgt. Seitdem fragte sich jeder in der Umgebung, wie lange es noch tragbar sein würde.

Auch diesem Gebäude war auf den ersten Blick das fehlende Geld anzusehen. Die einst strahlend weiße Fassade war zu einem dreckigen Grau verkommen. Der meist gähnend leere Parkplatz war mit Unkraut, das sich zwischen den Pflastersteinen hindurchgedrängt hatte, übersät. Die Inneneinrichtung war in die Jahre gekommen, das Personal ebenso. Aber immerhin war der Betreiber einer der letzten verbliebenen Arbeitgeber der Region.

Im TV-Beitrag erklarte die Stimme im Off weiter: *Gemeinsam mit Freunden feiert Anna ihren Geburtstag vor. Die eigentliche Party sollte erst in einer Woche stattfinden. Ihre beste Freundin wird in zwei Wochen volljäh-*

rig. Die beiden haben sich für eine gemeinsame Party an
dem Wochenende zwischen ihren Geburtstagen entschieden.

Elisabeth musste an Valeries Geburtstag zwei Wochen
später denken. Daran, dass niemandem nach Feiern zumute
war. Und sich ihre Tochter den ganzen Tag über in ihrem
Zimmer eingesperrt hatte.

Im TV-Beitrag standen Anna und ihre Freunde im Halb-
kreis an der Bar und prosteten einander zu. Sie leerten die
Schnapsgläser in einem Zug. Anna zog eine Grimasse, schüttelte angewidert den Kopf. Als sie sich gefangen hatte, gab
sie dem Barkeeper ein Handzeichen: noch eine Runde.

Schnitt.

Ein Mann wurde eingeblendet. Er saß auf einem Hocker
vor einer schwarzen Studiowand, auf der blutrot »Mörder
im Visier« stand. Er trug ein weißes Hemd, darüber ein
Jackett, das ihm zu groß schien.

Der Mann kam Elisabeth auf Anhieb bekannt vor. Im ersten Moment konnte sie ihn in ihrer Aufregung aber nicht
zuordnen. Erst als sein Name eingeblendet wurde, erkannte
sie Harald Lorenz, den ehemaligen Polizeichef der Gegend,
wieder.

Elisabeth hielt sich die Hand vor den Mund. War schockiert darüber, wie stark er abgenommen hatte und wie aus-
gemergelt er aussah. Auch sein Haar war schütter geworden.
Und in seinem Gesicht war, bis auf das Rot seiner blutunter-
laufenen Augen und den dunklen Schatten darunter, kaum
Farbe zu entdecken.

Konnte die Blässe bloß an einem unvorteilhaften Studiolicht liegen? Elisabeth bezweifelte es. Sie versuchte, sich
daran zu erinnern, wann sie Harald zuletzt gesehen hatte.
Und begriff, dass es beim Klassentreffen vor etwa einem
halben Jahr gewesen sein musste. Da hatte Harald garan-

tiert nicht so schlimm ausgesehen – das wäre ihr aufgefallen und sehr wahrscheinlich Gesprächsthema in den Tagen danach gewesen.

Ein weiteres Insert erschien unterhalb seines Namens. Es verriet, dass er mittlerweile in Frührente war.

»Es ist hart, damit klarzukommen, dass Annas Mörder immer noch frei herumläuft. Und das, obwohl wir alles in unserer Macht Stehende getan haben, um ihn zu kriegen«, erklärte er in einer seltsamen Stimme, die fremd klang. »Ich kann einfach nicht akzeptieren, dass …«

»Schau doch!«, schrie Friedrich und zeigte auf den Fernseher.

Seine Hand fuhr gefährlich nah an dem Glas auf dem Beistelltischchen vorbei. Er war ganz aus dem Häuschen, weil nun auch er Harald erkannt hatte.

»Ja, Schatz, ich weiß. Das ist Harald.«

Schnitt.

Der Alkohol fließt, die Stimmung ist ausgelassen. Laut übereinstimmenden Zeugenaussagen wirkt Anna wie immer. Niemand, der etwa Nervosität oder Ähnliches an ihr bemerkt hätte. Anna und ihre Freunde haben eine gute Zeit.

Aber kurz nach Mitternacht kippt die Stimmung.

8

Es kommt zum Streit. Markus N., der Exfreund von Annas bester Freundin, ...

Valerie!, schreit es durch Elisabeths Verstand und sie schnappt nach Luft.

... taucht schwer betrunken in der »Tanzhöhle« auf. Weil er die Trennung, die mittlerweile zwei Monate zurückliegt, noch nicht verkraftet hat, kommt es seither zu unschönen Aktionen. Jetzt pöbelt er einen Jungen an, der gerade mit Annas Freundin im Gespräch ist. Markus N. stößt ihn, sodass diesem das Glas aus der Hand rutscht und zu Boden kracht. Umstehende mischen sich ein, stoßen wiederum den betrunkenen Unruhestifter zurück. Der setzt zum Gegenangriff an. Binnen weniger Sekunden eskaliert die Situation. Es kommt zu einer Schlägerei, in die mehrere Personen verwickelt sind.

Die Szene wurde geradezu lächerlich dargestellt. Beim ersten Faustschlag war deutlich zu erkennen, dass der eine Schauspieler den anderen nicht einmal ansatzweise getroffen hatte. Und dennoch war es für Elisabeth, als befände sie sich inmitten der Rangelei. Unbewusst zuckte sie mit dem Kopf, als wollte sie einem Schlag ausweichen. Sie kniff die Augen zusammen und zog die Schultern hoch, als ein Glas durch die Luft schoss und an einer Wand zerschellte.

Es ist schließlich Anna, die dem Randalierer ein volles Glas Wasser ins Gesicht schüttet. Eine Sekunde lang ist dieser daraufhin perplex. Dann will er auf Anna losgehen. Aber im selben Moment erscheinen zwei Mitarbeiter des Lokals und zerren den tobenden Mann aus dem Lokal. Laut mehre-

ren übereinstimmenden Zeugenaussagen jedoch nicht, bevor dieser Anna über die laute Musik hinweg droht: »Das wirst du noch bereuen, Anna! Das schwöre ich dir!«

Ein Klirren riss Elisabeth zurück ins Hier und Jetzt. Sie zuckte zusammen, schrie erschrocken auf. Begriff: Friedrich hatte es in seiner Aufregung tatsächlich fertiggebracht, das Glas vom Beistelltischchen zu fegen. Scherben und Himbeersaft waren großflächig auf dem Parkettboden verteilt. Friedrich war aufgesprungen und zwischen dem Fernseher und den Glassplittern hin- und hergerissen. Er zappelte, trat beinahe in die Lache.

»Setz dich hin!«, fuhr sie ihn an, stemmte sich von der Couch hoch und eilte zu ihm. »Du trittst dir noch eine Scherbe ein.«

Sie versuchte, ihn in den Sessel zu drücken, aber er hielt dagegen. Also rannte sie in die Küche, um ein Geschirrtuch und das Handbesenset zu holen. Zurück im Wohnzimmer musste sie feststellen, dass Friedrich inzwischen inmitten der Lache stand.

»Das ist Anna!«

»Ja, ich weiß.«

Sie wollte Scherben auf die kleine Schaufel kehren, aber Friedrich war im Weg.

»Bitte steig da raus.«

»Da, sieh doch!«

»Setz dich!«

»Aber wieso?«

In einer der ersten Broschüren, die sie zum Thema Alzheimer in die Finger bekommen hatte, stand: *Es ist menschlich, Fehler zu machen. Manchmal gehen Dinge zu Bruch, niemand macht das mit Absicht. Nehmen Sie es einfach mit Humor!* Seither waren viele Dinge zu Bruch gegangen, Elisabeth hatte stets den Ratschlag befolgt und war ruhig geblieben. Selbst als Friedrich beim Anziehen des Pullovers die Vase ihrer Mutter von der Schlafzimmerkommode gefegt hatte, hatte sie ihm keine Vorwürfe gemacht.

Aber jetzt lagen ihre Nerven blank. Sie wurde laut: »Du sollst dich hinsetzen, sofort!«

Friedrich tat es endlich, blieb aber weiter schwer nervös. Elisabeth hörte ihm nicht zu. Sie war völlig von der Rolle. Der TV-Beitrag hatte an ihren Nerven gezerrt. Und jetzt diese Sauerei. Fehlte nur noch, dass Friedrich sich eine Scherbe eintrat und sie deswegen ins Krankenhaus mussten.

Sie pickte mit Daumen und Zeigefinger die größten Scherbenteile auf und legte sie auf die Handschaufel. Dann saugte sie mit dem Küchentuch die Flüssigkeit auf und kehrte mit dem Besen, so gut es ging, die kleineren Glassplitter auf die Schaufel. Jedes Mal, wenn sie glaubte, endlich alle beseitigt zu haben, funkelte es ihr erneut aus irgendeiner Richtung entgegen. Die Scherben hatten sich über den halben Wohnzimmerboden verteilt, einige durften auch unter Friedrichs Fauteuil geschossen sein. Elisabeth würde sich später darum kümmern müssen.

Sie zog Friedrich die nassen Socken aus, nahm seine Schlappen, die ebenfalls nass geworden waren, und hetzte damit und mit allen anderen Utensilien in die Küche. Dort warf sie alles in die Spüle. Bis auf die Schaufel mit den Scherben, die legte sie einstweilen auf den Esstisch. Auch darum würde sie sich später kümmern.

Zurück im Wohnzimmer stellte Elisabeth mit Erleichterung fest, dass Friedrich sitzen geblieben war und sich einigermaßen beruhigt zu haben schien.

Doch das änderte nichts daran, dass Elisabeth sich schäbig fühlte. Um nichts in der Welt wollte sie riskieren, dass

Friedrich sich noch einmal so aufregte. Dieser verdammte Beitrag war nichts als eine unnötige Quälerei. Für sie beide. Sie beschloss deswegen, den Fernseher auszumachen. Den Schrecken der Vergangenheit nicht länger in ihrem Haus zu dulden. Sie hatte schon die Fernbedienung in der Hand. Ihren Daumen über dem Ausschaltknopf.

Später sollte Elisabeth überzeugt sein, dass dies der entscheidende Augenblick war. Hätte sie in diesem Moment tatsächlich den Knopf gedrückt, wäre vermutlich alles ganz anders gekommen. Friedrich hätte sehr wahrscheinlich ein paar Minuten später alles vergessen gehabt. Sie wären zu Bett gegangen, wie immer. Vermutlich hätte sie wieder eine schlaflose oder zumindest von Albträumen getränkte Nacht gehabt. Aber schon am nächsten Morgen hätte der Schrecken zu verblassen begonnen. Ganz sicher sogar.

Elisabeth hätte einfach nur diesen verdammten Knopf drücken müssen. Doch stattdessen wurde sie abermals von den Bildern gefesselt. Sie bekam gar nicht mit, dass sie sich setzte und die Fernbedienung zurück auf den Tisch legte.

Der TV-Beitrag näherte sich seinem Höhepunkt.

9

Ein dunkler Wagen fuhr mit eingeschaltetem Abblendlicht einen nächtlichen Feldweg entlang. Der Himmel war wolkenverhangen, weder Mond noch Sterne waren zu sehen. Das leise Brummen des Motors und das Knirschen von Schotter waren zu hören. Eine dramatische sich immer weiter aufbauende Musikuntermalung sorgte dafür, dass Elisabeths Puls anzog.

Ein Insert erschien: *Irgendwann zwischen 2.30 Uhr und 4.30 Uhr*

Schnitt.

Wieder der ehemalige Polizeichef. Unter seinem Namen erschien der Hinweis: *Harald Lorenz, Gruppeninspektor a. D., Leitender Ermittler im Mordfall Anna Venz.*

Er fing gerade damit an, zu beschreiben, weshalb die Polizei davon ausging, dass sich die nachgestellte Szene in etwa so zugetragen haben musste, als Friedrich erneut um Elisabeths Aufmerksamkeit rang.

Friedrich wurde laut: »Schau, Elisabeth!«

»Friedrich, bitte! Ich will das hören.«

Aber er wurde lauter statt leiser.

Elisabeth hielt sich mit dem Daumen ihr linkes Ohr zu, um seine Stimme auszublenden. Aber natürlich half das so gut wie gar nicht. Sie nahm die Fernbedienung, machte den Ton lauter. Doch das animierte Friedrich nur, ebenfalls lauter zu werden.

Schnitt.

Harald war nun verschwunden. Elisabeth hatte keine Ahnung, was er zuletzt gesagt hatte.

Jetzt hielt der dunkle Wagen am Wegesrand. Dahinter zeichneten sich tiefschwarze Silhouetten von Bäumen und Sträuchern ab. Der Motor erstarb. Die Fahrertür wurde geöffnet. Ein Unbekannter stieg aus. Er trug Schwarz. Weder Gesicht noch Frisur waren zu erkennen. Nahezu geräuschlos schloss er die Tür. Sah sich verstohlen um. Dann ging er an die Rückseite des Wagens und öffnete den Kofferraum. Die Innenbeleuchtung sprang an. Das Licht ließ die Gesichtszüge des Unbekannten erahnen, als er sich tief hinein lehnte und etwas Schweres heraushob. Annas Leichnam.

Schnitt.

Abermals Harald Lorenz. Wieder konnte Elisabeth nur schwer verstehen, was er sagte, weil Friedrich dazwischenredete.

Es war zum Verrücktwerden!

»Das Lämpchen im Kofferraum«, sagte Friedrich und schüttelte kaum merkbar den Kopf.

Elisabeth wechselte ihre Taktik. Sie hatte mittlerweile begriffen, dass ihre Aufforderungen, ruhig zu sein, völlig ins Leere liefen. Sie beschloss deshalb, darauf einzugehen, was Friedrich sagte. Hoffte, dass er anschließend zumindest eine Weile still sein würde.

»Was ist mit dem Lämpchen?«

»Es … es ist kaputt.«

Elisabeth begriff nicht.

»Da ist kein Licht. Es ist kaputt.«

Elisabeth wusste nicht, was er von ihr wollte. Sie war sich eigentlich ziemlich sicher, dass das Lämpchen im Kofferraum eben funktioniert hatte. Aber ihr blieb keine Zeit, darüber nachzudenken.

Denn im TV-Beitrag schulterte der Mörder die tote Anna. Trug sie durch das stockdunkle Moor. Nur ihre Schatten waren zu erkennen. Äste knackten unter den Schritten des Täters. Immer wieder war ein schwerfälliges Platschen zu hören. Eine überbelichtete Detailaufnahme zeigte, dass Annas lange Haare hinabhingen. Als der Mond für einen kurzen Augenblick ein Loch in der Wolkendecke fand, schimmerten im Hintergrund feine Nebelschwaden silbern auf.

Harald Lorenz erklärte, dass der Mörder sich im Moor gut ausgekannt haben musste. Es wäre bei Dunkelheit sonst nahezu unmöglich gewesen, so weit vorzudringen, ohne zu versinken oder sich zu verirren. Die Ermittler waren deshalb von Anfang an davon überzeugt gewesen, dass der Täter aus der Umgebung, wahrscheinlich sogar aus der Stadt kommen musste.

Harald verschwand, und die Szene im Moor wurde weitergeführt.

»Sie haben sich verfangen«, sagte Friedrich.

»Was meinst du?«

»Ihre Haare. Sie … sie haben sich in den Zweigen verfangen.«

Elisabeth wunderte sich, weil in den Bildern überhaupt nicht zu sehen gewesen war, dass Annas Haare sich in Zweigen oder irgendwo sonst verfangen hätten. Sie rückte die Brille auf ihrer Nase zurecht und kniff ihre Augen zu schmalen Schlitzen. Sie suchte nach einem Anhaltspunkt, weshalb Friedrich das gesagt haben konnte. Doch sie konnte beim besten Willen nichts erkennen. Ihr blieb keine Zeit, weiter darüber nachzudenken. Denn der Mörder legte die Leiche an einer scheinbar trockenen Stelle ab und begann, sie zu entkleiden. Die Bilder waren düster, nur die Umrisse waren zu erkennen. Vielmehr erzählen die Geräusche, was passierte. Ein Reißverschluss, der geöffnet wurde. Stoff, der

riss. Leises Schnaufen. Stöhnen. Dazu musikalische Untermalung, die sich einem dramatischen Höhepunkt näherte.

»Ihr ... ihr Slip«, sagte Friedrich.

Und jetzt hatte er Elisabeths Aufmerksamkeit.

Sie begriff nicht, was da eben passierte. War sich nur absolut sicher: In dem TV-Beitrag war kein Slip zu sehen gewesen. Ganz sicher nicht.

Irgendetwas stimmte nicht. Ein mieses Gefühl machte
sich in ihr breit.

Sie beobachtete Friedrich.

Der schaute gebannt auf den Fernseher. Im Gegensatz
zu eben machte er nun einen ruhigen, fast schon in sich
gekehrten Eindruck. Es wirkte, als redete er mit sich selbst.

Hatte er sich eben über die Lippen geleckt?

»Der Slip«, wiederholte er und schüttelte dabei kaum
merkbar den Kopf.

»Was für ein Slip?«, hörte Elisabeth sich mit zittriger
Stimme fragen und wünschte sich unmittelbar danach, die
Frage wäre ihr in der Kehle stecken geblieben.

Friedrich antwortete nicht.

Im Fernsehen hatte der Täter Anna vollkommen entkleidet. Nackte Haut war zu erahnen.

»Welchen Slip meinst du?«

Keine Antwort. Dann doch: »Annas Slip, er ...«

»Was?«

»Er ist rot. Mit weißen Herzchen.«

DIENSTAG

10

Die Nacht war der blanke Horror.

Stundenlang lag Elisabeth schlaflos im Bett und starrte an die finstere Decke. Wälzte sich von einer Seite zur anderen und zurück. Mal war ihr kalt und sie zog sich schlotternd die Decke bis unters Kinn, dann wieder glühend heiß und sie schlug sie zur Seite, weil sie die Hitze nicht länger ertrug.

Hinzu kam Friedrichs Schnarchen. Er hatte es immer schon getan. Aber in dieser Nacht schien es ihr besonders heftig. Zwischendurch hatte er Phasen, in denen seine Atmung sekundenlang aussetzte, bevor er gierig nach Luft schnappte. Früher hatte Elisabeth dieses seltsame Verhalten beunruhigt. Oft hatte sie Friedrich im Dunkeln angestarrt und im Geiste die Sekunden gezählt, bis er atmete. Mittlerweile bemerkte sie es kaum noch. Normalerweise. Jetzt war es ihr unerträglich. Zu Friedrichs Schlafgeräuschen mischte sich das heftige Regenprasseln. Der Schauer musste während »Mörder im Visier« eingesetzt haben und war im Laufe der letzten Stunden stärker geworden. Jetzt hämmerten die Tropfen so hart auf das Hausdach ein, dass es sich anhörte, als feuerte eine Armee unermüdlich mit Schrotflinten drauf. Der Wind heulte an den Außenwänden entlang. Ständig war ein Ächzen oder Knarren zu hören. Hinzu kam das stetige Pochen des Türkranzes.

Aber das eindringlichste aller Geräusche war jenes der schleimigen Bestie, die sich in einem finsteren Winkel von Elisabeths Kopf eingenistet hatte. Von dort aus zischte sie immerzu ein und dieselbe Frage: *Hatte Friedrich etwas mit Annas Tod zu tun?*

Nie im Leben!, hätte Elisabeth bis vor ein paar Stunden darauf geantwortet und ihre Hand dafür ins Feuer gelegt.

Aber jetzt war alles anders. Ihr gemeinsames Leben, so wie sie es über 40 Jahre gekannt hatte, existierte nicht mehr. Etwas hatte sich fundamental verändert. Aber noch wusste Elisabeth nicht, was genau es war.

Ja, natürlich konnte es bloß ein Hirngespinst von Friedrich gewesen sein. Wahrscheinlich sogar. Andererseits: Wieso um alles in der Welt hätte er sich so etwas zusammenreimen sollen? Das ergab doch überhaupt keinen Sinn! Oder hatte sie ihn falsch verstanden? Konnte man »Annas Slip ist rot mit weißen Herzchen« falsch verstehen? Konnte sie etwas überhört haben? Nicht bedacht haben? In einen falschen Kontext gesetzt haben? War doch möglich, oder? Immerhin war sie aufgrund dieser verfluchten TV-Reportage völlig durch den Wind gewesen.

Elisabeth suchte nach Wörtern und Sätzen, die ähnlich klangen. Aber so sehr sie sich auch den Kopf darüber zerbrach, ihr wollte nichts Logisches einfallen. Nichts, das auch nur annähernd Sinn ergeben hätte. Allmählich hatte sie das Gefühl, verrückt zu werden. Am liebsten wäre sie hinaus in den Regen gelaufen und hätte sich die Seele aus dem Leib gebrüllt. All den Druck abgelassen.

Gegen halb drei hatten sich Elisabeths Sorgen und Ängste so weit hinaufgeschraubt, dass sie es nicht länger im Bett aushielt. Sie musste sich eingestehen, dass sie wohl bis zum Morgen kein Auge mehr zubekommen würde. Dass sie nicht länger so tun konnte, als wäre nichts geschehen. Und, dass es keine harmlose Erklärung für Friedrichs Aussagen geben konnte. Dass da etwas war, dem sie nachgehen musste.

Sie gab das Vorhaben Schlaf auf. Schlug die Decke zur Seite und kroch mit einem schmerzhaften Stechen im Kreuz aus dem Bett. Dabei achtete sie darauf, so leise wie möglich zu sein. Es war öfters vorgekommen, dass Friedrich tief und fest zu schlafen schien und dann doch sofort aufgewacht war, wenn Elisabeth sich auf die Toilette oder ins Bad hatte stehlen wollen.

Auch jetzt gab der Lattenrost ein verräterisches Knarren von sich. Und der Parkettboden knarzte unter dem Teppichvorleger auf, als Elisabeth ihre Füße daraufsetzte. Sie wartete einen Augenblick ab. Vergrub ihre kalten Zehen in den tiefen, flauschigen Fasern. Tastete unter der Decke nach ihren Wollsocken, konnte sie aber nicht finden. Wieder knarrte der Lattenrost.

Friedrich schnaufte. Drehte sich zu ihr.

Elisabeth rührte sich nicht.

In der Dunkelheit konnte sie nur seine Silhouette ausmachen. Glaubte aber zu erkennen, dass seine Augen geschlossen waren. Um sicherzugehen, zählte sie in Gedanken bis zehn. Erst dann wagte sie es, sich vom Bett hochzustemmen und vorsichtig zur Tür zu tapsen. Barfuß und ihr Gesicht zu einer Grimasse verzogen, weil der Boden unter jedem ihrer Schritte knarzte.

An der Tür angekommen, warf sie einen Blick zurück. Friedrich schien unverändert dazuliegen. Er gab kein Geräusch von sich, rührte sich nicht. Sekundenlang. Bis er nach Luft rang und daraufhin sein Schnarchen einsetzte. Elisabeth schloss sachte die Tür hinter sich und kniff Augen und Zähne zusammen, weil die Scharniere dabei ein leises Quietschen von sich gaben und ihr das Einschnappen des Schlosses viel zu laut vorkam. Im stockdunklen Flur versuchte sie, das Rauschen in ihren Adern und das Regenprasseln auszublenden und ein Anzeichen dafür herauszuhören, dass Friedrich aufgewacht war. Sekundenlang hörte sie nichts. Dann drang sein Schnarchen zu ihr heraus.

Elisabeth schaffte es endlich, einigermaßen ruhig zu atmen. Sie schlich zur Treppe und hinab ins Erdgeschoss. Erst dort wagte sie es, das Licht anzumachen.

Als ihre müden Augen sich an das viel zu grelle Licht gewöhnt hatten, kamen ihr Zweifel. Alles war wie immer, sah so vertraut aus. Keine Spur von dem Schrecken, der sich in ihrem Kopf abspielte. Und so kam sie sich auf der Suche nach ihren Hausschuhen regelrecht hysterisch vor. Es war geradezu lächerlich, wie sie sich aufführte. Als wäre sie nicht ganz bei Trost. Es war mitten in der Nacht, sie sollte im Bett liegen. Würde es am Morgen bitter bereuen, wenn sie die ganze Nacht über einem Hirngespinst nachjagte, anstatt sich auszuruhen. Friedrich würde auf sie angewiesen sein. Wie an jedem Tag.

Aber da meldeten sich die Zweifel zurück. Friedrich hatte von Annas Unterhose gesprochen. Punkt. Daran gab es nichts zu rütteln.

Und deshalb musste Elisabeth jetzt in den Keller.

11

Norbert hatte keine Ahnung, wie lange er schon dalag. Er hatte jedes Zeitgefühl verloren. Wusste nur, dass seine Kleidung klatschnass vom Regen war und an ihm klebte.

Er versuchte zu begreifen, was da eben passiert war. Oder wie es dazu hatte kommen können. Aber die Zahnräder der Erkenntnis wollten nicht ineinandergreifen. Alles war viel zu schnell gegangen.

Er versuchte, die Schmerzen zu ignorieren. Sich vom Boden hochzustemmen. Aber er war zu schwach. Die Arme knickten ihm unter seinem Gewicht weg. Und er knallte hart zurück auf den nassen Asphalt.

Einen Augenblick lang blieb er so liegen. Schloss die Augen. Lauschte dem Rauschen in seinem Kopf und dem ohrenbetäubenden Plätschern um ihn herum. Genoss die kalten Tropfen, die ihn wie Nadelspitzen im Gesicht piekten. Und das Blut wegwuschen.

Was hatte er nur angerichtet?

Dieses Mal steckte er mächtig in der Scheiße. Keine Frage, er war zu weit gegangen.

Er hatte keine Ahnung, wie er da rauskommen sollte. Wusste nur eines: Er konnte nicht länger hier liegen bleiben. Musste endlich in die Gänge kommen. Irgendwie unbemerkt verschwinden. Es nach Hause schaffen.

Retten, was zu retten war.

Und zwar jetzt, verdammt!

Er holte tief Luft. Sammelte all seine Kräfte. Und schrie vor Schmerzen, als er sich vom Boden hochstemmte.

12

Kurz nach halb vier saß Elisabeth am Küchentisch. Alleine. Draußen war es stockdunkel. Im Haus war nur die Lampe über ihr an. Sie nippte an einem Gläschen Weinbrand. Aber nicht einmal der hochprozentige Alkohol vermochte sie zu beruhigen. Im Grunde ekelte ihr davor. Sie schob das Glas von sich. Überlegte es sich doch anders und leerte es in einem Zug.

Wäh!

Die Gedanken wirbelten mit unverminderter Geschwindigkeit durch ihren Kopf.

Vor ihr auf dem Tisch ausgebreitet lagen die unzähligen Zeitungsartikel, die sie aus dem Keller geholt hatte. Seit Annas Ermordung hatte Elisabeth sie unten aufbewahrt – in einem Karton, auf den sie mit schwarzem Stift »Nähzubehör« geschrieben hatte. Weil Friedrich sich damals vehement dagegen gewehrt hatte, dass Elisabeth sie aufhob. Weil sie das Haus vergiften würden, wie er behauptet hatte. Jetzt musste Elisabeth sich unweigerlich fragen, ob wirklich *das* der Grund für seine Ablehnung gewesen war.

Neben jenen über Annas Ermordung hatte sie auch alle Zeitungsartikel aufgehoben, in denen über die Angriffe des unbekannten Psychopathen berichtet wurde. In den letzten 19 Jahren, in denen er die Region in Angst und Schrecken versetzt hatte, war eine ansehnliche Anzahl zusammengekommen. Nicht nur Regionalblätter hatten berichtet, zunehmend waren landesweite Zeitungen aufgesprungen. Nur jene Artikel, welche die Attacke auf sie selbst thematisierten, hatte Elisabeth weder gelesen noch aufgehoben. Der Karton war trotzdem rappelvoll.

Vor ihr auf dem Tisch verteilt lagen einige Fotos von Anna. Auf den allermeisten davon war sie gemeinsam mit Valerie abgebildet. Beste Freundinnen in allen Lebenslagen.

Der Anblick überforderte sie. Es fiel ihr schwer, der Versuchung zu widerstehen, zum Telefon zu greifen. Ihre Tochter anzurufen. Und sich die Sorgen von der Seele zu reden. Oder einfach den vertrauten Klang ihrer Stimme zu hören. Zumindest einen Hauch von Normalität in das dunkle Haus zu holen. Aber sie durfte Valerie diese Bürde nicht auferlegen. Und verheimlichen hätte sie ihr schon gar nichts können. Valerie hätte sofort bemerkt, dass etwas ganz und gar nicht stimmte – nicht nur aufgrund der Uhrzeit.

Denn trotz Valeries Bruch mit ihrer Heimat, nachdem Anna ermordet worden war, verband sie eine starke Mutter-Tochter-Beziehung. Sie telefonierten viel, schrieben einander seitenlange E-Mails und täglich Nachrichten auf Facebook und WhatsApp. Sie wussten stets über das Leben der anderen Bescheid. Zu Friedrich wiederum hatte sie sehr wenig Kontakt. Zu Philipp, soweit sie wusste, überhaupt keinen mehr. Und das, obwohl die beiden früher ein Herz und eine Seele gewesen waren. Aber der Mord hatte vieles verändert.

Elisabeths Beziehung zu Valerie war so ganz anders als zu ihrem Sohn. Und das, obwohl er nur ein paar Minuten entfernt wohnte. Philipp lebte mit Sarah sein eigenes Leben. Er war kein geselliger Typ, sprach nicht viel. Kümmerte sich wenig um Friedrich und sie. Wenn Elisabeth ihn ab und zu mal zu Gesicht bekam, dann bloß, weil Sarah sich dafür eingesetzt oder ihn einfach mitgeschleppt hatte.

Elisabeth riss den Kopf hoch. Hatte plötzlich das Gefühl, als wäre da jemand. Ganz nah. Sie konnte nicht sagen, wieso.

War da ein Geräusch gewesen? Eine Bewegung im Augenwinkel? Im Fenster vielleicht? Sie konnte es nicht sagen, wusste nur eines: Die feinen Härchen in ihrem Nacken hatten sich aufgestellt. Sie schaute sich um, aber die Küche war leer.

Natürlich. Was sonst?

Und dennoch ... Sie erhob sich, schob ganz langsam den Stuhl mit ihrem Bein zurück. Hielt inne. Konnte nur das Regenplätschern, das Ticken der Uhr und das leise Surren des Kühlschranks hören. Sie schlich aus der Küche hinaus in den Flur. Nichts. Weiter durchs Haus. Niemand, nichts. Vielleicht in einem der stockdunklen Fenster? Aber da war nichts als die fahlen Spiegelungen aus dem Haus zu erkennen. Sie musste sich getäuscht haben. Und dennoch blieb ein mulmiges Gefühl in ihrem Magen zurück, als sie sich an den Tisch mit all den Zeitungsartikeln und Fotos setzte.

Ihr entkam ein Seufzer, als ihr ein besonderes Bild ins Auge stach. Sie nahm es in die Hand und betrachtete es näher.

Es war nur wenige Wochen vor Annas Tod entstanden und zeigte sie im Kreis von Elisabeths Familie. Sie hatten Anna damals mit nach Italien genommen, weil Monika und Thomas sich nicht hatten freinehmen können. Elisabeth konnte sich gut erinnern, dass sie am letzten Tag ihres Urlaubs einen Obstverkäufer gebeten hatten, dieses Bild von ihnen zu machen. Und sie sah den Mann gestochen scharf vor ihrem geistigen Auge, als er unglaublich dumme Fratzen gezogen hatte, um sie zum Lachen zu bringen. Fast hätte sie bei der Erinnerung daran schmunzeln müssen. Wenn ihre Lage nicht zum Heulen gewesen wäre. Elisabeth stand auf der Fotografie hinter Valerie, hatte eine Hand auf ihre Schulter gelegt. Links von ihnen standen Philipp und Sarah, die erst wenige Monate zuvor zusammengekommen waren.

Friedrich war wenig begeistert davon gewesen, die neue »Flamme« ihres Sohnes mit in den Urlaub zu nehmen. Seiner Meinung nach hatten die beiden nicht zusammengepasst. Er war fest davon überzeugt gewesen, dass die Beziehung nicht von langer Dauer sein würde. Nun, da hatte er sich gehörig getäuscht. Ein Jahr später hatten die beiden geheiratet. Und heute, 21 Jahre später, waren sie immer noch zusammen.

Rechts von Valerie stand Anna. Sie zeigte frech die Zunge in die Kamera und streckte dem Fotografen das Peace-Zeichen entgegen.

Direkt hinter ihr stand Friedrich.

Bisher hatte Elisabeth immer gedacht, dass er der Einzige auf dem Bild war, der die Augen geschlossen hatte. Aber da war sie sich auf einmal nicht mehr sicher. Konnte es sein, dass er die Augen sehr wohl einen kleinen Spalt breit offen hatte? Und dass er bloß hinabsah? In den Ausschnitt der besten Freundin ihrer Tochter? Einer 17-Jährigen? Deren Körper schon deutliche Rundungen bekommen hatte. Oder war sie hysterisch? Sah sie Geister, die es nicht gab?

Elisabeth wusste nicht, was sie denken sollte. Klar war aber: In der letzten Stunde hatte sie jeden einzelnen dieser verdammten Artikel genau durchgelesen. Um sicherzugehen, die meisten auch ein zweites Mal. Aber in keinem einzigen hatte sie nur die leiseste Andeutung darauf gefunden, dass Anna vor ihrem Verschwinden einen roten Slip mit weißen Herzchen getragen haben soll.

13

»Und?«, wollte Monika von der Türschwelle aus wissen, kaum dass Thomas aus dem Wagen gestiegen war. Wie an einen Rettungsreifen bei stürmischer See krallte sie sich am Türrahmen fest.

Die letzten beiden Stunden, in denen sie auf ihn gewartet hatte, waren ihr wie eine Ewigkeit vorgekommen. Zum Nichtstun verdammt zu sein, hatte sie beinahe um den Verstand gebracht. Mit jeder Minute, die ohne Thomas' Rückkehr verstrichen war, war die Angst angeschwollen. Um Himmels willen, wo blieb er nur? Er hätte längst zurück sein müssen!

Um sich abzulenken, hatte sie sogar damit begonnen, das Haus zu saugen – mitten in der Nacht. Aber ständig hatte sie den Staubsauger abgestellt, weil sie über das laute Surren des Motors hinweg Thomas' Wagen ankommen gehört zu haben glaubte. Zitternd hatte sie dagestanden und jedes Mal aufs Neue nichts als das schwere Prasseln vernommen. Sie war zum Küchenfenster gelaufen, hatte hinter den Regenschlieren jedoch nichts als die stockdunkle Nacht ausmachen können.

Jetzt, da er die Wagentür zugeworfen hatte und die Innenbeleuchtung erloschen war, konnte Monika bloß Thomas' Umrisse erahnen. Das fahle Licht über der Eingangstür schaffte es kaum bis zu ihm. Gebückt rannte er durch den Regen und schlüpfte an ihr vorbei ins Trockene. Erst jetzt betätigte er den Funkschlüssel, und die Lichter des Wagens blinkten kurz auf.

»Und? Sag schon!«, drängte sie ihn, weil er nicht antwortete und stattdessen die nassen Stiefel abstreifte und den Regenmantel ablegte.

Er antwortete nicht.

»Thomas!«

Schnaufen. »Was willst du hören?«

»Frag nicht so blöd.«

Er sah sie an, nickte nur.

Monika rang nach Luft. »Tot?«

Wieder nickte er bloß.

Er hatte es also tatsächlich getan.

Mit dieser Erkenntnis fühlte sich ihr Körper plötzlich unglaublich schwer an. Als wurde ihr die Last, die sie sich auferlegt hatten, erst jetzt richtig bewusst. Und aus irgendeinem Grund war sie sich absolut sicher, dass sie damit nicht durchkommen würden. Dass sie einen riesengroßen Fehler und alles nur schlimmer gemacht hatten.

Sie machte einen Schritt auf Thomas zu, wollte ihn umarmen. Aber er zuckte zurück, wandte sich ab. Ließ sie alleine im Vorzimmer zurück.

»Bitte lass mich nicht alleine!«

Er reagierte nicht.

»Thomas!«

Er hielt inne.

»Wohin willst du?«

»Duschen. Ich habe Blut abbekommen.«

14

Elisabeth kam sich wie ein kleines Mädchen vor, stolz, einen roten Luftballon in ihren Händen zu halten. Glücklich, sorglos. Unachtsam. Und da passierte es: Wie aus dem Nichts kam ein kräftiger Windstoß auf und entriss ihm den Ballon. Es schrie, lief ihm nach. Aber der Wind trieb ihn immer weiter von ihr fort, rasend schnell. Dabei schlug er wieder und wieder auf dem steinigen Untergrund auf. Kieselsteine, Glassplitter und so vieles mehr lagen da verstreut. Das Mädchen war in Panik. Wusste: Schon beim nächsten Aufprall konnte der Ballon platzen. Und so gab es nicht auf, lief schneller und war dennoch viel zu langsam und ungeschickt. Stolperte, fiel, raffte sich hoch. Wusste insgeheim längst, dass es keine Chance hatte, den Ballon jemals einzuholen. Und trotzdem rannte es weiter, immer weiter. Menschen säumten ihren Weg, es wurden mehr. Sie schüttelten die Köpfe, lachten es aus, riefen ihm zu:

Vergiss es, Kleines, der ist verloren!
Du hättest eben besser aufpassen müssen!
Du dummes Kind!

Für Elisabeth war es, als konnte sie die Rufe wirklich hören. Als konnte sie ihr Leben, alles, was ihr heilig war, für immer schwinden spüren.

Warum hatte Friedrich das gesagt? Sie konnte es nicht verstehen. Egal, wie sie es drehte und wendete, es ergab keinen Sinn.

Außer natürlich …
Nein, Schluss jetzt!

Friedrich konnte kein Mörder sein! Es war unmöglich. Absolut idiotisch, dass sie so etwas überhaupt in Erwägung zog.

Obwohl es nicht das erste Mal gewesen war, dass er aufgrund seiner Verwirrtheit etwas preisgegeben hatte, von dem Elisabeth niemals hätte erfahren sollen. Etwa ein Jahr zuvor hatte er ihr während des Abendessens verkündet, dass es bei diesem einmaligen Ausrutscher bleiben müsse. Er sei verheiratet, sie beide hätten das von Anfang an gewusst. Er liebte Elisabeth und würde sie nicht verlassen. Niemals. Keine weiteren Treffen mehr. Aus, Schluss, basta!

Auch damals war Elisabeth sprachlos gewesen. Sie hatte im Kauen innegehalten, die Gabel fallen lassen. Hatte spüren können, wie Ohren und Wangen Feuer fingen. Wie die Enttäuschung über seinen offensichtlichen Betrug sich in ihr auszubreiten begann.

Tagelang hatte sie danach in ihr Kissen geweint und Friedrich verflucht. War so unfassbar wütend auf ihn gewesen, hin- und hergerissen. Wollte einerseits wissen, mit wem Friedrich sie hintergangen hatte. Die Frau aufsuchen, sie zur Rede stellen. Sie packen, durchrütteln und ihr ins Gesicht schreien. Ja, ihr sogar wehtun. Weil sie das Recht dazu hatte. Andererseits fürchtete sie, dass die Wahrheit sie mehr verletzen und von Friedrich entfernen würde. Denn was, wenn Elisabeth die Frau kannte? Was, wenn der Betrug viel schlimmer gewesen war, als sie sich ausgemalt hatte?

Und so begann Elisabeth, sich einzureden, dass alles bloß ein Missverständnis gewesen war. Dass sie Friedrich nur falsch verstanden hatte. Oder er fantasiert und Szenen aus einem Film oder einem Theaterstück für die Wirklichkeit gehalten hatte. Dass er Fiktion und Realität vermischt hatte –

oder eine noch viel weiter zurückliegende Vergangenheit mit der ihren. Es konnte ja genauso gut sein, dass Friedrich die Frau lange vor Elisabeth kennengelernt und sich bloß in seiner Erinnerung alles zu einem Brei vermischt hatte. So etwas passierte ihm doch ständig.

Das mochte naiv klingen, Elisabeth war sich dessen bewusst. Aber es half ihr.

Bald war sie nicht länger wütend auf Friedrich, musste keine Tränen mehr vergießen. Immerhin war es ihre eigene Schuld gewesen. Sie hatte ihn falsch verstanden. Wäre sie nicht in eine lächerliche Schockstarre verfallen und hätte sie stattdessen gleich nachgefragt, hätte sich die Situation bestimmt sofort aufgeklärt. Vielleicht hätten sie sogar gemeinsam über das Missverständnis gelacht. So einfach war das.

Und dennoch: Der Vorfall damals war nichts im Vergleich zu dem, was jetzt auf dem Spiel stand. Sie konnte nicht einfach ignorieren, was Friedrich gesagt hatte. Ihr grauenvoller Verdacht würde sich nicht verflüchtigen, indem sie sich einredete, ihn einfach nur missverstanden zu haben.

Dieses Mal würde das nicht klappen.

Ein Betrug, so verletzend er auch sein mochte, war nichts im Vergleich zu einem Mord.

Ein dumpfes Rumpeln aus dem Obergeschoss riss Elisabeth aus dem Sog ihrer düsteren Gedanken.

Friedrich war aufgestanden.

Sie blickte zur Uhr und sah, dass es bereits kurz nach halb sieben war. Sie versuchte, sich daran zu erinnern, wann sie zuletzt eine Nacht durchgemacht hatte. Konnte es aber nicht sagen. Es musste Jahrzehnte zurückliegen.

Ein schwerer Seufzer entkam ihr, als sie die Brille hochschob und sich die müden Augen rieb. Danach versuchte sie, sich das schmerzhafte Pochen aus den Schläfen zu massieren. Aber ihre kreisenden Bewegungen machten es nur schlimmer. Also ließ sie es bleiben.

Die Morgendämmerung hätte einsetzen müssen. Aber die schweren finsteren Wolken schirmten alles Licht ab. Im nassen Fenster war nichts als die Spiegelung des Küchenlichts zu sehen.

Ein weiteres Rumpeln. Zwei, drei Sekunden später wieder. Dann zaghafte Schritte.

Elisabeth wusste nicht, was sie tun sollte. Unter normalen Umständen wäre sie hochgeeilt und hätte sich um ihn gekümmert. Hätte ihn gefragt, wie er geschlafen hatte. Hätte ihm Kleidung für den Tag zurechtgelegt. Ihm im Bad geholfen und sein Frühstück zubereitet. Ein hart gekochtes Ei, eine dick mit Butter und Erdbeermarmelade bestrichene Semmel und einen starken Filterkaffee. Ohne Milch, ohne Zucker. So wie er es am liebsten mochte.

Aber an diesem Morgen war nichts normal.

Während von oben Geräusche zu hören waren, wurde Elisabeth klar, dass die Zeitungsartikel und Fotos noch auf dem Tisch verstreut lagen. Eilig packte sie alles zurück in den Karton und versteckte diesen im Schrank mit den Kochtöpfen. Dann setzte sie sich zurück an den Tisch, um dort auf Friedrich zu warten. Aber sie hielt das Nichtstun nicht aus. Also sprang sie hoch, nahm das Küchentuch und wischte über die saubere Arbeitsplatte. Danach setzte sie sich erneut an den Tisch, nur um gleich wieder aufzuspringen und die Teller im Geschirrspüler umzuschichten. Dabei regte sich eine Übelkeit in ihr und schraubte sich weiter in die Höhe. Als sie Friedrich ein paar Minuten später die Stufen hinab ins Erdgeschoss steigen hörte, war es so schlimm geworden, dass sie sich am liebsten auf der Stelle übergeben hätte. Zudem spürte sie, wie der Druck hinter ihren Augen sprunghaft anstieg.

Du kannst doch jetzt nicht heulen, verdammt!

Doch im nächsten Moment lief ihr die erste Träne über die Wange. Sie wischte sich mit dem Handrücken darüber. Aber es hatte keinen Zweck. Es kamen immer mehr nach.

Friedrich war nur wenige Schritte entfernt.

Elisabeth begriff, dass sie sich wieder an den Tisch gesetzt hatte – scheinbar jeden einzelnen ihrer Muskeln angespannt. Und ihren Blick an den offenen Türrahmen geheftet.

Und dann war Friedrich auf Höhe der Küche. Doch zu Elisabeths Überraschung kam er nicht zu ihr herein. Sondern ging weiter. In Richtung des Vorzimmers. Sie hatte ihn nur kurz gesehen. Aber das hatte ausgereicht, um zu wissen, dass sie nicht tatenlos sitzen bleiben konnte. Sie musste eingreifen.

»Friedrich?«, rief sie und räusperte sich, weil sie bloß ein Gekrächze herausgebracht hatte. »Friedrich, warte!«

Sie konnte hören, dass er stehen geblieben war.

»Wohin willst du?«

Zwei, drei weitere Sekunden verstrichen, ehe Elisabeth ihn zurückkommen hörte und er im Türrahmen erschien. Sein Anblick machte sie sprachlos. Der Schrecken der letzten Stunden war einen Augenblick lang vergessen.

Friedrichs weißer Haarkranz stand in alle Richtungen ab. Er trug einen seiner alten Anzüge, den hellgrauen, der ihm wie alle anderen längst zu groß geworden war. Darunter ein weißes Hemd, das schief geknöpft und nur auf einer Seite in die Hose gesteckt war. Irgendwie hatte er es geschafft, seine Lieblingsmanschettenknöpfe anzulegen. Dafür stand ihm der Hosenstall offen, und er trug keine Socken. Die Krawatte hing in einer einfachen Schlaufe um seinen Hals. In der rechten Hand hielt er seine alte Ledertasche.

»Ach, da bist du«, sagte er und schien Elisabeths Tränen nicht zu bemerken. »Tut mir leid, ich habe keine Zeit zu frühstücken.«

»Was? Wieso denn?«

»Ich bin spät dran.«

»Wo willst du denn hin?«

Er runzelte die Stirn. Sah Elisabeth an, als hätte sie nicht alle Tassen im Schrank. »Na, was denkst du denn? Ins Büro natürlich.«

15

Friedrich war sturer als sonst. Er hatte sich regelrecht in den Gedanken verbissen, noch berufstätig zu sein. Eine Besprechung stünde an, es würden bestimmt alle auf ihn warten. Weil er Elisabeth absolut nicht glauben wollte, dass er seit Jahren in Rente war, versuchte sie es mit einem Trick und konnte ihm schließlich erfolgreich einreden, dass es Sonntag war und er das ganze Wochenende frei hatte.

»Sonntag? Heute ist …?«

»Ja, Friedrich, Sonntag. Deine Besprechung ist erst morgen. Du musst heute nicht ins Büro.«

Sie berührte ihn sanft am Oberarm. Hatte dabei das Gefühl, dass eine Eiseskälte sie durchströmte.

»Ich …« Er grübelte, sah zu Boden. Kratzte sich am Hinterkopf. Sah wieder zu ihr auf. Seine Stirn lag in tiefen Falten. »Sicher?«

»Ja, ganz sicher.«

»Mh.«

»Komm, Schatz. Lass uns frühstücken.«

Elisabeth nahm ihn an der Hand. Friedrich folgte ihr widerstandslos. Sie versuchte, das Geschehene auszublenden. Für einen Moment zumindest. Denn sie musste jetzt funktionieren.

»Sonntag, mh.«

»Setz dich, ich hole dir Socken.«

Gut eine halbe Stunde später saßen die beiden immer noch gemeinsam am Frühstückstisch. Draußen wütete das Sauwetter so laut, dass das Radio kaum zu hören war. Und dennoch trieb das belanglos fröhliche Gedudel Elisabeth in den Wahnsinn. Natürlich hatte sie es auszumachen versucht, aber Friedrich hatte sofort protestiert. Das war nicht anders zu erwarten gewesen. Denn das Radio lief immer, wenn sie frühstückten. Und Friedrich verstand nicht, weshalb das heute nicht so sein sollte. Selbst wenn Elisabeth ihn dazu gebracht hätte, es zu akzeptieren, wäre die Diskussion wohl keine zwei Minuten später von vorne losgegangen. Also versuchte sie, nervtötende Musik zu ertragen.

Friedrich hatte die Marmeladensemmel und das Ei längst verputzt und nippte gelegentlich an seiner zweiten Tasse Kaffee. Er hatte eben erst wieder von seinen Manschettenknöpfen abgelassen, weil Elisabeth ihn darum gebeten hatte. Es war immer schon eine Marotte von ihm gewesen, daran herumzuspielen. Auch, als er noch gesund gewesen war.

Jetzt war er in seine Morgenzeitung vertieft. Dass diese vier Tage alt war und er sie schon mehrmals begutachtet hatte, ahnte er nicht. Er betrachtete die Bilder, nickte ab und zu, murmelte kaum hörbar vor sich hin und blätterte vor und zurück. Dann nahm er einen Schluck von seinem Kaffee und berichtete Elisabeth zum dritten Mal an diesem Morgen, dass es kommende Woche ein schweres Unwetter geben würde. Dass dieses gerade wütete, begriff er nicht.

Der Kranz klopfte gegen die Eingangstür.

Elisabeth trommelte mit den Fingern auf die Tischplatte. Kaum, dass es ihr bewusst geworden war und sie sich gezwungen hatte, damit aufzuhören, erwischte sie sich dabei, wie sie unaufhörlich den Salzstreuer über den Tisch schob. Sie ließ von ihm ab, fühlte sich aber weiter wie unter Strom. Sie wollte Antworten.

Friedrich war die Liebe ihres Lebens. Aber kannte sie ihn wirklich? Sie hatte panische Angst davor, dass er nicht der Mensch war, für den sie ihn die letzten 40 Jahre gehalten hatte. War es möglich, sich so grundlegend in jemandem zu täuschen? Über so lange Zeit hinweg? Hatte es in den letzten Jahrzehnten Anzeichen gegeben, die sie hätte erkennen müssen?

Sie wollte es wissen. Jetzt. Unbedingt. Und doch bekam sie kein Wort heraus. Weil sie sich am allermeisten wünschte, dass alles so war wie vor »Mörder im Visier«. Ja, sie wollte nichts mehr als ihr altes Leben zurück. Friedrich und sie. Nur sie beide in ihrem kleinen abgelegenen Häuschen. Zusammen.

Genau das alles hatte sie doch noch immer. Wieso also konnte sie nicht aufhören, über den Vorabend zu grübeln? Wieso quälte sie sich selbst?

»Kriege ich denn heute kein Ei?«, holte Friedrich sie zurück ins Hier und Jetzt.

»Du hast dein Ei schon gegessen.«

»Unsinn.«

Elisabeth zeigte auf den Teller vor ihm, auf dem ein wenig Erdbeermarmelade klebte und sich Eierschalenteile unter Semmelbrösel mischten. Daneben stand der Eierbecher, in dem die halbe Schale steckte. »Da sieh doch, das war dein Ei.«

»Ich bitte dich. Ich werde doch wohl wissen, ob ich ein Ei hatte oder nicht.«

Elisabeth mahnte sich zur Ruhe. Wollte in Gedanken bis drei zählen. Aber als sie bei zwei war, unterbrach Friedrich sie.

»Also?«

»Möchtest du noch eines?«

»Ich möchte nicht *noch eines*, ich möchte gerne *ein* Frühstücksei.«

Elisabeth nahm die Brille ab und rieb sich mit Daumen und Zeigefinger die Nasenwurzel. Auch diese Diskussion führten sie leider nicht zum ersten Mal. Normalerweise hätte sie versucht, auf ihn einzugehen. Sie hätte spezielle Fragetechniken angewandt, die sie in Kursen und aus unzähligen Fachbüchern zum Thema »Umgang mit dementen Menschen« gelernt hatte. Sie würde Friedrich die Situation dadurch erleichtern. Ihm helfen zu verstehen. Aber nicht heute, nicht jetzt. Ihr fehlte schlichtweg die Kraft.

»Dann habe ich mich wohl geirrt«, sagte sie deswegen und wusste, dass er es ohnehin gleich vergessen haben würde. »Bitte entschuldige, ich koche dir gleich eines. Gib mir nur eine Minute.«

Friedrich gab sich damit zufrieden. Er nippte an seinem Kaffee. Blätterte um. Nickte. Murmelte. Berichtete ihr, dass es in der kommenden Woche einen Sturm geben würde.

Elisabeth grübelte währenddessen. Wie sollte sie es am besten angehen? Sollte sie ihn direkt auf den letzten Abend ansprechen? Das wäre wohl sinnlos, denn Friedrich konnte sich nicht mehr daran erinnern. Sollte sie ihn zu überlisten versuchen? Aber wie? Und wollte sie das überhaupt? Wieso hörte sie nicht einfach auf, sich zu quälen? Mehrmals setzte sie an. Holte tief Luft, öffnete den Mund. Doch jedes Mal aufs Neue verließ sie im letzten Augenblick der Mut, und sie schreckte zurück.

Friedrich schien ihre Unruhe zu bemerken.

»Was ist los?«

»Nichts«, log sie, anstatt ihm ihr Herz auszuschütten, und hoffte, seine Zweifel mit einer lässigen Handbewegung wegwischen zu können.

»Sicher?«

»Ja, ich bin nur müde. Hab schlecht geschlafen letzte Nacht.«

»Hab ich geschnarcht?«

»Ein wenig.«

»Tut mir leid.«

»Macht nichts.«

Er nickte und vertiefte sich in seine Zeitung.

Da entfuhr es Elisabeth schließlich doch: »Friedrich?«

Er sah von der Zeitung auf. »Ja?«

Sie holte tief Luft. Nahm all ihren Mut zusammen. »Sag, weißt du … ich meine, kannst du dich an Anna erinnern?«

Er ließ die Zeitung sinken. Seine Augenbrauen zogen sich zusammen.

»Weißt du noch, Valeries Freundin?«

»Ja«, antwortete er lang gezogen, als wartete er darauf, dass Elisabeth weitersprach.

»Weißt du, was …« Elisabeth musste abermals tief durchatmen. »… was mit ihr passiert ist?«

»Passiert?«

»Ja, weißt du es?«

»Ist sie hier?«

Mit dieser Frage hatte Elisabeth nicht gerechnet.

»Nein, sie ist nicht hier.«

»Wo ist sie?«

»Anna ist tot.«

»Tot?«

Er wirkte ehrlich erschüttert.

»Ja, Anna wurde ermordet.«

»Er…?«

»Ja.«

»Wo ist Valerie?«

»Sie ist nicht hier.«

»Schläft sie noch?«

»Nein …«

»Ist sie in ihrem Zimmer?«

»Nein, sie ist bei sich zu Hause.«

»Muss sie nicht längst zur Schule?«

»Nein, sie …«

»Valerie!«

»Friedrich, bitte …«

»Komm runter!«

»Sie ist …«

»Hörst du nicht?«

»Sie ist nicht hier, Schatz.«

»Was heißt, sie ist nicht hier?«

Elisabeth versuchte, sich zu sammeln. Das Gespräch steuerte auf die London-Thematik zu. Sie musste die Kurve kriegen.

»Valerie kommt später nach Hause.«

»Wo ist sie?«

»Bei einer Freundin.«

»Wann kommt sie?«

»Ich weiß es nicht genau.«

»Wo ist Philipp?«

»Bei Sarah.«

»Bei …?«

»Bei unserer Schwiegertochter.«

»Schwieger…?«

Spätestens jetzt musste Elisabeth sich eingestehen, dass ihr das Gespräch völlig entglitten war.

»Friedrich, bitte hör mir zu. Weißt du noch, dass Anna ermordet wurde?«

Jetzt schien ihn die Information erreicht zu haben. Er riss die Augen auf, der Mund stand ihm offen. Aber er sagte nichts.

»Friedrich?«

»Ja?«

»Weißt du, wer Anna das angetan hat?«

»Was?«

»Wer sie ermordet hat?«

»Ich … weiß nicht, ich …«

»Wer hat Anna ermordet?«

Sein Blick ging ins Leere. Er murmelte Unverständliches.

»Wer, Friedrich?«

»Du … du musst mir glauben.«

Damit konnte sie nichts anfangen.

»Was muss ich dir glauben?«

»Du musst …« Er brach ab.

»Was?«

Er antwortete nichts.

»Was muss ich?«

Immer noch keine Reaktion.

»Friedrich, wer hat Anna ermordet?«

Jetzt veränderte sich sein Gesichtsausdruck plötzlich. Von einem Moment auf den anderen. Die Verwirrung schien gewichen. Sie hatte einer Entschlossenheit Platz gemacht. Seine Augen verfinsterten sich.

»Warum hast du das getan?« Wut schwang in seiner Frage mit.

Elisabeths Beherztheit hatte sich schlagartig in Luft aufgelöst. »Was meinst du?«

»Das weißt du ganz genau.«

»Nein, ich …«

»Sei still!«, brüllte er und schlug mit der flachen Hand so fest auf die Tischplatte, dass das Geschirr und das Besteck schepperten.

Elisabeth war vor Schreck zusammengezuckt. Einen Moment lang hatte es ihr die Sprache verschlagen. Ungläubig sah sie Friedrich an. So hatte sie ihn noch nie erlebt. Aber so schnell sein Ärger aufgekommen war, so schnell schien er verflogen.

»Tut mir leid, ich … ich … wollte nicht schreien.«

Elisabeth zögerte, setzte an, hielt aber doch inne. Der Mut hatte sie verlassen. Ihr Blick ging zur Tischplatte. Sie zupfte an der Papierserviette vor ihr. Eine gefühlte Ewigkeit verstrich. Dann traute sie sich plötzlich und schoss die Frage heraus; »Weißt du, wer Anna getötet hat?«

Friedrich war in seine Zeitung vertieft gewesen. Warf ihr über den Rand hinweg einen skeptischen Blick zu. Schwieg jedoch, ging nicht auf ihre Frage ein.

»Weißt du es, Friedrich?«

Aber statt ihr eine Antwort zu geben, fragte er nach ihren Kindern. »Wo ist Philipp?«

Elisabeth seufzte. Schüttelte den Kopf.

»Wo ist er?«

»In seinem Zimmer.«

»Philipp!«

»Er schläft, Schatz.«

»Philipp, komm runter!«

»Er kommt gleich.«

»Philipp!«

Elisabeth vergrub den Kopf in ihren Händen. Es hatte keinen Sinn. Offensichtlich fühlte er sich in die Zeit nach Annas Ermordung zurückversetzt. Als Elisabeth von einer geradezu panischen Sorge um ihre Kinder ergriffen war. Ständig hatte sie die beiden sehen oder hören wollen. Hatte wissen wollen, wo sie waren. Auch von Philipp, der kurz zuvor mit Sarah zusammengezogen war. Mehrmals am Tag war sie bei den beiden vorbeigefahren oder hatte sie angerufen. Nur um die Stimme ihres Sohnes zu hören und zu wissen, dass es ihm gut ging. Valerie hatte sich in ihrem Zimmer eingesperrt und es für Wochen kaum verlassen. Elisabeth hatte es ihr nicht ausreden wollen. Dort war sie wenigstens sicher gewesen.

Friedrich hingegen hatte damals nicht darüber gesprochen, was in ihm vorgegangen war. Er hatte sich zurückgezogen. War länger im Büro geblieben oder hatte sich in der Werkstatt verkrochen, ohne auch nur einen Handgriff zu machen.

Damals hatte er sich seine Angst nicht anmerken lassen.

Aber nun kam sie zum Vorschein. Er wollte seine Kinder sehen. Wollte sichergehen, dass es den beiden gut ging.

Elisabeth ahnte, dass sie so nicht weiterkommen würde. Dafür kam ihr ein anderer Gedanke: Vielleicht konnte sie Friedrich nicht dazu bringen, ihr von dem Mord zu erzählen. Zumindest nicht in ihrem Haus, in dieser vertrauten Umgebung. Doch es gab einen Ort, der wohl wie kein anderer seiner Erinnerung auf die Sprünge helfen konnte.

Elisabeth graute davor. Schon alleine beim Gedanken daran begann ihr Herz wild zu trommeln. Außerdem hätte das Wetter für das Vorhaben kaum unpassender sein können. Und dennoch war Elisabeth von ihrer Idee überzeugt. Sie würde mit Friedrich ins Moor fahren. An die Stelle, wo 22 Jahre zuvor Annas Leiche gefunden worden war.

16

Als Elisabeth und Friedrich kurz nach halb acht das Haus verließen, klatschte ihnen die Kälte wie ein nasser Lappen ins Gesicht. Der Wind war aggressiv geworden und zerrte an ihren Mänteln und Schirmen. Ohrenbetäubendes Prasseln umgab sie. Metallisches Scheppern war zu hören, ein Teil der Dachrinne musste sich wohl gelockert haben.

»Lauf zum Wagen!«, rief Elisabeth und meinte damit den Mercedes 190er Diesel im ausgeblichenen Rot.

20 Jahre hatte der schon auf dem Buckel und knapp 250.000 Kilometer. Sie hatten ihn gekauft, als es ihnen finanziell besser gegangen war. Und sie nicht Norbert ständig mit Geld hatten aushelfen müssen. *Der rote Herr*, wie sie ihn liebevoll nannten, war ihr erstes gemeinsames Auto. Und bis heute das einzige. Seine besten Tage hatte er längst hinter sich. Immer öfters mussten sie ihn mittlerweile in die Werkstatt bringen. Aktuell hätte das Auspuffrohr dringend geflickt werden müssen – es dröhnte inzwischen so laut, dass jede ihrer Ausfahrten in der ganzen Gegend zu hören war. Auch die Sitze waren durchgesessen und nicht gerade eine Wohltat für ihre Rücken. Bisher hatten sie den Wechsel erfolgreich hinausgezögert. Dabei ging es ihnen gar nicht so sehr ums Geld, einen günstigen Kleinwagen würden sie schon irgendwo finden. Nein, vielmehr war es die Nostalgie, die sie beide verspürten, wenn sie darin unterwegs waren. All die schönen Erinnerungen, die sein Anblick in Elisabeth heraufbeschwor. Wenn sie daran zurückdachte, was sie alles damit erlebt und darin getrieben hatten, trieb es ihr gleich die Schamesröte ins Gesicht. Wenn sie wiederum daran dachte, was Friedrich womöglich getan hatte, hätte sie ihren gemeinsamen Wagen am liebsten kurz und klein geschlagen.

»Zur Beifahrerseite, ich fahre!«, stellte Elisabeth klar.

Friedrich widersprach ihr nicht. Die Diskussion darüber, dass er voll fahrtauglich wäre, kannte sie zu gut. Heute blieb ihr wenigstens die erspart.

Als sie die Tür schloss, bemerkte Elisabeth, dass der Tannenkranz verschwunden war. Sie sah sich flüchtig um, bestimmt lag er irgendwo im Vorgarten. Aber sie konnte ihn nirgends entdecken, und ihr blieb auch keine Zeit, sich darum zu kümmern. Denn bevor sie die Haustür abgeschlossen hatte, hatte sich ihr Schirm umgestülpt. Friedrich hatte auf Höhe des Gartentors das gleiche Problem. Unbeholfen versuchte er, ihn zurechtzuformen. Ein hoffnungsloses Unterfangen. Elisabeth versuchte es erst gar nicht. Mit angezogenen Schultern lief sie los. Die wenigen Meter bis zum Wagen glichen einem Spießrutenlauf. Es war nicht einfach, den unzähligen Pfützen auszuweichen. Als sie glaubte, es unversehrt geschafft zu haben, versank sie unmittelbar vor dem Wagen knöcheltief im Schlamm und rutschte weg. Nur mit Mühe gelang es ihr, auf den Beinen zu bleiben.

Mist!

Als sie sich ins Auto gerettet hatten, waren sie beide patschnass. Elisabeths Sportschuhe standen unter Wasser, Friedrichs wohl ebenso – er hatte gar nicht erst versucht, den Pfützen auszuweichen. Sie zog die Tür zu und forderte Friedrich auf, endlich das Gleiche zu tun. Aber der Wind hatte sie weiter aufgerissen, und er versuchte von seinem Sitz aus vergeblich, sich danach zu strecken.

Auch das noch!

Sie hievte sich aus dem Wagen, eilte an der Motorhaube, von der der Stern vor Jahren von einem Unbekannten heruntergebrochen worden war, vorbei und warf Friedrichs Tür zu. Zurück auf dem Fahrersitz lief es ihr überall nass herab. Sie wollte sich das Gesicht trockenwischen, aber sie wusste nicht, womit. In der Mittelkonsole fand sie eine Packung mit einem einzigen Taschentuch darin. Sie gab es Friedrich und bat ihn, sich so gut wie möglich damit abzutrocknen. Währenddessen streckte sie sich nach der Rückbank, wohin sie ihre Tasche geworfen hatte. Sie war sich sicher, dass sie darin eine volle Packung Taschentücher hatte. Aber sie kam nicht einmal annähernd an sie ran.

Egal!

Ein flüchtiger Blick in den Rückspiegel bestätigte Elisabeth, dass sie so fertig aussah, wie sie sich fühlte.

Eine besonders kräftige Windböe erfasste den Wagen und rüttelte ihn durch. Und verdeutlichte Elisabeth, dass es eine völlig hirnrissige, ja gar gefährliche Idee war, jetzt ins Moor zu fahren. In Friedrichs Verfassung wäre es schon bei Kaiserwetter eine Herausforderung gewesen. Unter diesen Bedingungen würden sie trotz der Holzstege nicht einmal annähernd bis zu der Stelle vordringen können, an der Annas Leiche gefunden worden war. Wenn sie Pech hatten, war der einzige Zufahrtsweg zum Parkplatz überschwemmt, sodass sie es nicht einmal in die Nähe schaffen oder stecken bleiben würden.

Zu der aussichtslosen Lage mischte sich Elisabeths schlechtes Gewissen, weil sie Friedrich zwar in seinen warmen Mantel gesteckt, ihn jedoch in seinem Anzug gelassen hatte. Lediglich die Krawatte hatte sie ihm abgenommen. Ihn umzukleiden, hätte sich als mühsam erwiesen, und Elisabeth hatte gefürchtet, ihren Funken Mut zu verlieren. Für einen Besuch im Moor hätte er kaum unpassender gekleidet gewesen sein können.

Aber was war die Alternative? Zu Hause bleiben, Tee trinken und den verregneten Tag vor dem Fernseher verbringen? Gemeinsam Mittagessen und danach ein kleines Nickerchen machen? Untätig auf besseres Wetter warten?

Einfach undenkbar.

»Wohin fahren wir?«, fragte Friedrich und musste dabei schreien, um das ohrenbetäubende metallische Regenhämmern zu übertönen.

»Das ist eine Überraschung«, antwortete Elisabeth, weil sie nicht wusste, was sie sonst hätte sagen sollen.

»Für mich?«

»Ja, für dich.«

»Was ist es?«

»Das sage ich dir nicht.«

»Warum?«

»Sonst wäre es ja keine Überraschung.«

»Fahren wir in die Stadt?«

»Nein.«

»Zu Philipp?«

»Nein.«

»Einkaufen?«

»Auch nicht.«

»Mh«, machte er, grübelte weiter und fummelte dabei wieder am Manschettenknopf seines linken Ärmels herum. »Fahren wir ins Café?«

»Bitte lass dich einfach überraschen!«

»Aber …«

»Und lass bitte den Manschettenknopf in Ruhe und gurte dich an.«

Er sah Elisabeth an, als habe sie ihn gerade darum gebeten, ihr die Relativitätstheorie zu erklären.

Sie zeigte über seine Schulter hinweg auf den Gurt. »Bitte Schatz, du weißt genau, was ich meine.«

Friedrich hatte es immer schon gehasst, sich im Wagen anzugurten. Über Jahrzehnte hinweg war es ein wiederkehrendes Diskussionsthema zwischen ihnen gewesen. Er hatte immer behauptet, dass der Gurt ihn in den Hals schneide. Sie wiederum hatte nicht verstanden, wie man so kindisch sein konnte und Bequemlichkeit vor Sicherheit stellen konnte. Elisabeth wusste genau, dass nicht seine Demenz schuld war, sondern seine Sturheit.

»Jetzt mach schon!«

Besonders umständlich versuchte er, den Gurt zu greifen zu bekommen. Aber er stellte sich dabei so ungeschickt an, dass Elisabeth die Geduld verlor.

»Warte, ich helfe dir.«

Sie lehnte sich über ihn hinweg und streckte sich. Doch ihre Arme waren zu kurz, ihr fehlten gut zehn Zentimeter.

Verdammt!

Elisabeth streckte sich weiter, bekam dabei beinahe einen Krampf im Nacken.

»Na, na, na, nicht so wild«, kommentierte Friedrich mit gespielt laszivem Unterton.

Elisabeth ignorierte es. Unmittelbar bevor der Schmerz unerträglich wurde, kam sie endlich an den Gurt ran und schaffte es, Friedrich anzugurten.

»So wild bist du schon lange nicht mehr rangegangen.« Er lachte herzhaft über seinen Witz.

Sie ignorierte ihn. In letzter Zeit kam es öfter vor, dass er anzügliche Kommentare schob – was er früher nie getan hatte. Auch das hing mit seiner Krankheit zusammen. Wenn sie gut drauf war, ging Elisabeth darauf ein, und sie beide machten sich einen Spaß daraus, ein wenig schweinisch miteinander zu reden. Aber heute war sie definitiv nicht gut drauf.

Sie startete den Wagen, legte den ersten Gang ein und fuhr los. Dabei hing sie dicht hinter der Windschutzscheibe, die schon an den Ecken anzulaufen begann. Sie drehte das Gebläse auf die höchste Stufe, wodurch es noch lauter im Wagen wurde. Dazu mischte sich das Quietschen der Scheibenwischer.

Elisabeths Stresspegel stieg weiter an.

Und als wäre das alles nicht genug gewesen, machte Friedrich das Radio an. Ein nervtötender Popsong mit schriller

Frauenstimme dröhnte aus den Boxen. Elisabeth würgte ihn kommentarlos ab. Und nahm aus dem Augenwinkel wahr, dass Friedrich sie fragend ansah.

Die Sicht war miserabel. Von der Umgebung waren bloß blasse Umrisse zu erkennen. Ab und zu ragten blätterlose Äste und Zweige so weit über die Fahrbahn, dass es aussah, als wären sie knorrige Hände, die nach dem Wagen zu greifen versuchten.

»Wohin fahren wir denn?«, wollte Friedrich wissen und fummelte erneut an seinen Manschettenknöpfen herum.

»Das ist eine Überraschung.«

»Was für eine Überraschung?«

»Eine Überraschung eben.«

»Für mich?«

»Ja.«

»Fahren wir in die Stadt?«

»Nein.«

»Zu Philipp?«

»Friedrich, bitte, lass dich einfach überraschen!«

Ihr wurde klar, dass sie in der Aufregung vergessen hatte, sich selbst anzugurten. Im Fahren schnallte sie sich an.

Jetzt reiß dich gefälligst zusammen!

Obwohl die Scheiben nicht mehr beschlagen waren, hatte sich die Sicht kaum verbessert. Der Wald, der auf beiden Straßenseiten lauerte, wirkte hinter der trüben nassen Wand wie der Schatten einer dunklen Armee, die sie beobachtete.

Bald waren sie zehn Minuten unterwegs und hatten dabei noch nicht einmal die Hälfte der Strecke zurückgelegt. Normalerweise brauchten sie dafür keine fünf Minuten.

Nach einer Kurve schälten sich auf einmal zwei Lichter aus dem nassen Grau vor ihnen. Ein Wagen kam ihnen entgegen. Viel zu schnell. Viel zu weit in der Mitte der Fahrbahn. Er schoss regelrecht auf sie zu. Hatte das Fernlicht an, das immer greller wurde. Und sie blendete. Jetzt war er eindeutig auf ihrer Spur.

Elisabeth kniff die Augen zusammen. Stieg auf die Bremse. Verkrampfte sich um das Lenkrad. Hielt die Luft an.

»Halt dich fest!«, schrie sie und machte sich auf den Aufprall gefasst.

Aber dazu kam es nicht. Denn der Fahrer riss im letzten Moment den Wagen zurück und donnerte haarscharf an ihnen vorüber. Wassermassen schwappten gegen die Windschutzscheibe. Für einen Moment sah sie gar nichts. Dann fegten die Scheibenwischer die nasse Lawine zur Seite, und sie konnte zumindest Umrisse ausmachen. Sah irgendein kleineres Tier, das in einiger Entfernung auf dem Asphalt klebte.

Elisabeth begriff erst jetzt, dass sie eine Vollbremsung hingelegt und den Wagen zum Stehen gebracht hatte.

Friedrich hielt sich mit einer Hand am Griff über der Tür fest. Und sah sie fragend an.

»Soll ich fahren?«, fragte er.

Elisabeth wollte etwas sagen, wusste aber nicht, was. Also schüttelte sie den Kopf und fuhr schweigend an. Dabei flatterte ihr Puls. Ihr war heiß. Schweiß war ihr ausgebrochen und hatte sich zum Regen in ihrem Gesicht gemischt.

Friedrich machte das Radio an.

Elisabeth schaltete es ab.

»Wohin fahren wir denn?«

Sie war kurz davor durchzudrehen. Umklammerte das Lenkrad so fest, dass ihre Knöchel weiß hervortraten.

»Fahren wir ins Café?«

»Ja.«

»Kommt noch wer?«

»Lass dich bitte überraschen.«

»Kommt Philipp?«

»Ja.«

Nach weiteren gut fünf Minuten erreichten sie endlich die lang gezogene Linkskurve, hinter der auf der rechten Seite am äußersten Stadtrand das Haus von Sarah und Philipp lag.

»Fahren wir zu Philipp?«

Elisabeth atmete tief durch. Versuchte, ruhig zu bleiben. Sich in Erinnerung zu rufen, dass Friedrich sie nicht mit Absicht in den Wahnsinn trieb.

Sie wollte gerade zu einer Antwort ansetzen, als das Haus auftauchte. Wenn auch verschwommen. Im Grunde konnte sie es gar nicht wirklich sehen, viel mehr wusste sie nur, dass es dort lag. Und dennoch begriff sie sofort, dass etwas nicht stimmte. Erst war es nur ein zuckender blauer Schimmer, der da nicht hingehörte. Doch als sie näher kamen, erkannte Elisabeth erste Details.

Was zum …?

Friedrich war wieder mit dem Radio beschäftigt. Er klickte sich im Sekundentakt durch die vorgespeicherten Sender, von denen fast jeder rauschte.

»Sieh doch!«, schrie Elisabeth einer spontanen Eingebung folgend und zeigte nach links, wo nichts als Bäume zu sehen waren.

Friedrich sollte das Blaulicht vor dem Haus ihres Sohnes nicht sehen.

17

»Komm schon, mach auf!«, schrie Elisabeth und drückte dabei unentwegt auf die Klingel.

Sie presste ihr Gesicht auf den schmalen Milchglasstreifen der Eingangstür, schirmte ihre Augen ab und versuchte, eine Bewegung im Inneren auszumachen. Konnte aber nicht das Geringste erkennen. Sie machte ein paar Schritte zurück, suchte die Fenster ab. Auch jenes, in dem sie zuvor, als sie aus dem Wagen gestiegen war, eine Bewegung des Vorhangs ausgemacht zu haben glaubte. Aber da war nichts zu entdecken. Also klingelte sie noch einmal und hämmerte mit der Faust auf die Tür ein.

»Norbert, mach auf!«

Keine drei Minuten war es her, dass Elisabeth die Einsatzfahrzeuge und das Blaulicht vor Philipps und Sarahs Haus gesehen hatte. Dass sie den Impuls, auf die Bremse zu springen und zum Haus abzubiegen, unterdrückt hatte. Weil ihr sofort nach ihrer Entdeckung klar geworden war, dass es zu riskant gewesen wäre, mit Friedrich dort aufzukreuzen. Weil die Einsatzkräfte ihn womöglich noch mehr verwirrt hätten, als er es ohnehin schon war.

Was, wenn er sich auch vor ihnen verplappert hätte? Wenn er erneut von Annas Slip oder noch Schlimmerem gefaselt hätte?

Nein, das konnte sie nicht riskieren. Deshalb war sie weitergefahren. Nur knapp 200 Meter, dann war sie links in die schäbige Siedlung am Waldrand eingebogen, an deren Ende Friedrichs Bruder in seinem bruchreifen und vom

Vollzugsbeamten nahezu leer geräumten kleinen Häuschen wohnte.

Der jetzt, verflucht noch mal, nicht die Tür öffnete!

Elisabeth klingelte abermals. Sah sich nach Friedrich um. Schrie Friedrich an: »Komm her und stell dich näher an die Wand!«

Er reagierte nicht. War stattdessen hin- und hergerissen zwischen dem Hundegebell, das durch das Regenprasseln hindurch von der menschenleeren Straße zu hören war, und der ansehnlichen Ansammlung von Gartenzwergen, die Norbert im gesamten Vorgarten verteilt hatte. In letzter Zeit war Friedrich jedes Mal aufs Neue von ihnen fasziniert. Besonders der Zwerg, der seine Hose hinuntergelassen hatte und jedem Besucher seinen Hintern entgegenstreckte, hatte es ihm angetan.

»Friedrich, hörst du nicht?«

Er kam einen Schritt näher, was jedoch gar nichts brachte.

Im Grunde war es auch egal. Der Regen wehte ihnen schräg in den Rücken. Die Hauswand und der schmale Dachvorsprung boten so gut wie keinen Schutz. Die Schirme hätten das, selbst wenn sie der Wind nicht umgestülpt hätte, genauso wenig getan. Außerdem waren sie beide ohnehin patschnass.

»Norbert, mach auf!«

Sie hämmerte fester gegen die Tür, ein letztes Mal. War kurz davor aufzugeben.

Aber dann war endlich durch das Milchglas zu erkennen, dass das Licht im Vorzimmer angemacht wurde. Kurz darauf war das erlösende metallische Klacken des Schlosses zu hören, und die Tür ging auf.

»Meine Güte, was ist denn mit euch beiden los?«, wollte Norbert wissen. »Ihr seht ja aus wie …«

Elisabeth ließ ihn nicht ausreden. Sie drängte sich wortlos an ihm vorbei und rettete sich, Friedrich hinter sich herziehend, ins Trockene. Wo es wie immer nach Frittierfett und kaltem Zigarettenrauch stank. Und Elisabeth wie jedes Mal den aufkommenden Brechreiz unterdrücken musste.

Norbert war mit übertriebener Geste einen Schritt zurück gestolpert. »Hey, seid ihr nicht ganz bei Trost? Und überhaupt: Habt ihr schon einmal auf die Uhr geschaut?«

Er gähnte hinter vorgehaltener Hand, was für Elisabeth jedoch ziemlich aufgesetzt wirkte. Und außerdem eine Geste war, die Norbert ständig machte. Müsste sie ihn nachahmen, würde sie genau damit beginnen, und jeder wüsste Bescheid.

»Habt ihr zwei daran gedacht, dass es Leute gibt, die um diese Uhrzeit …«, setzte Norbert nach.

»Friedrich muss kurz bei dir bleiben!«, unterbrach Elisabeth ihn.

»Was, jetzt?«

»Ja, jetzt.«

»Wieso?«

»Erzähl ich dir später.«

»Aber ich wollte eigentlich gerade …«

Wieder setzte er zu einem schlecht vorgetäuschten Gähnen an.

»Es ist wichtig, Norbert.«

»Was ist denn los um Himmels willen?«

»Nichts.«

»Und wegen *nichts* bist du so durch den Wind?«

»Ich hole Friedrich so schnell wie möglich wieder ab, versprochen.«

»Also weißt du, es ist wirklich unpassend. Ich habe eigentlich gerade …«

Elisabeth machte einen Schritt auf Norbert zu und sah ihm tief in die Augen, um dem folgenden Satz mehr Ausdruck zu verleihen und die Diskussion ein für alle Mal zu beenden: »Friedrich muss bei dir bleiben. Es geht nicht anders.«

Erst jetzt bemerkte sie, dass Norbert leicht außer Atem zu sein schien. Dass seine Augen blutunterlaufen und ganz glasig waren. Dass er an seiner Schläfe einen kleinen Cut hatte, der vor Kurzem noch geblutet haben musste. Dass er nach Schweiß stank. Und nach Alkohol. Dass jede Faser seines Körpers Unruhe ausstrahlte. Und dass sein Haar feucht war und wirkte, als wäre es eben erst in aller Eile mit einem Handtuch getrocknet worden. Was auch immer Norbert gemacht hatte, garantiert hatte er nicht geschlafen.

Aber Elisabeth konnte sich nicht auch noch darum kümmern. Seit die »Tanzhöhle«, wohl auch in Folge des schlechten Rufes aufgrund Annas dortigem Verschwinden, den Bach runtergegangen war, hatte Norberts Leben eine dramatische Wende genommen. Friedrich und sie hatten seitdem viel zu viel Zeit damit verbracht, sich um Norbert zu kümmern.

Sie ignorierte ihre Beobachtung und wandte sich an Friedrich: »Du bleibst kurz bei Norbert, ja. Ich bin gleich wieder da.«

»Wohin fährst du?«

»Einkaufen.«

»Ich komme mit.«

»Das geht nicht.«

»Warum nicht?«

»Ich hole eine Überraschung ab.«

»Eine Überraschung?«

»Ja.«

»Für mich?«

»Ja.«

»Was ist es?«

»Mein Gott, Friedrich, bitte stell dich nicht so an! Wenn ich es dir verraten würde, dann wäre es doch keine Überraschung mehr. Ich bin bald wieder da, versprochen!«

Elisabeth küsste Friedrich auf die Wange und nahm erst im Abwenden Norberts nasse, schlammverschmierte Stiefel wahr, die achtlos auf den nassen Fliesen lagen. Der Gedanke streifte sie, eben eine wichtige Beobachtung gemacht zu haben. Aber schon im nächsten Augenblick war er verflogen. Er wurde von einer Frage verdrängt, die ohrenbetäubend laut in ihr kreischte: Hatte sie eben einen Mörder geküsst?

Sie lief zurück zum Wagen. Ohne es mitzubekommen, presste sie sich dabei die Hände auf die Ohren. Als konnte sie so die innere Stimme zum Schweigen bringen.

Und so hörte sie nicht, was Friedrich ihr von der Türschwelle aus nachrief.

18

Norbert blieb so lange im Türrahmen stehen, bis der Wagen seiner Schwägerin um die Ecke gebogen und aus seinem Blickfeld verschwunden war. Dabei war er so sehr in seine

Gedanken vertieft, dass er gar nicht mitbekam, wie der Regen sich von der Hüfte abwärts in seine Kleidung fraß. Erst nachdem er die Tür geschlossen hatte, begriff er, dass er sich binnen weniger Minuten ein zweites Mal würde umziehen müssen. Auch weil er vor Aufregung sein T-Shirt unter den Achseln ganz nassgeschwitzt hatte.

Er blickte auf seine Stiefel hinab. Ihr Gesichtsausdruck, als Elisabeth sie entdeckt hatte, ging ihm nicht mehr aus dem Kopf. Na klar, er hätte sie vor dem Öffnen verschwinden lassen müssen. Aber wie um alles in der Welt hätte er damit rechnen können, dass die beiden um diese Uhrzeit bei ihm aufkreuzten? Und dabei so einen Auftritt hinlegen würden. Ausgerechnet heute Morgen. Er war völlig überrumpelt gewesen. Hatte es nicht einmal geschafft, ihr eine brauchbare Ausrede aufzuschwatzen.

Jetzt war es zu spät.

Er konnte nur hoffen, dass Elisabeth nichts davon mitbekommen hatte und nicht eins und eins zusammenzählen würde. Aber wahrscheinlich machte er sich unnötig Sorgen. Weshalb sollte sie aufgrund der nassen Stiefel annehmen, dass er etwas mit der Sache zu tun hatte? Es gab wahrscheinlich an die Dutzend Gründe, weshalb er in diesen frühen Morgenstunden und bei diesem Sauwetter durch die halbe Stadt geschlichen war. Und Elisabeth hatte eben ausgesehen, als ob sie Wichtigeres im Kopf hatte, als sich darüber den Kopf zu zerbrechen. Falls er sich irrte, würde ihm bis zu ihrer Rückkehr zumindest ein weiterer der Dutzend Gründe einfallen müssen.

Aber zuerst brauchte er eine Zigarette und eine Schmerztablette. Er musste einen klaren Kopf bekommen. Und dann würde er sich um Friedrich kümmern. Darum, was er Elisabeth eben nachgerufen hatte.

Wie, zum Teufel, war er nur darauf gekommen, so etwas zu sagen? Konnte es ein Zufall sein?

19

Elisabeth lenkte den alten Mercedes an den rechten Straßenrand hinter den Rettungswagen und würgte den Motor ab, ehe sie zum Stehen gekommen war. Es kümmerte sie nicht, dass das Heck weit auf die Fahrbahn hinausstand. Sie zog den Schlüssel ab. Wollte sich vom Gurt befreien, griff jedoch ins Leere. Begriff, dass sie schon wieder vergessen hatte, ihn anzulegen.

Sie stieß die Tür auf, hievte sich nach draußen, warf sie halbherzig zu und lief los. Konnte hören, dass die Tür nicht richtig eingeschnappt war. Aber es kümmerte sie nicht. Genauso wenig wie die vielen Pfützen. Sie wich ihnen nicht aus, trat knöcheltief hinein.

Es muss etwas passiert sein!

Längst hatte sie einen schlimmen Verdacht. Bilder aus ihrer eigenen Vergangenheit holten sie ein. Mischten sich mit ihren Ängsten. Flackerndes Kerzenlicht. Die offen stehende Eingangstür. Der Schatten, der sich aus der Dunkelheit schält und sich auf sie stürzt.

Elisabeth versuchte, die Bilder zu verdrängen und preschte durchs Gartentor. Sie stürmte durch den Vorgarten und die fünf nassen Stufen hinauf zur Eingangstür. Da passierte es. Auf der letzten Stufe rutschte ihr der rechte Fuß weg. Sie geriet unter das rostige Eisengeländer, schrammte sich den Knöchel auf. Verlor das Gleichgewicht. Krallte sich gerade noch rechtzeitig am Geländer fest und konnte so einen Sturz vermeiden. Doch in ihrem Knöchel war eine Schmerzgranate explodiert.

Sie stöhnte auf. Schob das Hosenbein hoch, tastete nach ihrem Knöchel. Hoffte darauf, dass der Schmerz abklingen oder sie ihn wegmassieren konnte. Doch das machte es nur schlimmer, und sie zuckte sofort zurück. Die tiefen Kratzer fingen zu bluten an. Das hatte ihr gerade noch gefehlt.

Sie biss die Zähne zusammen. Zog ihren Socken darüber, damit die Hose kein Blut abbekam. Humpelte die zwei Meter zur Tür und klingelte. Weil ihr niemand öffnete, klingelte sie erneut. Und gleich noch einmal.

Dann ging endlich die Tür auf. Und der nächste Schreck beutelte sie. Denn weder Sarah noch Philipp hatten ihr geöffnet. Sondern eine uniformierte Polizistin. Bei ihrem Anblick rutschte Elisabeth das Herz in die Hose. Eine Sekunde lang war sie wie gelähmt, und es hatte ihr die Sprache verschlagen. Warum war Sarah oder Philipp nicht selbst an die Tür gegangen?

Dann kehrte schlagartig die Panik zurück.

»Was ist passiert?«

»Frau Sommer …«

»Wo sind Philipp und Sarah?«

»Bitte bleiben Sie ruhig. Wir …«

Elisabeth drängte sich an ihr vorbei.

»Philipp?«

»Bitte warten Sie!«

Elisabeth beachtete die Beamtin gar nicht. Sie ließ das Vorzimmer hinter sich. Humpelte durch den Flur.

»Philipp?«

Nichts.

»Sarah?«

In diesem Augenblick trat Philipp unmittelbar vor ihr aus der Küche. Elisabeth hätte ihn fast über den Haufen gerannt. Aber sein Gesichtsausdruck ließ sie augenblicklich erstarren.

»Was ist passiert?«

Noch bevor ihr Sohn antworten konnte, nahm sie in ihrem linken Augenwinkel eine Bewegung wahr. Sie sah ins Wohnzimmer. Sah zwei Sanitäter. Einen, der auf der Couch saß und irgendetwas tat, von dem Elisabeth in der Hektik nichts mitbekam. Und einen zweiten, der mit seinem breiten Rücken zu ihr stand und sich zur Couch hinabgebeugt hatte. Der sich aufrichtete, zu ihr umdrehte und dabei einen Schritt zur Seite machte. Und ihr so die Sicht freigab.

Auf Sarah.

Elisabeth stockte der Atem. Sie schlug sich die Hand vor den Mund.

Um Gottes willen!

20

Bei Sarahs Anblick kam sofort Elisabeths Erinnerung zurück. An den Abend, an dem das Böse auch sie heimgesucht hatte.

Fünf Jahre war es nun her:

Kerzenlicht flackerte und spiegelte sich in den weißen Wandfliesen. Sanfter Lavendelduft lag in der Luft. Kribbelnder, knisternder Schaum und wohlige Wärme schmiegten sich an ihre Haut, als Elisabeth sich ganz langsam in die Badewanne sinken ließ. Was für eine Wohltat!

Seit einer Woche schon hatte Elisabeth ihr Kreuz zu schaffen gemacht. Aber am Vortag war es richtig schlimm geworden, seither war jede Bewegung zur Qual geworden. Die verkrampfte Haltung hatte mittlerweile ihren Nacken in Mitleidenschaft gezogen. Selbst das Liegen hatte sie geschmerzt. Die letzte Nacht hatte sie deshalb lange nicht einschlafen können.

Elisabeth hätte dringend eine Massage benötigt. Oder zumindest eine kleine Auszeit. Aber beides war leider nicht in Frage gekommen. Friedrichs Verwirrtheit hatte sich zuletzt erheblich verschlimmert. Ein paar Tage zuvor hatte er sie während des Abendessens ernsthaft gefragt, ob Valerie noch bei Anna wäre und es nicht langsam Zeit würde, dass sie nach Hause komme.

Zudem war er schlimm verkühlt gewesen. Keinen simplen Männerschnupfen. Nein, er hatte hohes Fieber gehabt. Elisabeth hatte ihn nicht nur versorgt, sondern auch alle

Tätigkeiten übernommen, die normalerweise Friedrich erledigt oder bei denen er sie zumindest unterstützt hätte. Den Haushalt schmeißen. Die Einkäufe erledigen und vor allem nach Hause schleppen. Holz für den Kamin besorgen. Die Leiter aus dem Keller holen, um eine Glühbirne zu wechseln. Alles für sich keine große Sache. Aber wenn einem das Kreuz zu schaffen macht, kann selbst die einfachste Tätigkeit zur Herausforderung werden.

An diesem Abend hatte Elisabeth sich zumindest das Kochen erspart. Sarah war vorbeigekommen und hatte ihnen einen Topf mit kräftiger Hühnersuppe gebracht. Sie hatte sogar angeboten, so lange bei Friedrich zu bleiben, bis Elisabeth ihr Bad genommen hatte. Aber Elisabeth hatte sie nach Hause geschickt. Jetzt, da er gegessen hatte und es ihm schon deutlich besser als in den Tagen zuvor ging, würde er wohl eine Weile vor dem Fernseher sitzen können, ohne etwas zu brauchen.

15 Minuten sollten es sein, hatte Elisabeth sich vorgenommen. Keine Minute kürzer. Aber auch nicht länger, denn wahrscheinlich würde Friedrich ohnehin spätestens dann unruhig werden, weil der gemeinsame Fernsehabend näher rückte und Elisabeth sich nicht blicken ließ.

Sie schloss ihre Augen. Atmete den Lavendelduft tief in sich ein. Ließ sich weiter ins Wasser sinken. Lauschte dem sanften Knistern des Badeschaums. Atmete erneut tief durch.

Herrlich!

Genau das war es, was sie gebraucht hatte. Der Moment war perfekt.

Doch da zerriss das Läuten der Türglocke die Stille.

Bitte nicht!

Elisabeth stieß sich mit den Beinen vom Wannenrand ab

und setzte sich auf. Lauschte. Weil sie aus dem Erdgeschoss nichts weiter hörte, rief sie: »Friedrich?«

Die Badezimmertür war angelehnt, deshalb drang seine Antwort nur gedämpft zu ihr hinauf: »Ja?«

»Gehst du bitte an die Tür!«

»Kannst du nicht gehen?«

Mein Gott!

»Ich bin in der Badewanne.«

»Was?«

»Ich liege in der Badewanne. Du musst gehen!«

Er antwortete etwas, das sie nicht verstand. Dann hörte sie über die Fernsehgeräusche hinweg am knarzenden Parkettboden, dass Friedrich das Wohnzimmer verließ. Dass er den Flur entlang ging. Dass er die Eingangstür entriegelte und öffnete.

Aber was sie danach nicht hören konnte, waren Stimmen. Auch nach einigen Sekunden nicht.

Elisabeth versuchte, konzentrierter zu lauschen. Den Fernseher und das Knistern des Badeschaums auszublenden. Aber es waren keine Stimmen zu hören. Und auch sonst nichts.

Dann vernahm sie, wie die Tür geschlossen wurde. Und Friedrich durch den Flur zurück ins Wohnzimmer ging.

Elisabeth verstand nicht. War es nicht das normalste auf der Welt, dass er ihr Bescheid gab, wer geläutet hatte? Allmählich fing er wirklich an, sich wie ein Kind zu benehmen.

»Friedrich?«

»Ja?«

Elisabeth hatte ihn schlechter verstehen können, weil er den Fernseher lauter gemacht hatte. Sie glaubte, die Stimme eines Sportkommentators wiederzuerkennen.

»Wer war an der Tür?«

»Niemand.«

»Wie niemand?«

»Da war keiner.«

»Aber warum …?« Sie brach den Satz ab, weil sie zu begreifen versuchte. Nach einer logischen Erklärung suchte.

»Wieso hat es dann geläutet?«

»Ich weiß es nicht.«

»Hast du genau geschaut?«

»Natürlich.«

»Und du hast niemanden gesehen?«

»Habe ich nicht.«

»Auch nichts gehört?«

»Nein.«

Elisabeth kam der Gedanke, dass Friedrich dem Besucher vielleicht zu lange gebraucht hatte. Und dass er in der Zwischenzeit an die Rückseite des Hauses gegangen war. Weil er am Licht doch gesehen haben musste, dass sie daheim waren. Familie und Freunden war bekannt, dass das Haus einen Hintereingang hatte.

Aber Elisabeth war bewusst, dass ihre Theorie Lücken hatte: Wenn jemand an die Rückseite des Hauses gegangen wäre, hätte er inzwischen längst bemerkt, dass die Tür verschlossen war. Und erneut geläutet. Oder ans Wohnzimmerfenster geklopft.

Friedrich schien der Vorfall nicht weiter zu kümmern. Er hatte den Fernseher lauter gemacht. Aber Elisabeth saß aufrecht in der Wanne und konnte nicht zu grübeln aufhören. Vielleicht hatte ein Bote ein Paket abgeliefert und vor der Tür stehen lassen. Vielleicht hatte Friedrich es in der Dunkelheit übersehen. Oder der Lieferant hatte es mitgenommen und war unverrichteter Dinge gefahren. Gut möglich. Nur erwartete sie überhaupt keine Lieferung. Und der Bote hätte das Paket doch nicht wirklich wieder mitgenommen, sondern unmittelbar vor der Türschwelle abgestellt. So wie er das immer tat, wenn sie nicht zu Hause waren. Verwirrung hin oder her – Friedrich hätte es gar nicht übersehen können. Außerdem hätte er doch den Lieferwagen wegfahren sehen müssen. Zumindest dessen Rücklichter wären im Finstern leicht zu sehen gewesen. Egal, wie Elisabeth es drehte und wendete, irgendwie blieb es seltsam.

Schluss jetzt!

Elisabeth wusste, dass sie sich besser schleunigst entspannen sollte. Die Uhr tickte, gut fünf Minuten der Viertelstunde waren um und sie saß aufrecht in der Wanne. Allmählich wurde ihr kühl. Sie sollte besser …

Da läutete es erneut.

Und Elisabeth war von zwei Gefühlen unmittelbar hintereinander erfüllt: Das erste war Erleichterung. Weil sie überzeugt war, dass der ungebetene Gast an der Rückseite des Hauses gewesen sein musste und erneut an der Vorderseite sein Glück versuchte. Doch unmittelbar danach kamen die Zweifel. Denn es war merkwürdig, dass so viel Zeit vergangen war, seit es das erste Mal geläutet hatte. Oder?

»Friedrich?«

»Ja?«

»Gehst du bitte an die Tür!«

Er antwortete etwas Unverständliches.

»Was?«

Keine Antwort.

»Friedrich!«

»Was denn?«

»Geh an die Tür!«

Es folgte erneutes unverständliches Gemurmel. Aber immerhin konnte Elisabeth hören, dass er das Wohnzimmer verlassen hatte und den Flur entlang zur Eingangstür ging. Dass er sie entriegelte und öffnete.

Und wieder konnte sie *eines* nicht hören: Stimmen.

Sie lauschte konzentriert. Sekunden verstrichen. Ein dunkles Unbehagen stieg währenddessen in ihr hoch.

»Friedrich?«

»Ja?«

»Was ist los?«

»Nichts!«

»Wer ist da?«

»Niemand!«

»Was?«

»Da ist keiner!«

»Sicher?«

»Glaubst du etwa, ich bin blind?«

Elisabeth überlegte, ob vielleicht die Glocke kaputt war. Womöglich war ein Kabel locker geworden. Es schien ihr plausibel. Alles daran war filigran und permanent Wind und Wetter ausgesetzt. Sie würden gleich morgen eine neue besorgen müssen.

»Hallo?«, hörte sie Friedrich gedämpfter als eben unten rufen. Elisabeth stellte sich vor, dass er einen Schritt vor die Tür gemacht hatte, nach links und nach rechts schaute und die Dunkelheit absuchte. »Ist da wer?«

Eine Antwort konnte sie nicht hören.

»Und?«, wollte Elisabeth wissen, nachdem sie gehört hatte, dass Friedrich zurück ins Haus gekommen war.

»Keine Ahnung, was da los ist!«

»Kann die Glocke kaputt sein?«

»Vielleicht!«

»Wir müssen uns das anschauen!«

»Ja, morgen.«

»Aber das geht doch nicht. Wir müssen sie ausschalten. Das kann doch nicht die ganze Nacht so weitergehen!«

Er reagierte nicht darauf. Schloss die Tür, sperrte ab. Ging ins Wohnzimmer.

Na prima, sie würde sich auch noch um diese blöde Glocke kümmern müssen.

Mit Elisabeths Entspannung war es endgültig vorbei. Sie empfand das Wasser auf einmal als viel zu heiß. Das Kerzenflackern machte sie nervös.

Das kann doch nicht wahr sein!

Entnervt stemmte sie sich aus der Wanne, griff nach einem großen Handtuch und trocknete sich unter stechenden Rückenschmerzen ab. Sie zog sich ihr Nachthemd an und den Bademantel darüber. Dann ging sie nach unten und, als ob sie Friedrich aus der Entfernung nur falsch verstanden hatte, stellte sie ihm vom Türrahmen aus die gleichen Fragen erneut.

»Und du hast niemanden gesehen?«

Ihn schien die Sache inzwischen kaum noch zu kümmern. Sein Blick blieb am Bildschirm haften, in dem gerade ein Fußballspiel lief.

»Da war niemand«, murmelte er. Fast schon ein wenig genervt, weil sie ihn nicht in Ruhe das Spiel schauen ließ.

»Warum hat es dann zweimal geläutet?«

»Was weiß ich.«

»Findest du das nicht seltsam?«

Er zuckte kaum merklich mit den Schultern. Hielt seinen Blick unverändert auf den Fernseher gerichtet. Schlug die Beine auf der Stütze seines Fauteuils übereinander.

Elisabeth fragte sich, ob das Fußballspiel oder die Krankheit Schuld an seiner Gleichgültigkeit war. Sie sah zum Wohnzimmerfenster, doch draußen war es stockdunkel, sie konnte absolut nichts hinter der Spiegelung des Lichts erkennen.

»Kannst du bitte nachschauen, ob an der Glocke ein Kabel locker ist?«

»Später.«

»Kannst du nicht jetzt nachsehen?«

»Ich will das Spiel sehen.«

»Mir wäre aber wirklich lieber, wenn du …«

Da läutete es zum dritten Mal.

Elisabeth zuckte zusammen.

Der Glockenklang, den sie wahrscheinlich schon Hunderte Male zuvor gehört hatte, kam ihr auf einmal viel zu laut vor. Geradezu bedrohlich. Nach einem ganz kurzen Moment der Schockstarre eilte sie zur Tür, entsperrte sie und riss sie auf.

Niemand da.

Aber der automatische Bewegungsmelder, der an der Außenseite oberhalb der Tür angebracht war, hatte reagiert. Es brannte Licht. Es konnte also nicht an einem Defekt der Glocke liegen, dass es ständig läutete. Es musste jemand hier gewesen sein. Oder war es etwa aufgrund ihres Öffnens angesprungen? Wie war das sonst immer, wenn man von innen öffnete? Elisabeth versuchte, sich daran zu erinnern. Aber sie hatte keine Ahnung.

»Wer ist da?«, rief Friedrich aus dem Wohnzimmer und machte keine Anstalten nachzukommen. Entweder interessierte ihn das Ganze herzlich wenig, oder er hatte vergessen, dass es bereits zwei Mal geläutet hatte.

Elisabeth gab ihm keine Antwort. Zum einen aus Ärger über seine Gleichgültigkeit. Zum anderen, weil sie es mit der Angst zu tun bekommen hatte und die Dunkelheit nach einem verdächtigen Schatten absuchte.

131

Aber nichts und niemand waren zu entdecken. Da waren nur Büsche und Bäume, deren Blätter raschelten, weil ein leichter Wind durch die Kronen strich. Das Windrad am Gartenzaun ratterte wie immer. Aber auch dort war niemand zu sehen.

Elisabeths Blick streifte weiter.

Halt! Zurück! Ja, da! Am Gartentor!

Sie kniff ihre Augen zu schmalen Schlitzen. Ja, da lag doch etwas auf dem Boden! Aber ohne ihre Brille konnte sie nicht erkennen, was es war. Bloß, dass es weiß war. Oder hellgrau.

Ein Paket?

»Schatz?«, rief Friedrich.

Sie gab ihm keine Antwort.

Ohne weiter nachzudenken, schlüpfte sie in das nächstbeste Paar Schuhe, das sie finden konnte, und tapste nach draußen. Es war ein lauer Abend. Dennoch bemerkte sie, dass ihr mit jedem Schritt ein kalter Schauer den Nacken hochkroch. Dass es sie zu frösteln begann. Und sich die Härchen auf ihren Unterarmen aufstellten. Bis zum Gartentor waren es gut 20 Meter. Je näher sie ihm kam, desto eher glaubte sie, dass es sich tatsächlich um ein Paket handelte. Oder ein Buch? Nein, dafür war es zu groß. Sie konnte es nicht mit Sicherheit sagen.

Auf dem Weg riss sie ihren Blick ständig hin und her. Scannte die Umgebung. Als fürchtete sie, dass jeden Moment jemand aus dem Nichts auf sie zuspringen könnte. Lächerlich, wie sie sich aufführte, das war ihr klar. Und dennoch wünschte sie sich, Friedrich wäre mitgekommen.

Das Blut rauschte in ihren Ohren.

Das Windrad ratterte.

Die Blätter raschelten.

Knack.

Elisabeth erstarrte.

War das eben ein Schritt gewesen? Ein brechender Zweig, auf den jemand getreten war?

Angst. Sie hatte die Luft angehalten. Lauschte. Versuchte herauszufinden, von wo das Geräusch hergekommen war. Wollte zurück ins Haus. War aber wie gelähmt. Sie wollte nach Friedrich rufen. Aber der Ruf blieb ihr in der Kehle stecken.

Knack.

Elisabeth war sich sicher, dass es ein Schritt gewesen war. Direkt hinter ihr. Aber die Erkenntnis kam zu spät. Als sie herumfuhr, stand der Schatten unmittelbar vor ihr.

Elisabeth riss instinktiv die Arme hoch. Doch sie war zu langsam. Der Schlag traf sie bereits. Mit einer ungeheuren Wucht.

Der Schmerz durchschoss ihre Schläfe – wie die Druckwelle nach einer Explosion. Sie sah Sterne. Taumelte zurück. Vorwärts. Und zurück. Sie hatte die Orientierung verloren. Schaffte es aber, sich auf den Beinen zu halten. Noch ein Ausfallschritt. Dann sackten ihr doch die Knie weg. Sie kippte vorne über. Konnte den Sturz aber mit den Händen abfangen.

»Friedrich«, krächzte sie. Viel zu leise, als dass er sie hätte hören können.

Sie versuchte aufzustehen. Aber da hatte sich der Schatten erneut vor ihr aufgebaut. Elisabeth wollte sich wegdrehen. Die Arme hochreißen und den Angriff abwehren. Aber sie hatte keine Chance. War viel zu langsam.

Der zweite Schlag traf sie. Wieder auf die Schläfe. Heftiger als zuvor. Durch die Wucht kippte Elisabeth zur Seite. Sie blieb in der Embryonalstellung liegen.

Beim dritten Schlag wurde es schwarz um sie herum.

21

»Was ist passiert?«, brachte Elisabeth über ihre zittrigen Lippen, nachdem sie ihre Schockstarre durchbrochen hatte.

Dabei wusste sie es längst.

Mal zündete dieses Arschloch ein ganzes Haus an, mal setzte er einen Wagen in Brand. Mal betrieb er monatelangen anonymen Telefonterror. Mal versteckte er Bärenfallen im Garten einer Familie. Und dann wieder lauerte er seinen Opfern zu Hause auf, um sie zu schlagen und zu misshandeln. So wie bei Elisabeth. Und anscheinend Sarah.

Die Angst hatte bei ihrem Anblick alle Gedanken verdrängt, die Elisabeth eben noch für wichtig gehalten hatte. Die alte Wunde an ihrer Schläfe pochte wie verrückt.

»Elisabeth!«, sagte Sarah nur und begann bitterlich zu weinen.

Zumindest nahm Elisabeth das aufgrund ihres Schluchzens an. Mit Sicherheit hätte sie es nicht sagen können. Denn das Gesicht ihrer Schwiegertochter war zu entstellt, um eindeutig einen Ausdruck darin ablesen zu können.

Sarah war mit einer natürlichen Schönheit gesegnet. Sie brauchte kein Make-up, um gut auszusehen. Ihre leuchtend blauen Augen, ihre vollen Lippen und ihr blondes Haar brachten ihr Gesicht auch so zum Strahlen. Selbst mit 41 Jahren war kaum eine Falte zu entdecken. Außerdem war sie einer dieser glücklichen Menschen, die essen konnten, was und so viel sie wollten, und dabei kein Gramm zunahmen. Bei Sarah ging das so weit, dass sie in der Schule, in der sie arbeitete, auf den jährlichen Klassenfotos oft nur auf den zweiten Blick als Lehrkraft zu identifizieren war.

Aber jetzt war ihr linkes Auge stark geschwollen. An ihrer Stirn hatte sie eine breite Risswunde, deren Blutung von den Sanitätern gestoppt worden war. Ihre Unterlippe war dick geschwollen. Blut klebte daran und unterhalb an ihrem Kinn. Ihr Haar war zerzaust. Außerdem war ihr T-Shirt am Kragen eingerissen. Und auch ihre Unterarme hatten einiges abbekommen.

Elisabeth schaffte es endlich, sich vollständig aus ihrer Lethargie zu befreien. Sie eilte zu ihr, drängte den fülligen Sanitäter zur Seite. Fiel neben Sarah auf die Couch, nahm sie in den Arm, drückte sie fest an sich. Hörte Sarahs Schluchzen dicht an ihrem Ohr, spürte das Beben ihres schlanken Körpers.

»Alles wird gut«, flüsterte Elisabeth und streichelte Sarah über den Rücken.

Sarah presste zwischen ihren Schluchzern ein »Warum?« hervor.

Und niemand im Raum konnte es ihr sagen. Am allerwenigsten Elisabeth. Sie hatte sich die Frage nach dem Warum selbst oft gestellt. Warum griff dieser verfluchte Psychopath seit so vielen Jahren immer und immer wieder unschuldige Frauen an? Warum sie? Hatte sie etwas falsch gemacht? Ihn verärgert? Wenn ja, wann und wie? Oder hatte er sie willkürlich auserwählt? War es ein Spiel für ihn? Ein besonderer Nervenkitzel? Hätte er auch Friedrich attackiert, wenn der schon weiter hinausgegangen wäre, während sie in der Badewanne gelegen hatte? Und was hatten die Angriffe mit dem Mord an Anna zu tun?

Diese Fragen quälten Elisabeth seit Jahren. Tag für Tag.

Nacht für Nacht. Auf keine einzige hatte sie bisher eine Antwort gefunden.

Genauso wenig wie die Polizei.

Und diesen Vorwurf und all ihren Frust warf Elisabeth in ihren Blick, als sie die beiden Uniformierten ansah, die links und rechts vom Türrahmen standen und das Geschehen auf der Couch beobachteten. Elisabeth kannte ihre Gesichter nur zu gut.

Nicht nur jenes der zierlichen Beamtin, die ihr eben die Tür geöffnet hatte. Nein, vor allem das ihres männlichen Kollegen, dessen dichtes lockiges Haar an den Schläfen leicht zu ergrauen begann und dessen dunkle, tief sitzenden Augen Elisabeth so unsympathisch waren. Seit damals. Seit er Valerie, Anna und deren Freunde in der »Tanzhöhle« angegriffen und ihnen gedroht hatte.

Das wirst du bereuen, Anna! Das schwöre ich dir!

Das waren die Worte gewesen, die sein Double am Vorabend in »Mörder im Visier« gebrüllt hatte, als er aus dem Lokal gezerrt worden war. Die Worte, die seit 22 Jahren an Markus Naber klebten. Obwohl ihm niemals ein Zusammenhang mit Annas Ermordung hatte nachgewiesen werden können. Und obwohl er seit fast 15 Jahren bei der örtlichen Polizei war.

Elisabeth wusste nicht, was sie von dieser Ironie des Schicksals halten sollte. Und ob es überhaupt eine solche war. Alles, was sie wusste, war, dass ihr ein Blick von ihm ein ungutes Gefühl bescherte.

Markus und seine Kollegin hatten damals nach dem Angriff auch in ihrem Wohnzimmer gestanden – mit denselben ratlosen Mienen. Sie waren mit ihren schmutzigen Schuhen durchs Haus getrampelt, hatten alles fotografiert und angefasst. Damals war es umgekehrt gewesen. Da hatte

Sarah Elisabeth in den Arm genommen und ihr gut zugeredet, während sie trotz einer Beruhigungsspritze bitterlich geheult und sich so unglaublich ausgeliefert gefühlt hatte. An Sarahs Worte konnte Elisabeth sich nicht erinnern. Weil sie niemals zu ihr durchgedrungen waren.

Elisabeth fühlte sich schäbig. Hatte auch Sarah so plumpe Phrasen wie *Alles wird gut* verwendet?

Sie war wie eine Tochter für Elisabeth. Nicht nur, weil Sarah ihre eigenen Eltern verloren hatte. Oder Elisabeth zu Philipp längst ihren Draht verloren hatte. Weil dieser im Laufe der Zeit Wesenszüge seines Vaters angenommen hatte. Immer ruhiger geworden war. Sich zurückgezogen hatte und zu einem regelrechten Eigenbrötler geworden war. Elisabeth war überzeugt: Hätte man Friedrich und Philipp für mehrere Stunden gemeinsam in einen Raum gesteckt, in dem es absolut nichts zu tun gab – sie hätten kaum etwas miteinander zu sprechen gewusst.

Zwischen Sarah und ihr war das anders. Ihre emotionale Bindung war fast so stark wie Elisabeths zu Valerie. Und sie beide verband ein gemeinsames Ziel: Aller schrecklichen Ereignisse zum Trotz wollten sie die Familie zusammenhalten, Feste feiern. Würde Sarah keinen Wert darauf legen, würde Elisabeth Philipp wohl nur noch an Weihnachten und zu ihren Geburtstagen sehen. Wenn überhaupt.

Und jetzt?

Elisabeth hielt sie im Arm und hatte keine Ahnung, was sie tun oder sagen konnte. Sie fühlte sich machtlos. Hatte versagt. Hatte es nicht geschafft, ihre Familie vor diesem Arschloch zu beschützen. Und so würde es auch egal sein, was Elisabeth nun sagte. Ihre Worte würden nichts an Sarahs schlaflosen Nächten, in denen sich vor ihrem geistigen Auge der Schrecken abspielen würde, ändern. Und nichts daran, dass sie sich niemals wieder sicher fühlen würde. Dass sie »Es geht schon« antworten würde, wenn jemand sie danach fragte, wie es ihr ginge. Und sie in Wirklichkeit auf der Stelle würde losheulen können.

»Es war dieser Scheißkerl«, zischte Philipp, der zwischen den beiden Polizisten im Türrahmen stand und seine Hände zu Fäusten geballt hatte.

Niemand sagte etwas. Es war nicht nötig. Alle im Raum wussten, dass er recht hatte.

Der füllige Sanitäter zog die Nase hoch.

Dann flüsterte Sarah: »Er ... er hat sich auf mich gestürzt.« Der Blick ihres tränengetränkten unversehrten Auges ging dabei ins Leere. Als würde sie in weiter Ferne die schreckliche Szene ablaufen sehen.

»Was ist passiert?«, hörte Elisabeth sich fragen.

»Da war so ein Kratzen.«

»Was für ein Kratzen?«

»Ich weiß es nicht. Ich ... ich war gerade in der Küche und hab Kaffee gemacht, als ich es hörte.«

»Wann war das?«, wollte der uniformierte Markus wissen und hatte Notizblock und Stift gezückt.

»Ich weiß nicht so genau. So kurz vor sechs vielleicht?« Markus nickte und notierte.

»Ich konnte nicht mehr schlafen und bin früher auf. Ich wollte ein paar Arbeiten korrigieren und ...« Sie brach ab, seufzte. Setzte wieder an: »Ich habe mir nichts gedacht, und Philipp hat ja geschlafen. Und ...«

Sie schluckte. Atmete tief durch.

»... als ich begriff, dass das Kratzen aus der Garage kam, dachte ich, dass der Sturm irgendetwas gelockert hatte oder so.«

»Und?«, wollte Elisabeth wissen.

»Ich konnte nichts finden. Außer …« Sie hielt inne.

»Was?«, drängte Elisabeth und schämte sich für ihre Ungeduld.

»Außer, dass die Seitentür offen stand.«

»Was haben Sie dann gemacht?«, hakte die Polizistin mit sanfter Stimme nach.

»Ich wollte sie schließen. Dachte, dass der Wind sie aufgerissen hatte. Aber da …«

»Ja?«, fragte die Beamtin.

Weil Sarah nicht gleich antwortete, hakte Markus nach: »Was ist dann passiert, Frau Sommer?«

Tu nicht so, das weißt du ganz genau!, schoss es Elisabeth durch den Kopf, und sie musste sich zurückhalten, ihren Verdacht nicht laut auszusprechen.

»In dem Moment, in dem ich zur Türklinke greifen wollte, ist er …«

Sie atmete erneut tief durch.

»Da ist er um die Ecke geschossen und hat mich … er hat mich gepackt und nach draußen gezerrt.«

Sarah schüttelte bei der Erinnerung daran kaum merkbar den Kopf.

»Es ging so schnell. Ich bin hingefallen. Hab überhaupt nicht begriffen, was passiert. Und dann … dann habe ich schon den ersten Schlag gespürt.«

Reflexartig wollte sie nach ihrem geschwollenen Auge tasten. Erst unmittelbar davor schreckte sie zurück. Als hätte sie sich daran verbrannt.

»Er hat immer wieder zugeschlagen.«

Sarah begann, heftig zu schluchzen.

Sonst gab niemand einen Laut von sich.

Elisabeth hatte es mittlerweile ebenfalls die Tränen in die Augen gedrückt. Sie hatte Sarah in den Arm genommen.

139

Spürte, wie ihre Körper in unterschiedlichen Rhythmen bebten. Bis Sarahs von einem Augenblick auf den anderen ruhig wurde.

Elisabeth begriff erst nicht, was los war. Sie wich ein Stück zurück, betrachtete Sarah. Und glaubte, hinter all den Kratzern und Schwellungen eine unglaubliche Entschlossenheit zu erkennen.

»Er war groß«, sagte Sarah mit fester Stimme. »Sehr groß. Sicher knapp zwei Meter.«

»Sie meinen, er war größer als ich?«, fragte Markus, trat einen Schritt weiter in den Raum und breitete die Hände aus, als wären seine Ausmaße dadurch besser zu erkennen.

Sarah sah ihn an, nickte zögerlich. »Ich glaube, ja.«

Markus notierte dies in einen Notizblock.

War es Erleichterung, die Elisabeth in seinem Blick zu entdecken glaubte? Hoffte er damit, aus dem Schneider zu sein?

»Und …«, setzte Sarah an.

»Was?«

»Er ist gehumpelt.«

»Gehumpelt?«, fragten Elisabeth und die beiden Beamten fast synchron.

»Ja, ganz sicher sogar. Ich habe mich bewusstlos gestellt. Und als er weglief, habe ich ihm nachgesehen. Er ist ganz sicher gehumpelt.«

140

22

Während die beiden Sanitäter sich um Sarah kümmerten und ihr eine Beruhigungsspritze gaben, Markus und seine Kollegin die Garage und das Grundstück inspizierten und gefühlt hundertmal fotografierten, fand Elisabeth Philipp am Küchenfenster stehend. Er starrte nach draußen ins nasse Grau. Zuckte leicht mit dem Kopf, als er Elisabeth kommen hörte, drehte sich aber nicht um. Er schien genau zu wissen, dass sie es war, die zu ihm gekommen war.

Seine rechte Hand wanderte zu einer grünen Papiertüte, die vor ihm auf der Arbeitsplatte lag und nestelte daran herum. Darauf prangten der Familienname und das Logo von Monika und Thomas, unter dem sie auf dem Wochenmarkt Obst, Gemüse und andere saisonale Produkte verkauften.

Elisabeth musterte ihn. Er war Friedrich wie aus dem Gesicht geschnitten. Auch Figur und Haltung waren die gleiche. Vielleicht hatte Friedrich früher zwei, drei Kilo mehr auf den Hüften gehabt. Dennoch bestand wohl für niemanden ein Zweifel, von welchem Stamm dieser Apfel gefallen war. Auch Philipps Haar wurde bereits schütter. In ein paar Jahren würde er den gleichen Haarkranz wie sein Vater tragen.

Er nestelte weiter an der Tüte, was eine so typische Geste für ihn war. Wann immer er sich gestresst fühlte, fing er an, an irgendetwas in seiner Nähe herumzuzupfen. Das war schon als Kind so gewesen, zum Beispiel wenn eine Schularbeit angestanden oder er etwas ausgefressen hatte. Damals hatte Elisabeth ihn oft auf diese Weise nachgemacht. Gepaart mit dem leichten nervösen Kratzen in seiner Stimme. Alle am Esstisch hatten gelacht. Auch Philipp. Und in manchen Situationen hatte es besser geholfen als jedes mahnende Wort. Aber das war lange her.

»Wie hast du es so schnell erfahren?«, fragte er genau so, wie sie es erwartet hatte.

Elisabeth zögerte einen Augenblick. Dann: »Ich bin zufällig vorbeigefahren.«

»Zufällig?«

»Ja.«

»Um die Uhrzeit?«

Elisabeth antwortete nicht und Philipp fragte nicht weiter nach. Ein paar Sekunden lang sagte niemand etwas. Aus dem Wohnzimmer gedämpfte Stimmen. Die Wanduhr tickte monoton vor sich hin. Der Kühlschrank gab ein leises Brummen von sich. Plätschern.

»Es war wegen dieser verfluchten TV-Reportage gestern«, brach Philipp das Schweigen und ließ von der Tüte ab.

»Möglich.«

»Ich bitte dich, weshalb denn sonst?«, zischte er und wandte sich ruckartig zu ihr um.

Seine Wut verschwand ebenso schnell, wie sie aufgeflackert war. Sein Gesicht hatte innerhalb eines Wimpernschlags jegliche Spannung verloren. Die roten Flecken auf seinen Wagen waren verschwunden. Alles hing schlaff an ihm hinunter. Er hatte Tränen in den Augen und plusterte die Lippen, als er scheinbar alle Luft aus seinen Lungen ließ.

»Ich weiß nicht mehr weiter, Mama.«

Sie wollte ihn in den Arm nehmen, setzte an, auf ihn zuzugehen, aber seine Körperhaltung signalisierte ihr, dass er das unter keinen Umständen wollte.

»Es wird weitergehen«, sagte er.

»Was meinst du?«, fragte Elisabeth, obwohl sie es genau wusste.

»Diese Angriffe, sie werden nicht aufhören. Niemals.«

Elisabeth nickte. Sie war überzeugt, dass er recht hatte. Gleichzeitig war sie wütend auf sich selbst. Weil sie im Begriff war, ihre Hoffnung zu verlieren.

»Seit Jahren sage ich Sarah, dass wir von hier wegmüssen.«

»Du willst weg?«

Auch wenn sie Philipp so gut wie nie zu Gesicht bekam – der Gedanke daran, dass auch er und Sarah sie verlassen könnten, schnürte ihr die Kehle zu. Reichte es denn nicht, dass Valerie Tausende Kilometer von ihr entfernt lebte.

»Ja, was glaubst du denn?«

»Und wohin wollt ihr?«

»Nicht *ihr*, Mama, *ich*. Sarah will hierbleiben. Warum auch immer.«

»Und wohin willst *du*?«

»Ist doch scheißegal. Hauptsache weg. Überall wäre es besser als hier.«

Rational betrachtet verstand Elisabeth den Wunsch natürlich. Wären Friedrich und sie jünger, würden sie wohl mit demselben Gedanken spielen. Objektiv betrachtet ergab es keinen Sinn, weshalb sie nach all dem Schrecken und dem jahrzehntelangen Verfall der Stadt noch hier waren.

»Alles wird gut«, sagte sie mit leerer Stimme, weil sie das Gefühl hatte, die schwere Stille unterbrechen zu müssen. Gleichzeitig ärgerte sie sich darüber, dass ihr wieder dieser plumpe Satz über die Lippen gerutscht war. In Wirklichkeit glaubte sie gerade weniger denn je daran. Nicht nach letzter Nacht.

»Nichts wird gut!«, sagte Philipp und blies die Wangen

auf. »Schau uns doch an! Schau dich an! Begreifst du denn nicht, was hier los ist?«

»Was meinst du?«

»Ach, vergiss es.«

»Philipp, du …«

»Diese Gegend hier …«, unterbrach er sie und ließ den Satz unvollendet. Er stemmte die Hände in die Seiten. Plusterte wieder die Lippen.

»Was ist damit?«

»Sie ist verflucht! Wir sind alle verrückt vor Angst.«

»Wir dürfen nicht verzweifeln.«

»Verzweifeln …« Philipp bedachte sie mit einem verächtlichen Schnaufen. »Es ist nur noch eine Frage der Zeit. Früher oder später frisst uns die Angst auf.«

»Wir können das schaffen.«

»Nein. Das können wir nicht. Und das weißt du genauso gut wie ich. Uns bleiben nur zwei Möglichkeiten. Entweder wir gehen hier weg, oder …« Er brach ab, legte eine bedeutungsschwere Pause ein. Wandte sich von Elisabeth ab. Schaute wieder aus dem Fenster. Hatte sich offensichtlich entschieden, doch zu schweigen.

»Oder was, Philipp?«

»Oder wir gehen zugrunde.«

23

In ihrem Schock hatte Sarah in die Schule fahren wollen, immerhin musste sie doch unterrichten. Aber die beiden Sanitäter hatten ihr dringend davon abgeraten und ihr empfohlen, sich von ihnen ins Krankenhaus bringen zu lassen. *Bloß ein paar Checks. Nur, um sicherzugehen.* Erst hatte sie sich geweigert. Aber nachdem auch Elisabeth eine Weile auf sie eingeredet hatte, war sie einsichtig geworden.

Und so waren Sarah und Philipp auf dem Weg ins Krankenhaus. Sarah im Krankenwagen. Philipp in ihrem SUV, damit sie es auf der Heimfahrt bequemer haben würde als in seinem Golf.

Die Polizeibeamtin wiederum hatte versprochen, sich ein wenig in der Nachbarschaft umzuhören. »Wer weiß, vielleicht haben wir ja Glück und jemand hat etwas beobachtet«, hatte sie Optimismus zu versprühen versucht. Markus hatte dazu geschwiegen. Aus gutem Grund? Immerhin wohnte er in der Nähe. Und wie Elisabeth zwischen den Zeilen herausgehört hatte, hatte sein Dienst erst am Vormittag begonnen. Er konnte also zu Hause gewesen sein, als der Angriff passierte. Ein Zufall?

Elisabeth hatte seinen seltsamen Gesichtsausdruck während der Befragung im Wohnzimmer nicht zu deuten vermocht. Sie fragte sich, ob sie die Einzige war, der der Kerl nicht ganz koscher vorkam. Konnte er das Humpeln auf der Flucht etwa nur vorgetäuscht haben, um uns auf eine falsche Fährte zu locken? Auf die Größe gab Elisabeth nichts. Da konnte Sarah sich aufgrund des Schocks geirrt haben.

Nachdem sie damals angegriffen worden war, hatte Elisabeth sich an Harald Lorenz gewandt und ihn gebeten, in Markus' Richtung zu ermitteln. Doch Harald hatte sie abgewimmelt, ihr gesagt, dass Markus ein Alibi für die Tatzeit hatte. Auch bei den früheren Angriffen hatte keine Verbindung zu ihm hergestellt werden können. Elisabeth müsse dies akzeptieren. Aber sie hatte nie so recht daran glauben wollen. Für sie blieb Markus ein rotes Tuch.

Und genauso wenig glaubte sie daran, dass jemand aus der Nachbarschaft heute Morgen etwas gesehen hatte und einen Hinweis geben konnte. Deshalb saß sie jetzt in ihrem alten *roten Herrn* und fuhr ziellos durch die Stadt. Sie versuchte, ihren Kopf frei zu bekommen, klar zu denken. Aber es wollte ihr nicht gelingen. Immerzu spukte Philipps Satz durch ihren Kopf: *Entweder wir verlassen diese verfluchte Gegend, oder wir gehen zugrunde!*

Konnte es sein, dass er recht hatte? Dass ihr Leben gerade deshalb den Bach hinunterging, weil sie nicht, wie so viele andere auch, rechtzeitig das Weite gesucht hatten? Valerie hatte ihr doch gezeigt, dass es möglich war, weit weg neu zu beginnen und den Schrecken hinter sich zu lassen. Wieso hatte sie den Schritt nie gewagt?

Während sie weiter durch die Stadt kurvte, wirkte diese wie ausgestorben. Keine Menschenseele wagte sich hinaus. Kein einziger Wagen, der ihr auf der Straße entgegenkam. Die sanierungsbedürftigen unebenen Straßen standen großflächig unter Wasser. An manchen Stellen so hoch, dass keine Bordsteine mehr zu sehen waren und auch die Gehsteige geflutet waren. Fontänen spritzten meterweit zu beiden Seiten von ihrem Wagen. Windböen fetzten Wassermassen gegen ihr Auto. Als lauerten immer wieder Menschen mit voll gefüllten Eimern hinter Bäumen, Büschen und Mülltonnen, die nur darauf warteten, dass Elisabeth vorbeikam. Um dann blitzschnell aus ihren Verstecken zu springen und ihre Wasserladung gegen den Wagen zu schleudern. Und sich wieder zu verschanzen, ehe die Scheibenwischer damit fertiggeworden waren und Elisabeth sie entdecken konnte.

Bloß ein paar Checks. Nur um sicherzugehen.

Entweder wir verlassen diese verfluchte Gegend, oder wir gehen zugrunde!

Er ist rot. Mit weißen Herzchen.

In der Nähe des Friedhofs war offensichtlich ein Unfall passiert. Der Stamm einer kahlen Eiche sah lädiert aus, ein Strauch daneben war über den Haufen gefahren worden. Auch die mit Moos überwucherte und an allen Ecken und Enden bröckelnde Friedhofsmauer hatte etwas abbekommen. Das Straßenschild mit einer 30 km/h-Geschwindigkeitsbegrenzung hing schief. Da, wo auf dem unebenen Gehsteig keine Pfützen standen, glitzerten Glassplitter. Die Unfallstelle sah frisch aus, auch wenn kein Unfallwagen zu entdecken war.

Bevor Elisabeth ihr altes Theater, oder besser gesagt das, was davon übrig geblieben war, erreichte, bog sie nach links ab. Auf keinen Fall wollte sie es jetzt sehen. Und daran erinnert werden, wie schön und sorglos ihr Leben einmal gewesen war.

Sie stellte das Lüftungsgebläse ein paar Grad wärmer. Ihr war kalt und klar, dass sie es bitter bereuen würde, wenn sie nicht bald in trockene Klamotten schlüpfte. Das Klügste wäre sicher gewesen, Friedrich abzuholen und mit ihm nach Hause zu fahren. Eine heiße Dusche zu nehmen, eine wärmende Suppe zu kochen und den Rest des Tages unter einer dicken Decke vor dem Kamin zu verbringen. Denn eines war klar: Sie würde in den nächsten Tagen all ihre Energie brauchen, um sich um Sarah kümmern zu können.

Doch so sehr sie auch in ihren Alltag zurückkehren wollte, sie konnte nicht ignorieren, was geschehen war. Sie musste wissen, woran sie war. Und ob sie sich tatsächlich all die Jahre so sehr in Friedrich getäuscht hatte.

Immerhin war eine leise Hoffnung in ihr. Was, wenn sie den Hinweis auf einen roten Slip mit weißen Herzchen nur übersehen hatte? Oder was, wenn es weitere Berichte über den Mord gegeben hatte und sie diese bloß nicht kannte?

Elisabeths Vertrauen in ihre eigene Auffassungsgabe war ins Wanken geraten. Außerdem war ihr eben ein ganz neuer Gedanke gekommen: Was, wenn der Slip vielleicht doch im TV-Beitrag zu sehen gewesen war? Immerhin war sie mehrere Male von Friedrich abgelenkt worden. Vor allem, nachdem er das Glas vom Beistelltischchen gefegt hatte. Konnte er diese Information aufgeschnappt haben, während sie in der Küche oder mit dem Aufsammeln der Scherben beschäftigt gewesen war?

Weil ihr nichts anderes übrig blieb, klammerte sie sich nun an diese Hoffnung. Und ihr fiel nur ein Mensch ein, der ihren Verdacht bestätigen oder zunichte machen konnte. Der abgesehen vom Mörder wohl wie kein Zweiter über den Mord Bescheid wusste. Der alle Details kannte. Nicht nur jene, die an die Öffentlichkeit gedrungen waren. Und der vielleicht mal mit Friedrich darüber gesprochen hatte – warum auch immer.

Harald Lorenz. Der ehemalige Polizeichef der Stadt und leitender Ermittler im Mordfall.

Vielleicht würde sie ja schon in wenigen Minuten den Kopf über ihre Dummheit schütteln. Vor Erleichterung laut auflachen und sich Freudentränen aus dem Gesicht wischen.

Weil Harald zufriedenstellende Antworten auf all ihre Fragen liefern würde.

Einen Plan hatte sie dafür allerdings nicht. Sie hatte keine Ahnung, wie sie ihr spontanes Aufkreuzen erklären oder nach den Details fragen sollte.

Hallo, Harald! Lange nicht gesehen. Ja, es muss beim letzten Klassentreffen gewesen sein. Netter Abend war das, stimmt. Scheußliches Wetter heute, was? Du, ich habe dich gestern im Fernsehen gesehen und fand, dass du schlecht aussahst. Und da ich gerade zufällig in der Nähe war, wollte ich dich fragen, wie es dir so geht. Ja, ich hab mir schon gedacht, dass die Blässe am Studiolicht gelegen haben musste. Du, da fällt mir gerade etwas ein: Hatte Anna am Tag ihrer Ermordung eigentlich einen roten Slip mit weißen Herzchen darauf getragen?

Elisabeth hoffte, dass ihr gleich noch ein wesentlich besserer Vorwand einfallen würde. Harald war nicht blöd. Und sie eine miserable Lügnerin. Im schlimmsten Fall würde sie sich selbst verdächtig machen oder ihm Friedrich ans Messer liefern. Ihr stieg alleine beim Gedanken an das Gespräch und daran, welche Wendung es nehmen konnte, die Hitze ins Gesicht.

Aber welche Wahl hatte sie? Wenn sie ihr altes Leben zurückhaben wollte, musste sie etwas dafür tun. Jammern und sich selbst bemitleiden würde sie später genug können. Jetzt hieß es, sich an den letzten Strohhalm zu klammern. Zu retten, was zu retten war.

Sie konnte ja nicht ahnen, was sie erwartete.

24

Harald Lorenz' Haus lag besonders günstig. Zum einen unmittelbar am Waldrand, was Ruhe versprach. Zum anderen keine fünf Gehminuten vom Stadtzentrum entfernt, wo sich neben jeder Menge leer stehender Lokale und einem trockengelegten brüchigen Brunnen auch die Polizeiinspektion und somit seine ehemalige Arbeitsstätte befand.

Die gute Lage änderte aber nichts daran, dass das Grundstück pure Trostlosigkeit ausstrahlte. Es war von einem jahrelang der Witterung ausgesetzten, mit Moos bewachsenen Holzzaun umgeben und stieg nach hinten zum Wald hin leicht an. Im Vorgarten befanden sich nur ein blattloser Busch, der im Laufe vieler Jahre völlig aus der Form geraten war, und ein ebenso vom Herbstwind kahl gefegter kranker Apfelbaum. Der Rasen war von Unkraut durchsetzt, knöchelhoch und wies einige kahle Stellen auf. Entlang beider Seiten des Hauses führten brüchige Waschbetonplatten an die Rückseite.

Das Haus stand exakt in der Mitte des Grundstücks und war ein rechteckiger Klotz ohne jegliche Schnörkelei. Keine unnötigen Winkel oder Giebel, keine Blumenkästen vor den Fenstern, nicht ein einziges verspieltes Detail an der Fassade, deren dreckiges Grau an diesem trübnassen Tag regelrecht mit der Umgebung verschmolz. Die Eternitplatten am Dach sahen aus, als trieften sie nur so vor Asbest. Der Rauchfang sah gefährlich instabil aus.

Haralds Zuhause war der Inbegriff des Pragmatismus, mit dem Elisabeth ihren ehemaligen Mitschüler verband.

Einen Mann, für den sein Beruf jahrzehntelang an erster Stelle gestanden hatte – vor allem nach dem frühen Tod seiner Frau.

Schon zur Schulzeit standen für Harald Recht und Ordnung an oberster Stelle. Immer war er es gewesen, der in den Pausen die Tafel blank gewischt, Raufereien der anderen Burschen zu schlichten versucht oder den Inhalt seines Pults fein säuberlich geordnet hatte. Viele hatten ihn damals deswegen gehänselt. Aber Harald hatte das nie gekümmert. Genauso wenig wie ihn Mädchen gekümmert zu haben schienen. Während bei den allermeisten aus ihrer Klasse – Elisabeth eingeschlossen – die Hormone verrücktgespielt und sie in den Pausen geflirtet hatten, was das Zeug hielt, hatte Harald die Tafel geschrubbt und sein Pult aufgeräumt.

Erst viele Jahre später – sie mussten wohl schon Anfang 30 und Harald längst Polizist gewesen sein – hatte er bei einem Klassentreffen voller Stolz verkündet, eine Frau kennengelernt zu haben. Elisabeth wusste noch, dass sie alle skeptisch gewesen waren. Dass sie selbst an einen Schwindel geglaubt hatte, mit dem Harald von den immer wiederkehrenden unangenehmen Fragen hatte ablenken wollen. Und dass es sie umso mehr gefreut hatte, als sich herausgestellt hatte, dass es Magda wirklich gegeben hatte. Die beiden heirateten bereits ein Jahr später. Doch die Ehe sollte nicht lange halten. Nur fünf Jahre später starb Magda völlig unerwartet an einem Hirnschlag. Die Liebe seines Lebens war nicht mehr. Und das konnte man fortan nicht nur Harald, sondern auch dem Grundstück und allem, was sich darauf befand, ansehen. Magda hatte immer für Blumen in den Fenstern, blühende Beete und zurechtgestutzte Sträucher gesorgt. Aber seit ihrem Tod schien sich ein dunkler Schatten über das Grundstück gelegt zu haben.

Eine besonders kräftige Böe erfasste plötzlich den Wagen und rüttelte ihn durch. Zeitgleich platschte ein heftiger Regenguss auf die Windschutzscheibe und riss Elisabeth aus ihren Gedanken. Ihr wurde bewusst, dass sie schon viel zu lange vom Wagen aus Haralds Haus betrachtete. Und dass er sie womöglich längst entdeckt hatte. Und sich fragte, was sie hier trieb.

Es musste so sein, denn Elisabeth glaubte einen fremden Blick auf ihrer Haut spüren zu können. Jemand beobachtete sie, keine Frage. Obwohl in den unbeleuchteten Fenstern niemand zu entdecken war. Und wer sonst außer Harald sollte es sein.

Sie hätte nicht herkommen dürfen. Es war ein Fehler. Sie würde alles nur schlimmer machen. Ganz sicher sogar. Aber jetzt war sie nun mal hier. Und unverrichteter Dinge wegzufahren, würde bestimmt noch seltsamer wirken.

Also verließ sie den Wagen, ehe sie es sich anders überlegte. Als sie auf das Haus zulief und nach einer plausiblen Erklärung für ihr Auftauchen suchte, meldeten sich die Schmerzen in ihrem Knöchel zurück. Sie hatte sie im Schock zuvor völlig verdrängt. Aber jetzt war das Stechen so heftig, dass sie abbremsen musste und die letzten Meter durch den Vorgarten nur humpelnd zurücklegen konnte.

Mist! Das hat mir gerade noch gefehlt …

Unter dem schützenden Dachvorsprung angekommen, gönnte sie sich einen Augenblick, um zu Atem zu kommen. Sie tastete nach ihrem Knöchel, der sich leicht geschwollen anfühlte. Sie würde ihn schonen und sich möglichst bald einen Eisbeutel auflegen müssen. Aber nun richtete sie sich auf, um es hinter sich zu bringen. Sie wollte gerade läuten. Da bemerkte sie etwas, das ihr aus der Ferne nicht aufgefallen war: Die Eingangstür, sie stand einen kleinen Spalt breit offen.

25

»Harald?«, rief Elisabeth durch den Spalt ins Haus.

Sie bekam keine Antwort.

Sie räusperte sich, versuchte es etwas lauter: »Harald, bist du zu Hause?«

Immer noch keine Reaktion.

Sie klopfte. Erst nur zögerlich, dann etwas fester. Eine Antwort blieb aus. Dafür schwang die Tür geräuschlos ein Stück weiter auf und gab die Sicht in den finsteren Flur frei.

»Ich bin's, Elisabeth! Elisabeth Sommer!«

Nichts.

Ihr Gefühl sagte ihr, dass es nichts bringen würde, dennoch drückte sie die Klingel. Als der schrille, elektronische Glockenton verstummt war, blieb das Ergebnis jedoch das Gleiche: Nichts und niemand rührte sich. Sollte sie es besser sein lassen? Sich eingestehen, dass es ohnehin eine Schnapsidee gewesen war hierherzukommen? Dass es besser wäre, Friedrich abzuholen, um mit ihm über den Mord zu reden und endlich alle Zweifel aus dem Weg zu räumen?

Natürlich konnte es sein, dass Harald schlief. Aber wäre er dann nicht spätestens vom Läuten aufgewacht? Oder stand er womöglich unter der Dusche und hatte es deshalb nicht gehört? Oder hatte er das Haus verlassen? Alles gut möglich. Aber wieso hatte die Eingangstür offen gestanden? Harald war jahrzehntelang Polizist und für die Sicherheit der ganzen Gegend verantwortlich gewesen. Er hätte doch sicherlich nicht so leichtsinnig bei sich selbst gehandelt – Ruhestand hin oder her. Immerhin hatte die massive Tür, wie Elisabeth auffiel, gleich zwei Schlösser. Und einen gut sichtbaren rot-weißen Aufkleber mit dem Hinweis: *Alarmgesichert.* Ein Mann wie er hätte doch bestimmt darauf geachtet, dass die Tür im Schloss einschnappte, wenn er sie zuwarf. Ganz abgesehen davon, dass er sie garantiert abgeschlossen hätte. Nein, ihr Gefühl sagte Elisabeth, dass irgendetwas nicht stimmte. Das Vernünftigste wäre wohl gewesen, die Polizei zu verständigen. Oder noch besser: Harald anzurufen. Aber wo war eigentlich ihr Handy? Im Wagen? In ihrer Tasche auf dem Rücksitz? Oder hatte sie es in ihrer Verwirrtheit zu Hause liegen lassen? Sie konnte es beim besten Willen nicht sagen. Aber noch weniger konnte sie sagen, weshalb sie nicht längst verschwunden war, sondern in den Flur trat und das Licht anmachte.

Du bist verrückt, völlig verrückt!

Aber sie war nicht verrückt. Sie wollte bloß Antworten. Und die Gewissheit, dass sie mit ihrem schlimmen Verdacht falschlag.

Ihr Haar triefte, von ihrer Kleidung tropfte es auf die grauen Bodenfliesen. Ihre Schuhe hinterließen nasse, schmutzige Abdrücke. Sie war gerade dabei, Haralds Flur zu versauen. Unbemerkt abhauen war keine Option mehr.

Abgesehen von dem Plätschern war es still. Merkwürdig still. Auch wenn sie sich sagte, dass an einer Stille nichts merkwürdig sein konnte, so sollte ihr in Erinnerung bleiben, dass sie in diesem Moment das Gefühl hatte, die Stille fast körperlich spüren zu können. Aber da war noch etwas anderes, das sich für immer in ihre Erinnerung einbrennen sollte: Der seltsame Geruch, der in der Luft hing. Es war bloß ein Hauch, nicht mehr. Elisabeth nahm ihn in diesem Moment nur unbewusst wahr, erst Stunden später sollte sie sich dessen Bedeutung klarwerden.

»Harald, bist du da?«

Es blieb still.

Dann war plötzlich doch etwas zu hören: ein leises dumpfes Pochen.

Elisabeth hielt in der Bewegung inne. Versuchte, das Regenprasseln auszublenden. Plötzlich war nichts mehr zu hören. Und Elisabeth war sich auf einmal gar nicht mehr sicher, ob sie sich das Geräusch bloß eingebildet hatte. Konnte es ihrer Anspannung entsprungen sein?

»Harald?«

Stille.

Aus, Schluss!

Es war doch verrückt, was sie hier trieb. Sie war nicht ganz bei Trost. Sie wollte sich abwenden. Sich vom Acker machen. Sie konnte froh sein, dass Harald sie nicht …

Plötzlich erklang wieder dieses Pochen.

Und jetzt hatte Elisabeth keinen Zweifel mehr, dass sie es tatsächlich gehört hatte. Sie hatte abermals innegehalten, stand ganz still da. Horchte konzentrierter in das Haus. Sah dabei zu Boden, dann an die Decke und ließ ihren Blick, um ihren Hörsinn zu schärfen, ins Leere gleiten. Aber nichts.

Ihr Puls hatte angezogen. Sie begriff, dass sie Angst hatte. Und dennoch suchte sie nicht das Weite. Sondern versuchte zu begreifen, von wo das dumpfe Klopfen gekommen war. Oder was es verursacht haben konnte. Und verfluchte sich. Weil sie jetzt auch noch zaghafte Schritte den Flur entlang machte. Und ihr Gesicht zu einer Grimasse verzog, da ihre nassen Schuhe dabei ein leises Quietschen von sich gaben.

Links und rechts lagen jeweils zwei Räume, deren Türen geschlossen waren. Am Ende des Flurs führten Treppen um die Ecke hinauf in das Obergeschoss. Elisabeth klopfte an die erste Tür zu ihrer Rechten. Ganz zaghaft. Weil sich nichts tat, griff sie die Klinke. Und merkte dabei, dass ihre Hände zitterten. Sie drückte sie langsam nach unten, Millimeter für Millimeter, bis sie anstand. Öffnete die Tür, tastete an der Wand neben dem Türstock nach dem Schalter, fand ihn erst nicht, dann doch und machte das Licht an.

Sie erblickte Haralds Küche. Das Mobiliar war zwar deutlich in die Jahre gekommen, aber blitzeblank geputzt. Kein Essensduft, der in der Luft lag. Kein benutztes Geschirr, das herumstand. Keine Essensreste. Auch die Spüle war leer. Auf dem Esstisch stand eine leere Obstschüssel aus Keramik. An der Wand darüber hingen zahlreiche Bilder, auf denen Magda allein oder zusammen mit Harald abgebildet war. Sie hatte ein warmes, herzliches Lächeln gehabt. Harald war glücklich an ihrer Seite gewesen. Das merkte man bei jedem einzelnen der Fotos. Besonders ein Bild stach Elisabeth ins Auge: Harald und Magda im Tennis-Outfit und mit hochroten, verschwitzten Köpfen. Er hielt den Schläger in der Linken und hatte den rechten Arm um sie geschlungen. Ihr Glück war regelrecht greifbar. Elisabeth kam der Gedanke, dass Harald Magda heute noch, nach all den Jahren, unglaublich vermissen musste.

Aber das Klopfen konnte nicht von hier gekommen sein. Also verließ sie die Küche und versuchte es an der gegenüberliegenden Tür, der ersten auf der linken Seite des Flurs. Sie klopfte. Keine Reaktion. Sie wagte einen Blick hinein. Haralds Wohnzimmer. Das ebenso aufgeräumt wie die Küche wirkte. Der beige Teppichboden zwar stellenweise etwas schäbig, schien aber gesaugt. Die wenigen Zeitschriften auf dem Couchtisch zu einem ordentlichen Stapel drapiert. Die Zierpölster auf der Couch aufgeschüttelt und akkurat platziert. Die Einrichtung ebenso in die Jahre gekommen wie jene der Küche. Der massive Wandverbau

aus dunklem Holz schien eine stumme Warnung abzuge-
ben – er würde jeden erdrücken, der es auch nur wagte, den
Raum zu betreten. Die dunkelbraune Ledercouch gegenüber
zeigte leichte Verschleißspuren an den Lehnen, die Yuccapalme in der Ecke ließ traurig ihre verdorrten Blätter hängen. Auf der Kommode neben dem Fernseher und an den
Wänden unzählige Bilder von Magda. Und auch hier lauerte der Geruch, an den sich Elisabeth später erinnern sollte.

Doch ihr blieb keine Zeit, darüber nachzudenken.

Denn es pochte abermals. Viel deutlicher als zuvor. Und
da, gleich noch einmal.

Und Elisabeth waren schlagartig zwei Dinge klar: Erstens, das Pochen kam aus dem oberen Stock. Und zweitens,
sie war nicht alleine.

26

Raus hier, nichts wie raus!

Elisabeth war auf halbem Weg aus dem Haus, als ihr
ein neuer Gedanke kam: Was, wenn es Harald war, der
da klopfte? Was, wenn er Hilfe brauchte? Und aus welchem Grund auch immer nicht anders auf sich aufmerk-
sam machen konnte?

Unsinn!

Und dennoch war sie stehen geblieben und rief: »Harald, bist du das?« Ihre Stimme hatte ängstlich geklungen. Und dennoch setzte sie nach: »Bist du da oben?«

Sekunden verstrichen.

Nichts passierte.

»Harald?«

Sie schluckte, biss sich auf die Unterlippe. Kratzte am Fingernagelbett ihrer Daumen.

Es blieb still.

Dann wieder ein Pochen.

Und Elisabeth war überzeugt, dass es von Harald kommen musste und er ihre Hilfe brauchte. Deshalb eilte sie die Stufen hoch.

Oben angekommen, stieß sie die Tür zu ihrer Rechten auf. Plötzlich ging alles ganz schnell: ein Fauchen. Auf dem Boden kam etwas auf sie zugeschossen. Elisabeth schrie vor Schreck auf, zuckte zusammen. Ihr Herz verkrampfte sich. Sie spürte etwas an ihren Beinen. Und begriff, dass es eine Katze war, die durch ihre Beine hindurch aus dem Zimmer und die Stufen hinab ins Erdgeschoss geflitzt war.

Mein Gott!

Aber ihr blieb keine Zeit, sich von dem Schock zu fangen. Da war ein Geräusch hinter ihr. Sie wirbelte herum. Sah die gegenüberliegende Tür aufgehen. Und eine dunkle Gestalt auf sie zurasen. Ihr Schrei blieb Elisabeth in der Kehle stecken. Sie wollte in Deckung gehen. War aber zu langsam. Bekam einen wuchtigen Stoß ab. Stolperte in den Raum zurück, aus dem die Katze geschossen war. Versuchte, Halt zu finden, griff aber ins Leere. Fiel. Und knallte zu Boden. Schmerz schoss von ihrem Steißbein bis ins Kreuz hoch. Gleichzeitig hörte sie schwere Schritte von der Treppe. Und begriff, dass der Angreifer floh. Als sie sich hochgerappelt hatte, war er verschwunden.

Noch unter Schock nahm Elisabeth ihre Umgebung wahr. Und plötzlich wurde ihr eiskalt.

Was zum Teufel …?

Was Elisabeth sah, glich einem Gruselkabinett.

Sie stand in einer Art Büro, wenn man das so nennen konnte. Die Wände waren mit Zeitungsartikeln über die Angriffe und Annas Ermordung, Fotos, Landkarten und selbst beschrifteten Plakaten übersät. Darauf standen Namen, Orte und viele weitere Begriffe in den unterschiedlichsten Farben. Sie alle waren mit verschiedenen Linien miteinander verbunden. Von überall schrien die Worte »der Moorkiller« entgegen.

Es mussten Hunderte Fotos sein, die an den Wänden klebten. Die allermeisten zeigten Anna. Aber auch viele weitere bekannte Gesichter konnte Elisabeth entdecken. Die halbe Stadt war an den Wänden versammelt. Und immer wieder Valerie. Sie ging näher ran. Unter einem der Fotos ihrer Tochter stand auf einem A3-großen Zettel: *Valerie Sommer, beste Freundin. Flucht nach London. Warum? Motiv?*

Elisabeth blieb der Mund offen stehen. Sie versuchte zu begreifen. War gespannt, welche Motive ihre Tochter gehabt haben konnte. Wollte gerade zu lesen beginnen, als ihr aus dem Augenwinkel zwei weitere Fotos entgegenstachen. Sie verstand überhaupt nichts mehr. Denn von den Bildern strahlten ihr zwei wohlvertraute Gesichter entgegen: Friedrichs und ihr eigenes.

Was hatte das zu bedeuten?

Elisabeth schwirrte der Kopf. Sie begriff nicht. Aber noch weniger verstand sie, wieso Harald sich in seinem eigenen Haus vor ihr versteckt und sie angegriffen hatte. Denn wer sonst als er selbst sollte es gewesen sein? Und wieso hatte er sich in dem gegenüberliegenden Raum versteckt?

Elisabeth ging hinüber. Öffnete die Tür, die bei Haralds Flucht zugefallen war. Und wollte …

Oh nein!

Sie wich zurück.

Scheiße! Scheiße! Scheiße!

Stieß mit dem Rücken gegen die Wand. Schlug sich den Hinterkopf daran. Hörte aus der Ferne einen grellen Schrei, der rasend schnell näher kam. Begriff, dass sie es war, die sich gerade die Seele aus dem Leib brüllte. Und die sich so hektisch ins Gesicht gegriffen hatte, dass ihre Brille zu Boden gefallen und die Gläser zersprungen waren.

Trotzdem sah sie ihn ganz genau vor sich. Harald Lorenz. Inmitten von blutgetränkter weißer Bettwäsche. Mit einer Pistole in der rechten Hand. Und einem Einschussloch im Kopf.

27

Die nächsten Stunden erlebte Elisabeth wie in Trance. Als hätte man ihr heimlich ein starkes Schlafmittel ins Wasser gemischt und sie gleichzeitig unter Drogen gesetzt. Dass sie ohne ihre Brille ihre Umgebung nur verschwommen wahrnahm, unterstrich das Gefühl.

All die Fragen, die ihr von Markus und vielen weiteren Polizeibeamten gestellt wurden, erreichten zwar ihr Ohr, jedoch nicht ihren Verstand. Dafür war sie viel zu abgelenkt. Von den blutverschmierten Bildern, die immerzu vor ihrem geistigen Auge aufblitzten. Und der Übelkeit, die ihr die Speiseröhre hochkroch.

Was hätte Elisabeth dafür gegeben, zu Hause zu sein. Sie hätte sich schlotternd ausgezogen und unter die Dusche gestellt. Das Wasser so heiß aufgedreht, dass es auf ihrer Haut brannte und all ihre Gedanken vertrieb. Aber davon war sie weit entfernt, denn während sich Einsatzkräfte auf Haralds Grundstück tummelten und Journalisten davor, fand Elisabeth sich in einem kleinen, kalten Besprechungszimmer auf der Polizeiinspektion wieder. Wer sie dorthin gebracht hatte, konnte sie nicht mit Sicherheit sagen. Vermutlich die zwei Männer, die ihr gegenübersaßen. Elisabeth hatte sie nie zuvor gesehen und deren Namen vergessen. Der eine, ein untersetzter Mann um die 40, hatte permanent seine Augenbrauen zusammengezogen und die Stirn in Falten gelegt. Er hatte Wurstfinger, machte sich laufend Notizen und murmelte dabei Unverständliches vor sich hin. Seine Schrift wirkte von Elisabeths Blickwinkel aus wie das Gekritzel eines Fünfjährigen. Der andere, ein deutlich älterer groß gewachsener Kerl mit tief braunen, wachsamen Augen hinter einer eleganten Brille, hatte die Arme vor der Brust verschränkt und bombardierte Elisabeth mit den Fragen, die sie anderen Polzisten schon mehrfach beantwortet hatte:

Warum, sagten Sie, wollten Sie Harald Lorenz besuchen? Wie spät war es, als Sie dort eintrafen? Wann haben Sie bemerkt, dass die Tür offen stand? Und wann genau hör-

ten Sie das Pochen? Sie hatten also nicht gleich den Verdacht, dass es sich um eine eingesperrte Katze handeln könnte? Haben Sie den Schuss gehört? Nichts, dass wie ein Schuss klang? Sicher nicht? Welchen Weg haben Sie genau genommen? Haben Sie etwas angefasst? Wo haben Sie gestanden, als sich der Angreifer auf Sie stürzte? Können Sie beschreiben, wie er ausgesehen hat? Schwarze Kleidung, mh. Sonst kein Detail, das Ihnen an ihm aufgefallen ist? Trug er eine Maske? Eine Mütze, so. Und nur die Augen waren ausgeschnitten oder auch der Mund? Bitte denken Sie nach. Hat er vielleicht etwas gesagt? Sicher nicht? Meinen Sie, könnte es sich um denselben Mann handeln, der Sie damals in Ihrem Vorgarten angegriffen hat? War der Angreifer klein und schlank, wie Sie den Mann damals beschrieben haben? Eher groß, so? Etwa so groß wie ich? Oder wie mein Kollege? Mehr wie ich? Sie glauben also, dass es sich nicht um denselben Mann wie damals gehandelt hat? Was sagen Sie, könnte es der Mann gewesen sein, der heute Morgen Ihre Schwiegertochter angegriffen hat – sie hatte den Angreifer ja auch als groß beschrieben? Frau Sommer, uns ist klar, dass Sie das nicht wissen können – aber was sagt Ihnen Ihr Gefühl? Haben Sie bemerkt, dass der Mann auf der Flucht humpelte? Wenn Sie ihn auf der Flucht nicht sahen, konnten Sie es am Klang der Schritte hören? Bitte versuchen Sie sich zu erinnern, es ist wichtig.

So prasselten die Fragen weiter und weiter auf Elisabeth ein und wollten kein Ende nehmen. Je länger die Befragung dauerte, desto unzusammenhängender erschien Elisabeth das, was sie sagte, und desto länger schienen ihr die Pausen danach. Sie wurde unsicherer. War bald davon überzeugt, dass die beiden Polizisten ahnten, dass sie ihnen einen wesentlichen Aspekt verschwieg.

Sie behandelten sie wie ein Kleinkind, zudem glaubte Elisabeth, einen zweifelnden Unterton mitschwingen zu hören. Aber sie fühlte sich zu schwach, um sich dagegen aufzulehnen, ließ es über sich ergehen. Und konnte dabei die ganze Zeit über ihre Wangen und Ohren glühen spüren. Sie schwitzte und fror gleichzeitig. Zitterte. Musste immerzu an Friedrich denken. Und war in ständiger Angst, etwas Falsches zu sagen. Etwas, das ihn verraten könnte. Und ihr Leben zerstören.

Zudem tröpfelte erst nach und nach die Erkenntnis in ihren Verstand: Harald war tot. Ermordet, wie es aussah. Und offensichtlich hatte der Mörder versucht, es wie einen Selbstmord aussehen zu lassen. Wäre sie ihm nicht in die Quere gekommen, wäre er damit durchgekommen. Wer weiß, wie gut er den Tatort manipuliert hätte. Aber so war selbst ihr klargeworden, dass es kein Selbstmord war.

Wieder zuckte das Bild durch ihren Verstand: Harald in seinem Bett. Halb sitzend, halb umgekippt. Inmitten blutgetränkter blütenweißer Bettwäsche. Die Haut bleich, die Augen weit aufgerissen. Ein Loch in seinem Schädel. Eine Pistole in der rechten Hand. Die linke über Magdas leere Betthälfte gestreckt.

Und genau das war der Punkt: Die Pistole steckte in Haralds rechter Hand. Obwohl er Linkshänder war, was das Foto mit dem Tennisschläger in der Linken verriet. Hatte der Täter Harald also nicht gut genug gekannt, um zu wissen, dass er Linkshänder war? War es kein geplanter Mord, sondern ein spontanes Verbrechen? Und wie knapp war sie dem Tod entkommen?

»Frau Sommer?«, fragte der Beamte mit der Brille und bedachte sie mit einem Blick, der sie vermuten ließ, dass er auf eine Antwort wartete.

»Ja?«

»Was halten Sie davon?«

Die beiden starrten sie an.

»Wovon?«

Der Brillenmann schnaufte. »Von den Einbruchsvorwürfen?«

»Welchem Einbruch?«

»Sie sagten doch, dass Sie die TV-Reportage gestern gesehen haben.«

»Ja, das hab ich.«

»Dann haben Sie sicherlich mitbekommen, dass es einen versuchten Einbruch auf dem Hof der Familie Venz gegeben haben soll. Ein Vorfall, dem Harald Lorenz nicht ausreichend nachgegangen sein soll.«

»Was?«

Elisabeth hatte nie zuvor davon gehört. Davon musste die Rede gewesen sein, als sie die Scherben und Friedrichs Himbeersaft beseitigt hatte. Und deshalb erklärte sie, dass sie einen Teil verpasst hatte. Und bat um Aufklärung.

»Wann soll dieser Einbruch passiert sein?«

»*Versuchter* Einbruch.«

»Okay, ja …«

»Einen Abend vor Annas Ermordung.«

28

Es war wie in einem schlechten Film. Völlig surreal. Absolut unlogisch. Und zutiefst beängstigend. Es sollte einen versuchten Einbruch auf Thomas' und Monikas Hof gegeben haben? Ausgerechnet einen Tag vor Annas Ermordung? Wieso war niemals etwas davon an die Öffentlichkeit gedrungen?

Elisabeth wusste nicht weiter. Nie zuvor in ihrem Leben hatte sie sich so alleine gefühlt. Friedrich war früher immer der starke Mann an ihrer Seite gewesen. Er hatte die großen und kleinen Entscheidungen ihres gemeinsamen Lebens getroffen. Gesagt, wo es langging. Er hatte sich um sie gesorgt, sie beschützt und darauf geachtet, dass es ihr gutging. Und Elisabeth war ihm dankbar dafür gewesen. Nach all den furchtbaren Ereignissen in der Vergangenheit hatte sie sich glücklich geschätzt, eine Schulter zum Anlehnen zu haben. Einen Beschützer an ihrer Seite.

Sie konnte sich gut vorstellen, wie er reagiert hätte, wäre er auf der Polizeiinspektion und bei vollem Verstand gewesen. Er hätte mit der flachen Hand auf die Tischplatte geschlagen und die beiden Beamten angefahren. Ihnen zu verstehen gegeben, dass sie so nicht mit ihr umzugehen hatten. Uniform hin oder her. Er hätte ihre Hand gehalten, ihr mit dem Daumen über den Handrücken gestreichelt. Hätte sie in den Arm genommen. Sie heimgebracht. Aber Friedrich war nicht mehr dieser Mann. Er war nicht mehr bei vollem Verstand. Nicht länger ihr Beschützer.

Und deshalb schüttelte Elisabeth auch den Kopf, als

sie gefragt wurde, ob man ihren Mann verständigen sollte,
damit dieser sie abholen konnte. Er sei krank, habe Alzheimer, hatte sie geantwortet und dafür einen mitleidvollen Blick geerntet.

»Können wir sonst jemanden verständigen?«

Elisabeth dachte an Sarah und Philipp. Und war überzeugt, dass ihre Schwiegertochter selbst unter Schmerzen und mit entstelltem Gesicht sofort gekommen wäre und sich um sie gekümmert hätte. Doch Elisabeth schüttelte nur den Kopf. Die beiden hatten genug eigene Sorgen. Sollten sich nicht auch noch um sie Gedanken machen müssen.

Sie war alleine. Daran musste sie sich endlich gewöhnen.

Und so fühlte sie sich auch, als man ihre Fingerabdrücke und eine Speichelprobe abnahm. Als man einen Abdruck ihrer Schuhsohlen machte. Als man sie bat, während der laufenden Ermittlungen erreichbar zu bleiben und die Gegend nicht zu verlassen. Und als sie das Angebot, mit einer Psychologin zu sprechen, ablehnte. Mehrmals.

Als Elisabeth das Polizeigebäude nach einer gefühlten Ewigkeit verlassen durfte und hinaus in den Regen trat, hatte sie das Gefühl, dass sie mehr taumelte als ging. Es schüttelte sie. Die Übelkeit steckte ihr mittlerweile auf Höhe des Kehlkopfes fest. Sie hatte das Gefühl, kaum atmen zu können. Hätte sich gerne übergeben, sich davon erlöst. Doch sie ahnte, dass es nichts gebracht hätte.

Eine Weile stand Elisabeth da, den Mantelkragen hochgeschlagen und die klammen Hände in die Taschen gesteckt. Das Gesicht gen Himmel gestreckt und die Augen geschlossen. Sie genoss die kalten Tropfen, die wie Nadelspitzen stachen. Und sie zumindest ein wenig ablenkten.

In was für einen Albtraum war sie geraten?

Ihre Tränen kannten keinen Halt mehr.

29

Über 30 Stunden ohne Schlaf und voller Anspannung holten Elisabeth ein. Sie konnte spüren, wie das Adrenalin, das die letzten Stunden durch ihren Körper gejagt war, sich verflüchtigte. Und sie sich mit jedem Atemzug schwächer fühlte. Kränklich geradezu. Ihre Augen brannten und tränten. In ihren Schläfen pulsierte ein stechender Schmerz, ein leichtes Schwindelgefühl überkam sie. Ihr Knöchel schien weiter anzuschwellen.

Ein Königreich für eine Stunde Schlaf. Oder nur mal kurz die Augen schließen. Nichts tun. Aber das konnte sie vergessen. Trotz ihrer Müdigkeit war ihr Verstand rastlos.

Warum hatte Harald sterben müssen? Hing es mit den zahlreichen Ermittlungsfehlern zusammen, die in der Einleitung von »Mörder im Visier« erwähnt wurden, wie Elisabeth jetzt klar wurde, später aber nicht mehr zur Sprache gekommen, geschweige denn aufgeklärt worden waren? Hatte alles mit den privaten Ermittlungen zu tun, die er offensichtlich angestellt hatte? War er dem Mörder zu nahe gekommen? Und welche Rolle spielte Friedrich in all dem? Anstatt auf Antworten war Elisabeth bisher nur auf unzählige weitere Fragen gestoßen. Alles wurde immer undurchsichtiger.

Und deshalb würde sie gleich Friedrich abholen. Aber davor wollte sie mit jenen Menschen sprechen, von denen sie sich zumindest ein paar Antworten erhoffte – auch wenn ihr der Schritt besonders schwerfiel: Annas Eltern, Thomas und Monika.

Nachdem sie den *roten Herrn* vor deren Hof zum Stehen gebracht und den Motor abgewürgt hatte, klatschte der Wind ein rotbraunes Blatt gegen die Frontscheibe, das dort kleben blieb. Elisabeth blickte daran vorbei. Zur Tür, durch die Anna gestern im Beitrag das Haus verlassen hatte. Vor ihrem geistigen Auge sah sie das Mädchen auf das Fahrrad steigen, das an der Hauswand gelehnt hatte. Und davonradeln, direkt an ihrer Autotür vorbei.

Der Anblick des Hauses war für Elisabeth vertraut und befremdlich zugleich. Zu Annas Lebzeiten war sie oft hier gewesen. Aber nun musste es sicher zehn Jahre her gewesen sein. Vielleicht noch länger.

Wenn sie Thomas und Monika sah, dann höchstens auf dem Wochenmarkt. Wenn sie den beiden etwas abkaufte – ob sie es brauchte oder nicht –, wie zum Beispiel die Zierkürbisse am letzten Samstag. Und sie dabei ein paar flüchtige, belanglose Sätze wechselten. Über das Wetter zum Beispiel. Oder die grünen Papiertüten, die sie neu produzieren hatten lassen. Und die erst am Vortag mit zweiwöchiger Verspätung geliefert worden waren, weil die Druckerei den Auftrag verschlampt hatte. Elisabeth beteuerte, wie gelungen sie das neue Logo fand. Und fühlte sich schäbig, weil sie keine Ahnung hatte, wie das alte ausgesehen hatte.

Die einstige Freundschaft, die Thomas und Monika mit Friedrich und ihr verbunden hatte, bestand nicht mehr. Sie war mit Annas Tod gestorben. Nicht sofort. Es war vielmehr, als wäre ihre Freundschaft von einem Giftpfeil getroffen worden, der sie langsam, aber sicher dahingerafft hatte. Ihnen war Zeit geblieben, sich zurückzuziehen wie ein sterbendes Tier.

Es war keine bewusste Entscheidung gewesen, Abstand zu halten. Vielmehr war es die Folge ihres jahrelangen Ohnmachtsgefühls gewesen. Und der Unfähigkeit, Thomas und Monika zu helfen. Denn was hätten Friedrich und sie schon sagen sollen? *Wir wissen, wie ihr euch fühlt* – das taten sie, Gott sei Dank, nicht. *Irgendwann geht der Schmerz vorbei* – daran hatte Elisabeth nicht im Geringsten geglaubt. Oder: *Wir werden den Mistkerl finden, der Anna das angetan hat* – daran hatte sie weder geglaubt, noch hätte es irgendetwas an dem furchtbaren Verlust geändert. Nichts, einfach gar nichts auf dieser Welt würde jemals den Schmerz heilen, den Annas Mörder verursacht hatte.

Aber nicht nur die gefühlte Machtlosigkeit hatte Elisabeth Abstand halten lassen. Auch ihr schlechtes Gewissen. Darüber, dass Anna tot war. Ermordet. Und ihre Kinder noch lebten. Elisabeth wusste, dass es absurd war, sich für ihr Glück zu schämen. Und dennoch fühlte sie seit 22 Jahren eine abstrakte Schuld in ihrer Brust lodern.

Seit dem Vorabend brannte sie lichterloh.

Elisabeth wurde bewusst, dass vor allem Friedrich es gemieden hatte, Thomas und Monika gegenüberzutreten. Und sich zu einem anderen Menschen gewandelt hatte. Zu einem schweigsameren, bedachteren. Elisabeth war nie gläubig gewesen. Aber jetzt betete sie im Geiste, dass es einen anderen Grund dafür gab als jenen, den sie befürchtete. Der Gedanke daran, dass Friedrich Schuld an Monikas und Thomas' Unglück hatte, schnürte ihr die Kehle zu.

Du bist verrückt, so etwas zu glauben!

Elisabeth versuchte, ihre Lethargie abzuschütteln. Sie hatte keine Ahnung, wie lange sie schon auf das Haus starrte. Und welche Ausrede sie den beiden für ihr Aufkreuzen auftischen sollte. Sie hoffte auf eine spontane Eingebung, denn wegfahren konnte sie nicht mehr. Bestimmt war ihr Auftauchen nicht unentdeckt geblieben. Also nahm sie all ihren

Mut zusammen, atmete tief durch und schälte sich aus dem Wagen. Ein nasser Teppich von gelben, orangen und braunen Blättern breitete sich über den Kieselsteinen vor ihr aus. Als wäre ihre Ankunft erwartet worden.

Eine besonders kräftige Böe fegte über sie hinweg und zerrte an ihrem Mantel. Fröstelnd zog sie ihre Schultern zusammen und lief los. Doch nach wenigen Schritten bremste sie ab. Zum einen, weil sich die Schmerzen in ihrem Knöchel zurückmeldeten. Zum anderen, weil Thomas die Tür geöffnet hatte und sie von der Schwelle aus beobachtete. Sein Blick ging Elisabeth durch Mark und Bein.

30

Ihr Puls hatte sich schlagartig in lichte Höhen katapultiert. Das Adrenalin war zurück. Das schlechte Gewissen. Und die Angst.

Thomas starrte sie an.

Am liebsten hätte Elisabeth auf der Stelle kehrtgemacht. Aber dafür war es zu spät. Als sie das Haus erreicht hatte, wollte sie sich ins Trockene retten. Aber indem er im Türrahmen stehen blieb, versperrte Thomas ihr den Zugang zum Haus. Ob unbewusst oder mit voller Absicht konnte

Elisabeth nicht einschätzen. Jedenfalls füllte er mit seiner Körpergröße fast den Türrahmen aus. Und er machte keine Anstalten, zur Seite zu treten und sie hereinzubitten. Er sah auf sie herab – mit einer Mischung aus einem riesengroßen Fragezeichen und abgrundtiefer Trauer in seinem Ausdruck. Und noch etwas, das Elisabeth nicht zu deuten vermochte.

»Elisabeth«, sagte er nur.

»Hallo, Thomas.«

In der Hoffnung, dass er zur Seite treten würde, war sie zu nah an ihn herangekommen und unmittelbar vor ihm stehen geblieben. Doch er rührte sich nicht.

Sie hielt sich die Hand über die Augen, um sie vor dem Regen abzuschirmen. »Darf ich einen Moment reinkommen?«

»Eigentlich passt das nicht so gut.«

»Ich muss mit euch reden.«

Er starrte sie nur an.

»Bitte, Thomas.«

»Also, weißt du, das ist wirklich nicht …«

»Es ist wichtig.«

»Was willst du?«

»Können wir das bitte im Haus besprechen?«

Er betrachtete sie wortlos.

Elisabeth hielt seinem Blick stand. Ihre Knie begannen zu zittern. Als sie kurz davor war aufzugeben, seufzte Thomas, trat einen Schritt zur Seite und ließ sie eintreten.

»Danke.«

Während sie sich ihres nassen Mantels und ihrer nassen Schuhe entledigte, war Thomas wortlos verschwunden. Auch ihre Socken waren nass, der Fliesenboden fühlte sich eiskalt an. Als sie den dunklen Flur entlang tapste und nach

Thomas Ausschau hielt, sah Elisabeth, dass sich seit Annas Ermordung an der Einrichtung so gut wie nichts verändert hatte. Alles war wie in ihrer Erinnerung. Als wäre sie durch ein unsichtbares Tor in die Vergangenheit geschritten. Ein kalter Schauer lief ihr über den Rücken.

Sie fand Thomas am Küchentisch. Die Lampe über ihm war alt und schwach. Die Szene wirkte wie aus einem Theaterstück.

»Setz dich!« Er zeigte auf den freien Stuhl ihm gegenüber. Elisabeth trat ein. Und da passierte es. Ein Gedanke blitzte auf. Aber ehe sie ihn hatte greifen können, war er verschwunden. Alles, was er zurückgelassen hatte, war ein mieses Gefühl. Nein, mehr, ein tiefes Unbehagen. Aber sie schaffte es nicht, darüber nachzudenken. Dafür war sie zu nervös. Außerdem schienen ihr alle Geräusche um sie herum viel zu laut. Ihre Schritte. Das Scharren des Stuhls, als sie ihn zurückzog und sich setzte. Das Surren des Kühlschranks. Das Ticken der Uhr. Das Prasseln des Regens gegen die Fensterscheibe. Thomas' Seufzen. Das Rauschen in ihren Ohren, das sich anhörte, als wäre da ein reißender Strom in ihrem Kopf. Im fahlen Licht der Lampe sah sie Spinnweben an der Leuchte kleben. Staubpartikel durch die Luft schweben. Und die Erschöpfung aus Thomas' Augen schreien.

Kein Wunder, dass er müde aussah, dachte Elisabeth. Wahrscheinlich hatte auch er in der letzten Nacht kaum Schlaf gefunden. Wie auch, bei all der Aufregung um diese verfluchte TV-Reportage?

Thomas' Gesicht war von seinen eingefallenen Wangen und dem grau schimmernden Vollbart geprägt. Am meisten jedoch von Traurigkeit. Im Laufe der letzten 22 Jahre hatte sie sich in seine Züge geätzt wie eine giftige Säure in Metall. Elisabeth war überzeugt, dass sich niemals etwas daran ändern würde. Ganz egal, ob der Mörder seiner Tochter gefasst werden würde oder nicht. Der Schmerz würde für immer bleiben.

Thomas fummelte an einem Loch im Ärmel seines Wollpullovers herum. Gleichzeitig glitten seine Augen über ihr Gesicht. Die Stille hing schwer zwischen ihnen in der Luft. Schwoll an. Elisabeth wusste, dass sie endlich etwas sagen musste. Aber ihre Kehle fühlte sich staubtrocken an.

»Also, was willst du, Elisabeth?«

Seine Stimme hatte eine ungewohnte Schärfe. Üblicherweise begegneten sie sich mit einer distanzierten Freundlichkeit. Wechselten zumindest ein paar belanglose Worte. Aber davon fehlte jede Spur.

Elisabeth war davon so verunsichert, dass ihr die Worte bereits über die Lippen stolperten, ehe sie so recht überlegt hatte, wie sie überhaupt beginnen sollte. »Habt ihr ... ich meine, wisst ihr ...?« Sie brach ab, atmete durch. »Habt ihr schon von Harald gehört?«

Er nickte. »So etwas spricht sich schnell rum.«

»Was hältst du davon?«

»Was soll ich davon halten?«

»Was glaubst du, wer ihn umgebracht hat?«

»Was?«

»Wer könnte einen Grund gehabt haben?«

»Woher soll ich das wissen?«

»Na ja, ich dachte nur, dass ...«

»Was dachtest du?«

»Ich ... also ...« Sie brach ab.

»Bist du etwa unter die Hobbydetektive gegangen?«

»Nein, ich ...« Wieder brach sie ab. Sie hätte niemals hierherkommen dürfen. »Es tut mir leid, Thomas. Es ist nur ...«

»Elisabeth, noch einmal, was willst du?«

173

Die Gewissheit, dass es nicht mein Mann war, der deine Tochter ermordet hat!

Elisabeth hatte alle Mühe, ihre Tränen zurückzuhalten. Die Übelkeit war schlagartig zurückgekehrt und hatte sich zu einem Kropf geballt, der ihr die Kehle verstopfte. Jetzt, da sie Thomas gegenübersaß, war ihr klargeworden, dass sie an der falschen Stelle nach Erlösung suchte.

Thomas ließ von dem Loch in seinem Pulloverärmel ab, rieb sich das Gesicht und atmete tief durch. »Elisabeth, bitte sei mir nicht böse, aber wie du dir sicherlich vorstellen kannst, waren die letzten Tage nicht einfach für uns. Ich weiß nicht, wer Harald ermordet hat und außerdem ...«

In diesem Moment kam ihr ein Gedanke: »In der Reportage gestern wurde davon gesprochen, dass es zahlreiche Ermittlungsfehler gegeben hätte. Ich habe nie mitbekommen, dass es welche gab. Und auch gestern habe ich nicht verstanden, worum ...«

»Unsinn!«, kam es plötzlich aus ihrem Rücken.

Elisabeth wirbelte herum. Sah Monika im Halbschatten des Türrahmens stehen. Blass wie ein Geist. Ihr Blick war, obwohl sie Elisabeth ansah, in eine weit dahinter liegende Ferne gerichtet. Ihr Ausdruck: eine sonderbare Mischung aus Resignation und Aggression.

»Monika.« Mehr brachte Elisabeth nicht heraus.

»Es hat nie Ermittlungsfehler gegeben.«

»Die Polizei hat mir von dem versuchten Einbruch erzählt.«

»Es gab keinen Einbruch.«

»Aber wieso ...?«

»Zumindest haben wir das nie behauptet. Diese Arschlöcher von der Sendung haben ihre eigenen Theorien aufgestellt und uns mit ihren Fragen geschickt in eine bestimmte

Richtung gelenkt, damit sie die Aussagen bekamen, die sie wollten. Alles, was wir damals sahen, war eine Gestalt weglaufen. Aber nicht einmal darüber waren wir uns jemals sicher.«

»Eine Gestalt?«

»Es war so ein schwüler Abend. Thomas und ich konnten nicht schlafen. Er öffnete das Fenster und sagte: ›Ich glaube, da ist wer.‹ Dann rief er: ›Hallo?‹ Aber als ich am Fenster war, war niemand mehr zu sehen. Und Thomas war sich auch nicht mehr sicher.«

Thomas nickte bestätigend. »Die Polizei hat die Spur nur kurz verfolgt.«

»Wieso stand davon niemals etwas in den Zeitungen?«

»Die Polizei wollte es anfangs so. Ermittlungstechnische Gründe, sagten sie uns. Wir sollten darüber stillschweigen. Und danach hat es keinen Zeitungsfuzzi mehr interessiert.«

»Gab es denn Einbruchspuren am Haus? Oder hat etwas gefehlt?«

»Weder noch.«

»Aber das ist doch eigenartig.«

»Ja, das ist es. Wie so vieles. Und ich bin es leid, mir den Kopf darüber zu zermartern.«

»Aber, ich verstehe nicht. Wieso sollten sie …«

»Die angeblichen Ermittlungsfehler waren eine Erfindung dieser verfluchten Sendungsmacher, die nichts weiter wollten, als sich an unserem Unglück zu bereichern.«

»Wir hätten ihnen niemals vertrauen dürfen«, mischte Thomas sich ein.

In Monikas Stimme schwang Wut mit. »Harald war der Einzige, den Annas Tod noch kümmerte. Er hat nie aufgehört, nach diesem Dreckskerl zu suchen.«

»Das stimmt«, murmelte Thomas.

Vor Elisabeths geistigem Auge blitzten Bilder von Haralds Büro auf. Sie hatte all die Fotos und Zeitungsartikel nur wenige Sekunden gesehen. Und zu wenig Zeit gehabt, um sich genauer umzusehen. Hätte sie dort womöglich einen Hinweis darauf gefunden, ob Friedrich der Moorkiller war?

»Vielleicht ist er dem Täter zu nahe gekommen?«

Elisabeth kam diese Möglichkeit, so grausam das alles war, einem Lichtblick gleich. Denn dann konnte Friedrich nicht der Mörder sein.

»Elisabeth, darf ich fragen, warum dich das überhaupt kümmert?« Monika hatte einen Schritt in die Küche gemacht. Jetzt wurde sie vom fahlen Licht der Deckenleuchte erfasst. An ihrer Blässe änderte das nichts.

Monika war immer schon eine zierliche Gestalt gewesen. Nach Annas Tod hatte sie jedoch so viel an Gewicht verloren, dass jegliche weibliche Rundung an ihr verloren gegangen war. Seither wirkte sie, als bestünde sie nur noch aus Haut und Knochen. Der Wollpullover und die graue Jogginghose hingen schlaff an ihr herunter. Und dennoch konnte Elisabeth ihren Körper darunter beben sehen.

Weil Elisabeth nicht antwortete, setzte Monika scharf nach: »Und darf ich dich fragen, was ihr in den letzten 22 Jahren unternommen habt, um Annas Mörder zu finden?«

»Schatz, bitte …«

Sie ließ Thomas nicht aussprechen. »Sag es mir, Elisabeth. Was hast du getan?«

Elisabeth brachte kein Wort heraus. Sie wollte sich rechtfertigen. Aber im Grunde war ihr klar, dass alles, was sie sagen würde, eine Lüge gewesen wäre. Dass sie sich bloß in ihrem Selbstmitleid vergraben hatte. Augen und Ohren verschlossen hatte. Und so nicht hatte sehen können, was womöglich in ihrer unmittelbaren Nähe passiert war. Was Friedrich ihr all die Jahre verheimlicht hatte.

Monika stieß einen verächtlichen Lacher aus. Dann war ihr Blick plötzlich todernst. »Ich möchte, dass du unser Haus jetzt verlässt.«

Mit diesen Worten wandte sie sich ab und verschwand aus der Küche. Thomas und Elisabeth schwiegen einander so lange an, bis irgendwo im Haus eine Tür geschlossen wurde.

»Sie meint es nicht so«, brach Thomas das Schweigen.

»Ich habe ihn gefunden«, sagte Elisabeth und spürte, wie ihre Augen nass wurden.

Er schwieg, betrachtete sie nur. Nach einer gefühlten Ewigkeit fragte er: »Wen?«

»Harald. Ich war es, die ihn tot aufgefunden hat.«

Elisabeth wusste nicht so recht, was sie in seinem Gesicht zu sehen erwartet hatte. Überraschung vielleicht, oder Bestürzung. Aber sicher nicht die völlige Emotionslosigkeit.

»Elisabeth, es war nett, dass du vorbeigeschaut hast. Warum auch immer. Aber ich möchte dich bitten, zu gehen und uns alleine zu lassen. Ich muss mich um Monika kümmern.«

31

Thomas machte das Licht aus, humpelte zum Küchenfenster und verzog dabei das Gesicht. Dass er die Nacht über unterwegs gewesen war, hatte die Schmerzen schlimmer werden lassen. Allmählich fürchtete er, sich etwas gerissen zu haben. Aber selbst wenn nicht, würde er zumindest zehn Minuten opfern, sich einen kühlen Umschlag machen und sein Bein hochlagern müssen. Ins Krankenhaus zu fahren, kam nicht in Frage. Vorsichtig schob er den vergilbten Vorhang ein Stück zur Seite, um Elisabeth nachzuschauen. Weil er kaum etwas erkennen konnte, ging er mit dem Kopf näher an die Scheibe ran. Aber das Glas lief aufgrund seines Atems an, und Elisabeth war nur als schemenhafter dunkler Fleck in all dem nassen Grau auszumachen. Er wischte mit der Hand über die Scheibe. Aber das änderte wenig.

Elisabeth hatte ihm zum zweiten Mal an diesem Morgen einen furchtbaren Schrecken eingejagt. Weiß der Teufel, was mit ihr los war oder was sie im Schilde führte. Dass sie auftauchen würde, damit hatte er nicht gerechnet. Wie auch? Aber in Wirklichkeit spielte es keine Rolle, denn alles war gut gegangen. Weder Elisabeth noch die Polizei schienen Verdacht geschöpft zu haben.

Der Plan schien aufzugehen.

Womöglich hatte er recht gehabt. Vielleicht würde es wirklich bald zu einem Ende kommen. Nach 22 Jahren.

»Glaubst du, sie ahnt etwas?«, hörte er auf einmal Monikas Stimme direkt hinter sich.

Es war unglaublich. Obwohl er es oft erlebt hatte, überraschte es ihn aufs Neue, wie lautlos sie sich durchs Haus bewegen und anschleichen konnte. Fast wie ein Geist.

»Keine Ahnung«, raunte Thomas.

»Wieso sollte sie sonst hergekommen sein?«

»Ich habe den Eindruck, das weiß sie selbst nicht so recht.«

»Du hättest sie nicht gehen lassen dürfen.«

»Ich bitte dich, was hätte ich denn machen sollen?«

»Alles, was nötig ist.«

Thomas ließ den Satz lange auf sich wirken. Wusste, dass Monika recht hatte.

Irgendwann fragte er: »Soll ich sie zurückholen?«

Aber Monika war verschwunden.

32

Als Elisabeth von Thomas' und Monikas Hof fuhr, war sie durcheinander. So sehr, dass sie erst nach ein paar Hundert Metern an der Kreuzung bemerkte, dass sie mit leicht angezogener Handbremse fuhr und schon wieder vergessen hatte, sich anzugurten.

Sie ermahnte sich zur Konzentration. Aber das war leichter gesagt als getan. »Mörder im Visier« hatte eine Lawine losgetreten. Friedrichs unabsichtlich preisgegebenes Wissen über den Mord. Der Angriff auf Sarah. Der Mord an Harald. Binnen weniger Stunden schien die Lage eskaliert zu sein.

Zu ihrer Verwirrung mischte sich ein mieses, diffuses Gefühl tief in ihr. Irgendetwas, das sie eben im Haus gesehen oder gehört hatte, ließ ihr keine Ruhe. Aber so sehr sie darüber nachdachte, sie kam nicht darauf, was es gewesen war. Ihr Verstand war zu träge. Der Schlafmangel und der Schrecken der letzten Stunden zollten ihren Tribut. Zudem plagten sie Schuldgefühle. Was hatte sie sich dabei gedacht, bei Thomas und Monika aufzukreuzen? Nur wenige Stunden nach dieser respektlosen Reportage. Mit welchem Recht hatte sie geglaubt, in deren Wunden stochern zu dürfen? Bloß, um ihr Gewissen zu beruhigen? Egal, wie sie es drehte und wendete, ihr Auftritt eben war niederträchtig gewesen. Keine Ahnung, wie sie den beiden jemals wieder würde in die Augen sehen können.

Was war mit ihr los? Warum hatte sie Friedrichs Versprecher so aus der Bahn werfen können? Hatte sie es all die Jahre geahnt? Dass Friedrich ein dunkles Geheimnis mit sich trug.

Gleichzeitig war ihr klar, dass der Mord an Harald bedeuten konnte, dass Friedrich nicht der Moorkiller sein konnte. Denn wer sonst als der wahre Mörder konnte ein Interesse daran gehabt haben, ihn aus dem Weg zu schaffen und seinen Tod wie einen Selbstmord aussehen zu lassen? Harald musste dem Täter zu nahe gekommen sein. Es konnte keine andere Erklärung geben.

Hieß das also, dass sie völlig grundlos wie eine Verrückte durch die Gegend hetzte? Oder versuchte sie sich gerade alles so zusammenzureimen, wie sie es brauchte? Übersah sie etwas?

Elisabeth wusste nicht mehr, was sie glauben sollte. Ihre Gedanken drehten sich im Kreis wie ein tosender Wasserstrudel. Aus dem sie sich verzweifelt zu befreien versuchte. Sie gab nicht auf. Strampelte, ruderte um sich, versuchte, Halt zu finden. Und wusste dabei, dass sie untergehen würde. Eines schien ihr sonnenklar: Alleine würde sie nicht hinter die Wahrheit kommen. Sie durfte der Konfrontation nicht länger aus dem Weg gehen. Würde sich Friedrich stellen müssen. Ihn endlich abholen und daheim auf den Mord ansprechen müssen. Würde sich nicht aus dem Konzept bringen lassen dürfen. Würde ihn, wenn notwendig, überlisten und dranbleiben müssen. So lange, bis alle Zweifel aus dem Weg geräumt sein würden.

Als Elisabeth wenig später in Norberts Siedlung einbog, war sie fest entschlossen. Aber ausgerechnet da nahm der Tag erneut eine tragische Wendung.

Aus der Ferne erblickte sie eine schemenhafte Gestalt, die die Straße entlanglief. Aber ohne ihre Brille sah sie deutlich schlechter als sonst. Erst als sie näher kam, begriff sie, dass es Norbert war. Und dass er weder eine Jacke trug, noch einen Schirm bei sich hatte. Fast auf seiner Höhe angekommen, sah sie zudem, dass er bloß seine Hausschuhe anhatte.

Elisabeth hielt und ließ die Scheibe der Beifahrertür hinunter. Doch Norbert lief weiter.

»Hey, Norbert, warte!«, rief sie und schloss zu ihm auf.

Er warf ihr einen flüchtigen Blick zu, schien zu hadern.

»Um Gottes willen, was treibst du hier?«

Er beugte sich zu ihr in den Wagen hinein. War völlig außer Atem. Die Haare klebten ihm klatschnass an der Stirn, Regen lief ihm übers Gesicht.

Sie sah seinen Ausdruck. Und plötzlich war da Angst.

Wie eine riesige schwarze Gestalt, die hinter ihr auf der Rückbank Platz genommen hatte.

»Was ist denn los?«, fragte sie und fürchtete sich vor der Antwort.

Er sagte nichts, richtete sich stattdessen auf und blickte die Straße in beide Richtungen entlang.

»Wo ist Friedrich?«, rief sie. Und weil er nicht antwortete: »Rede mit mir!«

Er streckte seinen Kopf zurück in den Wagen, atmete tief durch. Fuhr sich mit der flachen Hand übers Gesicht. »Ich ... ich weiß es nicht.«

»Was?«

»Er ist verschwunden!«

33

Elisabeth war wie vom Blitz getroffen.

»Was heißt, *er ist verschwunden*?«, schrie sie und ihre Stimme überschlug sich dabei. Gleichzeitig sprang sie aus dem Wagen und lief um die Motorhaube zu Norbert. »Wo ist Friedrich?«

»Ich weiß doch auch nicht, ich ...«

Er blies die Wangen auf. Sah die Straße in beide Richtungen entlang.

Sie packte ihn an den Oberarmen und rüttelte ihn. »Rede mit mir, verdammt!«

»Ich war im Keller, nur ganz kurz. Ich hab ihn wirklich nicht lange alleine gelassen, ich schwöre es!«

»Mein Gott, Norbert!«

»Die … die Heizung war ausgefallen und ich … Friedrich war oben im Wohnzimmer und hat ferngesehen. Ich dachte, es wäre kein Problem. Es … es waren wirklich nur fünf Minuten oder so. Höchstens zehn. Aber als ich hochkam, stand die Eingangstür offen und er war weg.«

Abermals blickte er die Straße in beide Richtungen entlang und raufte sich dabei das klatschnasse Haar. »Mein Gott, ich konnte ja nicht ahnen …«

»Ich fasse es nicht!«

»Aber was hätte ich tun sollen?«

»Ihn nicht alleine lassen, verdammt!«

»Aber …«

»Nichts *aber*! Hast du überall im Haus gesucht?«

»Ja.«

»Dann los, wir müssen ihn finden!«

Norbert nickte.

Elisabeth zeigte in die Richtung, aus der sie gekommen war. »Du suchst da lang. Und schau auch in die Vorgärten! Ich suche in der anderen Richtung.«

»Gut.«

»Also, los!«

Norbert lief brüllend los. »Friedrich!«

Und auch Elisabeth rannte los und ließ den *roten Herrn* mit weit offen stehender Fahrertür mitten auf der Straße zurück. »Friedrich! Bist du hier? Schatz!«

Sie wollte einen Blick in den ersten Vorgarten zu ihrer Linken werfen. Doch die Hecke war so hoch und aus der Form geraten, dass sie ihn nicht einsehen konnte. Also rannte sie zum Gartentor. Hatte schon die Klinke in der Hand. Aber plötzlich kam es ihr unlogisch vor, dass Friedrich dort sein sollte. Warum auch? Sie machte dennoch einen Schritt hinein und brüllte: »Friedrich, bist du hier?«

Sie bekam keine Antwort. Nichts und niemand waren zu entdecken.

Ein paar Häuser weiter hörte sie plötzlich eine männliche Stimme rufen. Sie fuhr herum und sah einen kahlköpfigen Mann mit Vollbart in einem Fenster zu ihrer Rechten.

»Was ist denn los?«, wollte dieser wissen.

»Haben Sie einen Mann gesehen?«, brüllte sie zurück und sah dabei die Straße in beide Richtungen entlang. Als fürchtete sie, etwas zu verpassen.

»Was?«

Sie lief ihm entgegen. »Einen Mann! Haben Sie ihn gesehen?«

»Einen Mann?«

»Ja, meinen Mann! Er ist weg. Er hat Alzheimer!«

»Warten Sie, ich helfe Ihnen!«

Keine halbe Minute später war er in einem knallroten Regenmantel gekleidet auf der Straße und stellte zum Glück keine Fragen. Er sagte nur »Gut«, nachdem Elisabeth ihm erklärt hatte, dass ihr Mann Friedrich heiße und er die Grundstücke auf der rechten Seite der Straße absuchen sollte.

»Friedrich!«

Keine Antwort.

»Schatz, wo bist du?«

Nichts.

Elisabeths Erleichterung über die unerwartete Unterstützung währte nur kurz. Am Ende der Straße angekommen, wurde ihr klar, wie aussichtslos die Situation war. Der Regen war so dicht geworden, dass man keine Hundert Meter weit sehen konnte. Zudem vermisste sie ihre Brille schmerzlich. Dennoch lief sie zur nächsten Parallelstraße vor, und dann zur übernächsten, aber sie begriff: Es war aussichtslos. Zu dritt würden sie nichts ausrichten können. Sie musste die Polizei rufen.

34

Was für ein scheußlicher Tag. Die nasse Landschaft schoss an ihr vorüber. So vertraut und befremdlich zugleich. Wie immer war es ein seltsames Gefühl, zurück zu sein. Sie war alleine hier. Und ohne, dass jemand davon wusste. Aber nur so konnte sie tun, was sie längst hätte tun müssen. Was sie 22 Jahre lang hinausgezögert und zu verdrängen versucht hatte. Jetzt war es an der Zeit, das Blut von ihren Händen zu waschen.

Ich bin kein schlechter Mensch.

Das versuchte sie sich zumindest einzureden. Seit damals. Weil die Schuld sie sonst in den Wahnsinn treiben würde. Sie komplett aufzufressen drohte, von innen nach außen. Ja, so fühlte es sich an. Wie ein Schwarm unersättlicher Piranhas, der in ihrem Brustkorb lebte. Einem finsterkalten Aquarium. Immerzu nagten die Bestien an ihr, rissen ein Stück Fleisch nach dem anderen aus ihr heraus. Und sie hörten nicht auf. Egal, was sie tat oder sich einzureden versuchte.

Ich bin kein schlechter Mensch.

Der Satz war zu ihrem Mantra geworden. War der Köder, mit dem sie die kleinen Monster zu vergiften versuchte. Aber sie beachteten ihn kaum. Ließen ihn zu Boden sinken, wo er verrottete.

Ich bin kein schlechter Mensch.

Ach, scheiß drauf!

Wem versuchte sie da, etwas vorzumachen? Genau das war sie doch. Ein schlechter Mensch. Voller Schuld.

Und deshalb würde sie allem ein Ende setzen. Wenn alles gut ging, dann würde sie in weniger als 24 Stunden von hier verschwunden sein. Mehr Zeit würde sie nicht benötigen. Um ihrer aller Leben zu zerstören.

35

Natürlich hatte Elisabeth ein schlechtes Gewissen, als sie
Sarah und Philipp verständigte und um Hilfe bat. Immerhin
waren die beiden erst vom Krankenhaus heimgekommen
und hatten genug eigene Sorgen. Aber was hätte Elisabeth
anderes tun sollen? Es war eine absolute Ausnahmesituation.
Friedrich war nicht nur verwirrt, sondern auch gebrechlich geworden. Gut möglich, dass er sich draußen verletzte.
Außerdem hegte sie die Hoffnung, ihn vor der Polizei zu
finden. Das würde zwar nicht vermeiden, dass Beamte in
der Folge mit ihm sprechen würden. Aber dann würde sie
wenigstens bei ihm sein und einschreiten können.

Deshalb war Elisabeth in der bangen Zeit des Wartens
hinausgelaufen, um die umliegenden Straßen nach ihm
abzusuchen. Hatte Freunde und Bekannte angerufen. Und
sich vergeblich in Friedrichs Kopf hineinzuversetzen versucht.

Aber die Polizei ließ sich ohnehin gehörig Zeit. Erst nach
einer gefühlten Ewigkeit und zweimaligem Nachtelefonie-
ren ließ sich endlich jemand blicken. Und dann ausgerechnet Markus Naber. Niemand anderen hätte Elisabeth sich
weniger in ihrer Nähe gewünscht.

»Also, mir können die Leute erzählen, was sie wollen. Mir
ist dieser Typ nicht geheuer, Polizist hin oder her«, hatte
Sarah ihr zugeflüstert, als sie ihn vom Fenster aus kommen
gesehen hatten.

Die geschwollene Lippe und die vielen Blessuren in ihrem
Gesicht hatten ihre Worte undeutlich werden lassen. Außer-

dem machte sie einen erschöpften Eindruck – vermutlich hatte sie Medikamente bekommen.

Während Norbert, Philipp und der unbekannte Nachbar die umliegenden Straßen nach Friedrich absuchten, versuchten Elisabeth und Sarah, Markus die Dringlichkeit der Situation klarzumachen. Und ihn dazu zu bewegen, endlich Verstärkung zu rufen.

Aber der gab sich gelassen, ja geradezu lustlos. »Hören Sie, Frau Sommer. Das ist nicht so leicht mit der Verstärkung. Es ist viel los, wie Sie sich sicher vorstellen können. Wir haben Unterstützung von den umliegenden Bezirken bekommen, weil wir nicht nur den Angriff auf Sie ...« – er warf Sarah einen aufgesetzt bedauernden Blick zu – »und den Mord an Harald, sondern auch einen Verkehrsunfall mit Sachbeschädigung und Fahrerflucht zu untersuchen haben. Wir müssen unsere Kapazitäten ...«

»Was interessiert mich ein Verkehrsunfall?«, fuhr ihm Elisabeth dazwischen. Sie konnte es nicht fassen.

»Nun, vielleicht nicht Sie, aber ...«

»Mein Mann hat Alzheimer, verdammt! Er ist schwer verwirrt. Vermutlich weiß er gerade nicht, wo und warum er dort ist. Er ist gebrechlich, außerdem stehen seine Schuhe im Vorzimmer. Er ist also in Socken und ohne Jacke unterwegs. Bei diesem Sauwetter könnte ...«

»Es ist wirklich nicht nötig, dass Sie schreien.«

»Ich schreie nicht!«

»Gut, hören Sie, ...«

»Nein, du hörst mir jetzt zu!«

»Elisabeth, bitte«, ging Sarah dazwischen.

Im selben Moment ging die Eingangstür auf und Norbert trat ein. Alleine.

»Und?«, fragte Elisabeth unnötigerweise.

Er schüttelte nur den Kopf.

»Lass mich das bitte machen«, sagte Sarah und meinte damit das Gespräch mit Markus.

Elisabeth war es nur recht. Sie war kurz davor, Markus an die Gurgel zu gehen. Aber sie schluckte ihre Wut herunter. Musste genau von Norbert wissen, was passiert war, bevor Friedrich verschwand. Irgendetwas sagte ihr, dass er nicht die Wahrheit gesagt hatte.

»Was ist?«, wollte sie wissen.

»Nichts.«

»Jetzt sag schon. Ich habe keine Zeit für Spielchen!«

Er seufzte.

»Sag!«

»Na ja, als du heute früh Friedrich hier abgeliefert hast und wegfuhrst, da …« Er hustete in seine Faust, um Zeit zu gewinnen.

»Ja?«

»… da hat er dir etwas nachgerufen.«

Eine dunkle Vorahnung breitete sich in ihr aus. Ihre Stimme war deutlich leiser, als sie fragte: »Was?«

»Er hat gerufen: ›Anna ist im Moor‹!«

Klatsch! Es fühlte sich an, als hätte Norbert ihr mit voller Wucht ins Gesicht geschlagen.

»Was hat das zu bedeuten, Elisabeth?«

Elisabeth bekam nicht mit, dass sie den Kopf schüttelte.

»Warum hat Friedrich das gerufen?«, drängte Norbert.

»Das … ich … ich weiß es nicht.«

»War es wegen der Reportage gestern?«

Elisabeth schüttelte vehement den Kopf. Das Schütteln ging allmählich in ein Nicken über. Und eine Träne lief ihr über die Wange.

Norbert trat einen Schritt an sie heran. Fasste sie an der

Schulter. »Du kannst mir alles erzählen, Elisabeth. Das weißt du doch, oder?«

Sie wagte es nicht, ihn anzusehen. Tränen liefen ihr Gesicht hinunter. Und sie hasste sich dafür. Für ihre Naivität. Ihre Schwäche. Anstatt herumzuheulen, sollte sie auf der Suche nach Friedrich sein. Alle Hebel in Bewegung setzen. Und sich nicht an Norberts Brust drücken und von ihm besänftigende Worte ins Ohr flüstern lassen. Es war falsch, dass er ihr über den Rücken streichelte. Dass sie hier stand und wertvolle Zeit vergeudete. Sich selbst bemitleidete. Und Königsberger und dieser verfluchten TV-Reportage alle Schuld für ihre Misere gab.

Plötzlich kam ihr ein Gedanke.

Sie löste sich aus Norberts Umarmung. Trat einen Schritt zurück. Betrachtete ihn.

»Was hast du?«

36

Elisabeth versuchte, ihre Gedanken zu ordnen. »Du sagst, du hast Friedrich höchstens zehn Minuten alleine gelassen?«

»Ja, circa.«

»Circa?«

»Nun, ja, es könnte auch länger gewesen sein.«

»Wie viel länger?«

»Ich kann es nicht genau sagen.«

»15 Minuten? 20 Minuten?«

»Ja, vielleicht.«

Elisabeth konnte ihm ansehen, dass er log. »Was? War es etwa noch länger?«

»Naja, es könnte eine halbe Stunde gewesen sein.«

»Was? Wie konntest du ihn so lange alleine lassen? Ich begreife das nicht!«

»Was soll ich denn tun, wenn die Heizung ständig den Geist aufgibt?«

Gott, sie war so wütend. Am liebsten hätte sie Norbert ins Gesicht gebrüllt, dass ihr seine verfluchte Heizung scheißegal war. Dass Friedrich sein Bruder war und er sich, verdammt noch mal, wenigstens einmal in seinem Leben um ihn hätte kümmern sollen. Bei allem, was sie in den letzten Jahren für ihn getan hatten.

Aber stattdessen atmete sie tief durch und mahnte sich zur Ruhe. Schluckte ihre Wut hinunter. Es war der falscheste aller Zeitpunkte zu explodieren. Sie musste einen kühlen Kopf bewahren.

»Welches Programm lief, als du aus dem Keller gekommen bist?«

»Was?«

»Gott, Norbert! Spreche ich etwa eine andere Sprache? Welcher Sender lief, als du ins Wohnzimmer gekommen bist?«

»Das weiß ich nicht.«

»Denk nach!«

»Keine Ahnung, ehrlich.«

»Lief Werbung?«

»Nein, ich glaube nicht.«

»Waren gerade Nachrichten?«

»Nein, sicher nicht.«

»Eine Sportsendung?«

»Nein.«

»Eine Talkshow?«

Er schüttelte den Kopf.

»Eine ...?«

»Halt, warte!«

»Was?«

»Vielleicht lief doch eine Talkshow.«

»Vielleicht?«

»Doch, ja, es lief eine Talkshow.«

»Und welche?«

»Keine Ahnung, wie die alle heißen.«

»Hast du eine Programmzeitschrift?«

»Ja.«

Elisabeth ließ Norbert ohne weitere Erklärung im Flur zurück, hetzte ins Wohnzimmer und blätterte in der Zeitschrift zum Programm des heutigen Tages.

Norbert war ihr bis zum Türrahmen gefolgt und beobachtete sie von dort aus.

»Wie spät war es, als du aus dem Keller gekommen bist?«

»Vielleicht so halb vier oder vier.«

Elisabeth ging Spalte für Spalte alle TV-Sender auf der Suche nach einer Talkshow um diese Zeit durch. Auf den ersten drei Seiten blieb ihre Suche erfolglos. Aber dann, auf der vierten Seite, war Elisabeth überzeugt, den richtigen Sender gefunden zu haben. Einen privaten Sender. Einen, der sich nicht unbedingt mit seriösem Programm schmückte. Der selbst zur Nachmittagszeit nicht unbedingt jugendfreie Sendungen zeigte. Und, wie in diesem

Fall, niederträchtige Pseudo-Reportagen, die sich am Leid
anderer ergötzen.

15:45 Talk mit Tara
Ich bin handysüchtig, na und?

Aber das war nicht der entscheidende Eintrag. Sondern jener
unmittelbar darüber.

14:50 Mörder im Visier
Wahren Verbrechern auf der Spur

37

Es war nicht das erste Mal, dass Friedrich unauffindbar war.
Tatsächlich war es mit zunehmender Verwirrtheit öfters
vorgekommen, dass er sich verlaufen hatte. Und Elisabeth
voller Sorge um ihn war.

Eines Abends zum Beispiel waren Elisabeth und er
gemeinsam im Bad. Friedrich war mit dem Zähneputzen
fertig. Elisabeth wollte sich eine Feuchtigkeitsmaske auf-
tragen, weil sie das Gefühl hatte, täglich auf neue Falten
in ihrem Gesicht zu stoßen. Diese lächerliche Maske für

4,99 Euro würde nicht das Geringste dagegen ausrichten können, das war ihr klar. Aber sie wollte zumindest diese zehn Minuten nur für sich. Sich etwas Gutes tun.

Friedrich war den ganzen Tag über besonders anstrengend gewesen. Ständig hatte ihm etwas nicht gepasst, hatte er etwas von ihr gewollt oder sich geweigert, ihren Bitten nachzukommen. Und wenn es ihr gelungen war, ihn von etwas zu überzeugen, so hatte die Diskussion wenige Minuten später von Neuem begonnen. So hatte er beispielsweise, während er vor dem Fernseher saß, um ein Glas Himbeersaft gebeten und partout nicht akzeptieren wollen, dass er sich selbst eines holen konnte. Nachdem Elisabeth die Diskussion zu blöd geworden war, hatte sie ihm schließlich eines gebracht. Doch anstatt endlich Frieden zu geben, hatte er sich darüber beschwert, dass der Saft zu süß geraten wäre.

»Der Saft ist genauso süß wie immer!«, hatte sie seinen Protest im Keim zu ersticken versucht. Vergeblich.

»Ich schmecke doch, dass er zu süß ist.«

»Friedrich, ich mische dir den Saft immer gleich. Ein Finger breit Sirup, der Rest Wasser. So, wie du ihn haben willst.«

»Da ist zu viel Sirup darin.«

»Friedrich, bitte!«

Elisabeth hatte unzählige Bücher zum Thema Validation gelesen. Bei dieser Kommunikationsmethode sollten Angehörige versuchen, sich in die Gefühlswelt ihres dementen Gegenübers hineinzufühlen. Ihn so zu akzeptieren, wie er nun mal war. Und den wahren Grund für dessen Wünsche herauszufinden, um besser auf ihn eingehen und ihm Dinge verständlicher erklären zu können. Elisabeth wusste theoretisch, wie sie vorzugehen hatte. Aber in Momenten wie diesen war all ihr Wissen darüber wie weggeblasen. Wohl hauptsächlich deshalb, weil es ihr schwerfiel, zu akzeptieren, dass Friedrich nicht mehr der Mensch war, der er einmal gewesen war.

»Bitte trink einfach!«

»Aber er ist mir zu süß.«

»Wenn du mehr Wasser willst, dann geh in die Küche und schenk dir nach.«

Sie hatte ihn grimmig murmelnd vor dem Fernseher zurückgelassen. Aber keine drei Minuten später hatte sie ihn aus dem Wohnzimmer rufen gehört.

»Der Saft ist zu süß!«

Und so war das den ganzen Tag gegangen. Der Saft war nur ein Thema gewesen, mit dem Friedrich sie an den Rand des Wahnsinns gebracht hatte. Die Gemüsesuppe, die er sich erst gewünscht und dann plötzlich *nie gewollt hatte*, ein weiteres.

»Geh schon mal ins Bett«, schlug sie ihm deshalb jetzt nach dem Zähneputzen vor und betete im Stillen, dass er keinen Aufstand machen und ihr wenigstens diese zehn Minuten gönnen würde. »Ich komme gleich nach, ja?«

Sie konnte kaum glauben, dass er keinen Protest einlegte, sondern kommentarlos aus dem Badezimmer verschwand. Konnte dem Frieden kaum trauen. Rasch schloss sie die Tür hinter ihm und lehnte sich mit dem Rücken dagegen. Atmete tief durch. Schloss die Augen. Genoss den Augenblick. Die Ruhe. Bloß auf diese lächerliche Gesichtsmaske hatte sie keine Lust mehr. Stattdessen setzte sie sich an den Badewannenrand und starrte ins Leere. Der Tag war zu viel für sie gewesen. Keine zwei Minuten später hatte sie sich gefangen, wischte sich mit den Handrücken das Gesicht trocken und verließ das Badezimmer.

Auf dem Weg ins Schlafzimmer kam ihr die leise Hoffnung, dass Friedrich bereits eingeschlafen war. Sie würde dann die Nachtkästchenlampe anlassen und endlich mal wieder ein wenig lesen können. Eine Viertelstunde nur. Mit so wenig gab sie sich mittlerweile zufrieden. Lesen war zu einem Luxus geworden. Tagsüber forderte Friedrich ihre volle Aufmerksamkeit. Nicht nur an so schlimmen Tagen wie diesen. Und abends, wenn sie zu Bett gingen, bestand er darauf, dass es finster war. Und Elisabeth blieben nur zwei Möglichkeiten: gleich nachgeben oder erst diskutieren und dann völlig entnervt nachgeben.

Sie seufzte. Es würde dieses Mal nicht anders sein. Aber dann würde sie eben zu schlafen versuchen. Kraft für den kommenden Tag tanken.

Doch als Elisabeth ins Schlafzimmer kam, war das Bett leer. Von Friedrich keine Spur.

»Friedrich?«

Keine Antwort.

Wo zum Henker ...?

Sie ging in den Flur, klopfte an die Toilettentür.

»Schatz, bist du da drinnen?«

Keine Antwort.

Sie öffnete die Tür. Die Toilette war leer. Dann schaute sie in Valeries und Philipps Zimmer, die seit deren Auszug unbenutzt waren. Auch dort war Friedrich nicht zu finden.

Sie rief lauter: »Friedrich?«

Stille.

Sie stieg die Stufen hinab ins Erdgeschoss. Unten hielt sie kurz inne. Lauschte. Konnte ihn nicht hören.

»Friedrich? Wo steckst du?«

Es blieb still.

Ein mulmiges Gefühl regte sich in ihr.

Sie schaute ins Wohnzimmer, machte das Licht an, Friedrich war nicht dort. Genau so wenig in der Küche, auf der unteren Toilette und in den anderen Räumen. Und auch im Keller fehlte von ihm jede Spur.

»Friedrich?« Allmählich machte sie sich Sorgen. Ihre Stimme war hörbar unsicherer geworden. »Wo bist du, Schatz?«

Sie war ratlos. Und kurz davor, Sarah und Philipp anzurufen und um Hilfe zu bitten. Da nahm sie aus dem Augenwinkel etwas wahr. Einen Lichthauch, nicht mehr. Aus dem Eingangsbereich. Sie begriff, dass die Eingangstür einen kleinen Spalt breit offen stand. Und dass Licht vor dem Haus angesprungen war.

»Friedrich? Bist du draußen?«

Sie rannte zur Tür, riss sie auf. Und fand Friedrich barfuß und nur in seinem Pyjama in der Einfahrt vor der Fahrertür des *roten Herrn* stehen. Der Anblick machte sie traurig. Sie trat zu ihm. Der Boden war von der Hitze des Tages noch warm. Kieselsteine bohrten sich in ihre nackten Fußsohlen.

»Um Gottes willen, Schatz, was machst du da?«

Er wandte sich zu ihr um, streckte ihr die Hand entgegen, in der er einen Schlüssel hielt. »Der passt nicht.«

Elisabeth nahm ihm den Schlüssel ab. Begriff, dass es sich nicht um den Wagen-, sondern um den Hausschlüssel handelte. Und war heilfroh darüber. Friedrich war seit Längerem nicht mehr im Stande, den Wagen zu lenken. Nicht auszudenken, was passieren könnte, würde er es in seiner Verwirrung dennoch tun.

»Wo willst du denn hin?«

»Zum Bürgermeister.«

Sie atmete tief durch, fuhr sich verzweifelt mit der Hand durch das Gesicht. »Du musst nicht zum Bürgermeister, Schatz.«

»Na sicher muss ich, wir haben einen Termin.«

»Schatz, es ist zehn Uhr abends. Du musst nirgendwo hin. Wir gehen jetzt schlafen.«

Er sagte nichts. Sah sie nur an. Sein Gesicht war vom fahlen Licht über der Eingangstür erleuchtet. Als es ausging, war es finster um sie herum.

»Siehst du?« Sie breitete die Arme aus, was Friedrich wahrscheinlich nicht sehen konnte. Deshalb ruderte sie so lange durch die Luft, bis das Licht wieder ansprang. »Es ist Nacht. Wir müssen ins Bett.«

Sie streckte die Hand nach ihm aus. Weil er sie nicht ergriff, machte sie einen Schritt auf ihn zu und nahm ihn an der Hand. »Komm, Schatz.«

Einen Augenblick lang leistete er stummen Widerstand, hielt dagegen. Murmelte Unverständliches. Dann ließ er sich ins Haus führen.

Elisabeth war erleichtert und deprimiert zugleich. Während Friedrich nach wenigen Minuten heftig zu schnarchen begann, konnte sie lange nicht einschlafen. Ihr Verstand arbeitete unaufhörlich. Sie fragte sich, wie schlimm es mit seiner Krankheit noch werden würde. Was alles kommen würde. Eine düstere Vorahnung kroch in ihr hoch. Erst kurz nach zwei glitt sie in einen unruhigen Schlaf.

Die Situation damals hatte Elisabeth zwar einen Schrecken eingejagt. Aber sie war zumindest glimpflich ausgegangen. Wie einige weitere brenzlige Begebenheiten auch. Nie zuvor hatte sie ernsthaft um Friedrichs Leben fürchten müssen. Doch dieses Mal war es anders. Mittlerweile war er über zwei Stunden wie vom Erdboden verschluckt.

Von Seiten der Polizei war eine offizielle Suche nach ihm eingeleitet worden. Zumindest behauptete Markus das. Wie viele Beamte tatsächlich dafür abgezogen würden und wie die Strategie aussah, hatte Elisabeth nicht aus ihm herausbekommen können. Sicher deshalb, weil er selbst keine Ahnung hatte. Er hatte ihr nur versichert, dass alles Menschenmögliche getan würde, um Friedrich so rasch wie möglich zu finden. So recht wollte Elisabeth nicht daran glauben. Vor allem, weil er nach einem eventuellen Streit und einer möglichen Trotzreaktion Friedrichs gefragt hatte.

»Es gab keinen Streit, verdammt! Er hat Alzheimer!«, hatte sie ihn angeschnauzt. »Er ist womöglich in Gefahr, und wir verlieren Zeit!«

Zwar war der Wind deutlich abgeflaut und der heftige Schauer im Laufe der letzten Stunde in einen leichten Nieselregen übergegangen. Aber nun kam die Dämmerung, die Elisabeth Sorgen bereitete. Mit jeder Minute wurde es dunkler und kälter.

Dass der Mensch unter einer Körpertemperatur von 27 Grad nicht überleben konnte, wusste Elisabeth von einem Abrisskalender, den sie auf der Toilette an der Wand hängen hatten. Jeden Tag ein kluger Spruch oder unnützes Wissen. Seit einiger Zeit riss Friedrich nicht täglich, sondern fast bei jedem Toilettengang ein Blatt ab.

Elisabeth befürchtete, dass er sich den Tod holen würde, wenn er in seiner durchnässten Kleidung eine Nacht draußen verbringen musste.

Die Uhr tickte.

38

Sarah, Philipp und Norbert waren damit beschäftigt, alle möglichen Freunde, Bekannten und Nachbarn abzuklappern, um sie nach Friedrich zu fragen und sie um Hilfe zu bitten. Sie suchten auch an Orten, wo einst Freunde und Bekannte gelebt hatten, die inzwischen weggezogen oder verstorben waren.

Elisabeth verfolgte währenddessen einen eigenen Weg. Wenn Norberts Zeitangaben stimmten, musste Friedrich tatsächlich auf die Wiederholung von »Mörder im Visier« gestoßen sein. Und da sie am Vorabend hatte miterleben müssen, wie er auf diese Sendung reagiert hatte, schien es ihr logisch, dass die Bilder ihn auch dieses Mal aufgewühlt hatten. Dass er sich in die Vergangenheit zurückversetzt gefühlt hatte und ins Moor aufgebrochen war. Zu Anna.

Und deshalb war sie auf dem Weg dorthin. Aber der unbefestigte Zufahrtsweg zum offiziellen Besucherparkplatz des Moors, zu dem Elisabeth am Morgen mit Friedrich hatte fahren wollen, war großflächig überschwemmt. Erst waren es nur kleinere Abschnitte, die unter Wasser standen. Durch die hatte sie sich zu fahren gewagt. Doch bald waren die Pfützen so tief, dass Steine am Wagenunterboden kratzten und die Reifen teilweise durchdrehten. Gut einen halben Kilometer vor dem Parkplatz war Schluss. Ein dunkles Meer breitete sich vor Elisabeth aus und verschwand zu beiden Seiten im dunkler werdenden Wald. Mit dem *roten Herrn* gab es kein Weiterkommen. Wahrscheinlich würde es mit Sarahs SUV klappen. Aber dann hätte Elisabeth ihr von ihrem schlimmen Verdacht erzählen müssen. Sie brauchte also eine andere Idee.

Sie ließ den Wagen stehen und versuchte, zu Fuß weiterzukommen. Aber nach wenigen Metern stand sie bis weit über ihre Knöchel im rutschigen Schlamm. Nicht gerade das, was ihr verletzter Knöchel brauchte.

Mist!

»Friedrich?«, schrie sie aus voller Kehle und ließ ihren Blick durchs dunkle Gestrüpp streifen. Suchte nach einem Schatten, der da nicht hingehört. Einer Bewegung. Nach irgendetwas. Aber ohne ihre Brille konnte sie nichts erkennen. Nur ein leises Knarzen drang aus dem Wald zu ihr. Dann ein etwas lauteres aus der entgegengesetzten Richtung.

Es hatte zu regnen aufgehört. Auch der Wind war zum Erliegen gekommen. Die Welt schien den Atem anzuhalten.

Sie hatte eingesehen, dass es zwecklos war weiterzusuchen. In seiner körperlichen Verfassung hätte Friedrich unmöglich vorankommen können. Noch einmal scannte sie ihre Umgebung. Es war nichts zu sehen. Und nichts zu hören.

Sie hielt sich die Hände an den Mund, formte ein natürliches Megafon. »Schatz, wo bist du?«

Weil sie keine Antwort bekam, stapfte sie zurück zum Wagen. Hatte dabei alle Mühe, das Gleichgewicht zu halten, nicht wegzurutschen und ihre Sportschuhe nicht im Schlamm zu verlieren. Der stechende Schmerz in ihrem Knöchel wurde schlimmer. Jeder Schritt fühlte sich an, als bekäme sie einen rostigen Nagel hineingeschlagen. Außerdem wirkten ihre nassen Klamotten wie eine Klimaanlage. Keine Frage, dass sie gerade dabei war, sich eine heftige Lungenentzündung einzufangen.

Und als wäre das alles nicht deprimierend genug gewesen, bemerkte sie, dass Nebel über dem nassen Boden aufzog und vereinzelt dichte Schwaden zwischen den Baumstämmen hingen. Das war nicht gut. Ganz und gar nicht gut. Elisabeth wusste, was es bedeutete, wenn hier Nebel aufzog: Er würde rasch dichter werden und die Senke, in der die Stadt und das Moor lagen, einnehmen. Der Wald würde wie ein Schutzschild fungieren und ihn lange konservieren. Nicht selten wurde er so dicht, dass man keine drei Meter weit mehr sehen konnte. Es würde dann ein Ding der Unmöglichkeit sein, Friedrich zu finden. Die Zeit lief ihnen davon.

Während Elisabeth sich ihrer hoffnungslosen Lage bewusst wurde, spürte sie, wie eine eisige Kälte durch ihre nassen Kleider schlüpfte. Wie ein heftiges Frösteln ihren Körper ergriff. Und die Verzweiflung sie zu übermannen drohte. Sie wusste nicht mehr weiter. Schaffte es nicht, sich zu rühren. Starrte bloß ins Leere. Und versuchte vergeblich, die Tränen zurückzuhalten.

Doch so schnell dieses Ohnmachtsgefühl in ihr aufgekommen war, so rasch fing sich Elisabeth wieder. Sie wischte sich die Wangen trocken, würde noch Zeit genug haben, um im Selbstmitleid zu ertrinken. Zuerst musste sie Friedrich finden. Kämpfen. Um ihr altes Leben. Ihr Glück. Ihr Vertrauen.

Sie legte den Rückwärtsgang ein und wusste, was sie als Nächstes machen würde. Sie würde den Weg nach Hause abfahren und danach die Umgebung nach Friedrich absuchen.

Sie ahnte nicht, dass gerade in diesem Moment jemand ihr Haus betrat.

39

Elisabeth war die Strecke von Norbert bis nach Hause nicht
schneller als in Schrittgeschwindigkeit abgefahren. Hatte
immer wieder gehalten und das Fernlicht in den Wald links
und rechts von ihr strahlen lassen. Hatte nach Friedrich gerufen. So laut, dass sich ein schmerzhaftes Kratzen in ihrem
Hals festgesetzt hatte. Doch von Friedrich fehlte jede Spur.

Währenddessen hatte Valerie sie zweimal zu erreichen
versucht. So gerne hätte Elisabeth endlich über ihren Albtraum gesprochen. Am liebsten mit Valerie. Aber Elisabeth
hatte es nicht übers Herz gebracht ranzugehen. Sie wollte
ihrer Tochter diese Bürde nicht auferlegen. Und so sehr
Elisabeth sich zu verstellen versucht hätte, Valerie hätte
bestimmt sofort gemerkt, dass etwas nicht stimmte.

Als sie eine knappe Dreiviertelstunde später vor ihrem
Haus hielt und der Motor erstarb, war es dunkel geworden. Und der Nebel hatte sich, wie sie befürchtet hatte, ver-
dichtet. Der Anblick ihres Hauses war gespenstisch für sie.
Und das, obwohl in der Küche und im oberen Stock Licht
brannte. Oder gerade deshalb? Konnte sie am Morgen vergessen haben, es auszumachen? War es überhaupt angewe-
sen? Sie war beim Verlassen des Hauses völlig durch den
Wind gewesen, es kam ihr aber seltsam vor. Sehr sogar. Eine
Sekunde lang kam ihr der Gedanke, dass Friedrich nach
Hause gelaufen war. Aber dann wurde ihr klar, dass er gar
keinen Schlüssel bei sich hatte.

Ein mieses Gefühl begann, an ihrem Verstand zu kratzen. Wie eine knorrige Hand mit spröden und viel zu lan-

gen Fingernägeln. Sie versuchte, es zu verscheuchen, indem sie sich sagte, dass ein ungewollter Eindringling wohl kaum das Licht angemacht hätte. Ohne ihren Blick von den hell erleuchteten Fenstern zu nehmen, tastete Elisabeth nach ihrem Mobiltelefon in der Mittelkonsole. Sie entsperrte das Display und wählte Sarahs Nummer.

Nach dem ersten Läuten ging sie ran: »Hast du ihn gefunden?«

»Nein, leider nicht. Wo seid ihr?«

»Ich bin gerade in der Nähe der ›Tanzhöhle‹ und dann möchte ich noch …«

»Und Philipp?«

»Soweit ich weiß, sucht er mit Norbert in unserer Nachbarschaft.«

»Aha.«

»Alles okay bei dir?«

»Ja, ja. Aber ich muss Schluss machen. Ich melde mich.«

Elisabeth legte auf. Sarah sollte sich nicht unnötig Sorgen machen und die Suche nach Friedrich unterbrechen.

Sie öffnete die Tür, schälte sich aus dem Wagen und bemühte sich, beim Schließen so leise wie möglich zu sein. Was unnötig war. Ihre Wagenlichter wären für einen Einbrecher trotz des Nebels gut zu sehen gewesen.

Das Windrad am Gartenzaun regte sich nicht.

Elisabeth schlüpfte durch das Gartentor und schlich zum Küchenfenster – sich dessen bewusst, wie dumm ihr Verhalten gerade war. Entweder sollte sie die Polizei rufen oder keine Angst haben. Aber irgendetwas hatte sich seit dem Vorabend verändert. Der nasse Rasen platschte unter jedem ihrer Schritte.

Am Fenster angekommen, presste sie ihre Nasenspitze an das kalte Glas, schirmte ihre Augen mit den Händen ab und spähte ins Haus. Die Küche war leer. Sie hielt die Luft an, um eventuelle Geräusche aus dem Inneren zu hören. Aber da war nur das Rauschen in ihren Ohren. Und Tropfen aus allen Richtungen.

Was hast du erwartet? Hör gefälligst auf, Geister zu jagen. Du verlierst nur wertvolle Zeit!

Da fiel ihr etwas auf: Die Milch auf dem Küchentisch. Hatte sie am Morgen vergessen, sie in den Kühlschrank zu stellen?

Im Geiste versetzte sie sich zurück, als Friedrich ihr in seinem Anzug gegenübergesessen hatte. Als er Zeitung gelesen und protestiert hatte, weil er angeblich kein Frühstücksei bekommen hatte. Hatte die Milch zu diesem Zeitpunkt überhaupt auf dem Tisch gestanden? So sehr sich Elisabeth zu erinnern versuchte, sie konnte es nicht sagen. Sie tapste an der Hauswand entlang bis zum Wohnzimmerfenster. Dort war niemand zu entdecken.

Mein Gott, Schluss jetzt!

Entschlossen ging sie zur Eingangstür. Hatte den Schlüssel in der Hand. Führte ihn zum Schloss. Wollte aufsperren. Doch da bemerkte sie, dass gar nicht abgeschlossen war. Das war seltsam. Die Milchpackung, okay. Das Licht, gut. Aber sie konnte doch nicht vergessen haben abzusperren. Oder?

Zögerlich öffnete sie die Tür. Ließ sie nach innen aufschwingen. Verharrte an der Schwelle. Lauschte.

Nichts.

Also trat sie ein. Horchte abermals. Kein Radio, das an war, kein Fernseher, der lief. Ganz abgesehen davon, dass er eben keinen Schlüssel bei sich hatte – wäre Friedrich aus irgendeinem Grund hier, würde zumindest eines der beiden Geräte laufen. Sehr wahrscheinlich sogar beide.

Sie machte ein paar Schritte den Flur entlang. Ließ die Tür offen stehen. Weil ein Instinkt ihr sagte, dass es eine gute Idee war.

Sie war voller Spannung. Jederzeit bereit – wofür, wusste sie selbst nicht. Während ihre nassen Schuhe bei jedem ihrer vorsichtigen Schritte ein Quatschen von sich gaben, griff sie sich einen Bilderrahmen von der Kommode. Immerhin war der aus Holz und die Ecken spitz. Sicher war sicher.

Die Zimmer im Erdgeschoss waren menschenleer. Zurück bei der Treppe streckte Elisabeth sich und versuchte, oben etwas zu entdecken. Aber der einzusehende Winkel war schmal. Ihr blieb nichts anderes übrig, als hochzusteigen.

Am Treppenabsatz verharrte sie. Biss sich auf die Unterlippe. Fummelte an der spitzen Kante des Bilderrahmens herum.

Und plötzlich hörte sie es. Dieses vertraute Geräusch: das Rauschen des Wasserhahns hinter der geschlossenen Badezimmertür.

Friedrich!

Er war nach Hause gekommen!

»Schatz!«, rief sie und stürmte von Glück überwältigt auf die Tür zu. Riss sie auf.

Und war wie vom Schlag getroffen. Der Bilderrahmen entglitt ihrer Hand. Knallte zu Boden. Das Glas splitterte, Scherben schossen über den Boden.

»Was machst *du* hier?«, brachte sie hervor.

»Hallo, Mama«, antwortete Valerie.

40

Nach dem ersten Schock brachen bei Elisabeth alle Dämme. Bevor Valerie und sie einander in die Arme fielen, war Elisabeth bereits in Tränen ausgebrochen. Dass sie ihre Tochter schluchzen hörte und ihren Körper zittern spürte, machte es nur noch schlimmer.

Elisabeth war von ihren Gefühlen überwältigt. Von Glück, darüber, Valerie nach so vielen Monaten endlich wiederzusehen. Von ihrer Sorge um Friedrich. Der Angst davor, dass er ein Mörder und ihre Ehe eine riesengroße Lüge war. Und davor, dass Valerie ihr all das sofort ansehen würde.

Reiß dich zusammen!

Gott, wie gerne hätte sie ihrer Tochter ihr Herz ausgeschüttet. Ihr alles erzählt. Von dem Wahnsinn, den sie seit dem Vorabend durchmachte. Von der eiskalten Angst, die sie seitdem fest im Griff hatte.

Aber stattdessen löste sie sich aus der Umarmung und fragte erneut: »Was machst du hier?«

Valerie wischte sich mit den Handrücken die Tränen aus dem Gesicht und zog die Nase hoch. »Es tut mir leid, dass … ich vorher nicht angerufen hab.«

Elisabeth bemerkte erst jetzt, wie blutunterlaufen Valeries Augen hinter all den Tränen waren. Wie dunkel die Schatten darunter. Und sie hatte keine Zweifel, dass auch ihre Tochter eine schlaflose Nacht hinter sich hatte.

»Seit wann bist du hier?«

»Ich bin zu Mittag gelandet und hab ein Taxi hierher genommen.«

»Du bist schon den halben Tag hier?«

Valerie brach abermals in Tränen aus.

Elisabeth drückte sie an sich, strich ihr mit der flachen Hand über den Rücken.

»Sch, ist ja gut.«

Gar nichts war gut. Und wie es aussah, würde es das auch niemals wieder werden. Die Worte waren ihrem mütterlichen Instinkt geschuldet. Folge des Versprechens, das sie Valerie bei der Geburt gegeben hatte: *Ich werde dich beschützen, mein kleiner Engel. Immer, mein Leben lang!*

»Ich habe … die Reportage gesehen«, stammelte Valerie mit brüchiger Stimme. »Es … Gott, es war so schrecklich. Ich habe die ganze Nacht kein Auge zubekommen.«

»Ich auch nicht, Liebes.«

»Ich habe euch im Stich gelassen.«

»Sag doch nicht so einen Unsinn!«

»Doch, das habe ich.«

»Was passiert ist, ist nicht deine Schuld.«

»Doch.«

»Nein, und das weißt du ganz genau. Mach dich nicht so fertig!«

Plötzlich passierte etwas mit Valerie. Sie holte tief Luft, rieb sich mit beiden Händen über das Gesicht. Und danach war ihr Ausdruck wie ausgewechselt. Entschlossen.

»Aber was, wenn es doch meine Schuld ist?«

41

Die Zeit schien einen Augenblick lang still zu stehen. Niemand sagte etwas. Keiner rührte sich. Ihre Mutter sah sie an. Mit einem riesengroßen Fragezeichen im Gesicht. Und viel Angst.

Bitte nicht!, schien ihr Ausdruck zu schreien.

Und sie hatte allen Grund dazu.

Valerie hatte ohnehin längst der Mut verlassen – binnen eines Wimpernschlags. Ihre Eingeweide zogen sich zusammen. Am liebsten hätte sie sich an ihrer Mutter vorbeigedrängt und wäre so schnell wie möglich aus dem Haus gelaufen. Egal, wohin. Einfach nur weit, weit weg.

Ich bin kein schlechter Mensch!

Wenn sie jetzt einen Rückzieher machte, wäre alles umsonst gewesen. Und das durfte es nicht. Es musste ein Ende haben.

Jetzt sprich doch endlich!

Aber ausgerechnet in diesem Moment erklang in weiter Ferne ein leises Läuten. Und im nächsten Augenblick begriff Valerie, dass es das Telefon ihrer Mutter war, das vermutlich in einer ihrer Manteltaschen steckte. Aber die schien es gar nicht mitzubekommen. Hing weiter an ihren Lippen. Mit Pupillen so groß wie Murmeln.

Das Telefon verstummte.

»Was willst du mir sagen?«, fragte ihre Mutter in einem Tonfall, der vermuten ließ, dass sie es in Wirklichkeit nicht wissen wollte.

Valerie fasste sich ein Herz.

»In der Nacht, in … in der Anna ermordet wurde, da …«
Sie brach ab, weil es sich anfühlte, als schnüre ihr die Angst
die Kehle zu. Sie rang nach Luft.

Es konnte doch nicht wahr sein, dass es ihr nach all den
Jahren so schwerfiel, darüber zu sprechen.

Jetzt komm schon!

Sie setzte erneut an: »In jener Nacht, da haben wir …«
Sie schloss die Augen, öffnete sie. »Anna und ich, … wir
haben uns gestritten.«

Tränen liefen Valerie übers Gesicht. Der Druck der letzten 22 Jahre entlud sich.

»Ihr habt euch gestritten?«

»Ja, richtig heftig sogar. So, dass … ich weiß auch nicht,
ich …«

»Was?«

»Ich glaube, es wäre nie wieder so geworden zwischen
uns, wie es war.«

»Aber warum?«

»Wir haben uns schon die Tage davor in den Haaren
gehabt. Aber an dem Abend in der ›Tanzhöhle‹, da …« Sie
musste schlucken, sich fassen. »Da ist es eskaliert.«

Ihre Mutter schüttelte kaum merkbar den Kopf. Ihre
Augen waren größer geworden.

»Was ist passiert?«

Da war sie nun. Die Frage aller Fragen. Die Valerie seit
jener Nacht nicht losgelassen hatte. Und Valeries Mut war
plötzlich wie weggeblasen. All ihre Vorsätze, ihre Entschlossenheit mit einem Schlag verpufft. Nichts mehr als Schall
und Rauch. Sie würde es nicht über die Lippen bekommen.
Wollte weg. Nach Hause. Zu Tom und den Kleinen. Und
deshalb nahm sie dankbar an, was das Schicksal für sie bereit-
hielt: Das Telefon ihrer Mutter, das erneut zu läuten begann.

»Willst du nicht rangehen?«

»Hm?«

»Dein Handy, es läutet.«

»Mein …? Ja, ich …«

Sie stand da und tat nichts.

»Nun geh ran!«

Sie griff endlich ihre Manteltaschen ab und fischte das Telefon hervor. Als sie auf das Display schaute, wurde ihr Gesicht bleich. Sie wischte über das Display, aber es gelang ihr nicht, den Anruf anzunehmen. Immer wieder fuhr sie über das Glas, wurde dabei immer hektischer, fluchte.

Dann gelang es ihr endlich. Ihre Stimme hatte jeglichen Ausdruck verloren: »Ja?«

Valerie erlebte, wie die Gesichtszüge ihrer Mutter völlig in sich zusammenbrachen. Wie die letzte Farbe aus ihrem Gesicht wich und sie auf einmal weiß wie ein Laken war. Wie ihre Wangen zu zucken begannen, ihr Kinn zu beben. Ihr Tränen in die Augen schossen und über die Wangen liefen. Sie geräuschvoll nach Luft schnappte. Sich die Hand vor den Mund schlug. Und ein »Um Gottes willen!« durch ihre Finger presste.

Keine Frage, etwas Schreckliches war passiert.

Und da dämmerte es Valerie: »Wo ist Papa?«

42

Auf dem Weg ins Krankenhaus spürte Elisabeth nichts als eiskalte Angst. Das Gespräch über den Streit zwischen Valerie und Anna war in weite Ferne gerückt. Überhaupt war nichts von dem, was sich in den letzten Stunden ereignet hatte, noch von Bedeutung. Ihre Gedanken rasten zwar, überschlugen sich förmlich, doch gleichzeitig war sie von einer Benommenheit ergriffen und bekam keinen so richtig zu fassen. Ständig rutschte sie in ihrem Sitz hin und her. Konnte ihre Hände nicht ruhig halten. Zupfte immerzu an ihrer Kleidung, kratzte an ihren Fingernägeln. Und hatte sich die Innenseite ihrer Wange blutig gebissen.

Valerie lenkte den Wagen, Elisabeth hätte sich dazu nicht imstande gefühlt. Sie fuhr viel zu langsam, wie Elisabeth fand – trotz der nassen Fahrbahn, der Dunkelheit und des dichter werdenden Nebels.

Nach dem Anruf war Valerie ihr auf Schritt und Tritt gefolgt. Hatte sie mit Fragen bombardiert. Wo ist Papa? Warum ist er nicht hier? Wer hat da gerade angerufen? Was ist passiert? Wenn nichts passiert ist, warum weinst du dann?

Mittlerweile hatte sie Valerie das Notwendigste erzählt: Dass ihr Vater bei Onkel Norbert gewesen war. Dass er von dort verschwunden war. Dass sie die Polizei verständigt hatten und nach ihm gesucht worden war. Und dass es ein Polizeibeamter gewesen war, der sie eben angerufen hatte. Weil sie ihn schwer verletzt gefunden hatten.

Elisabeth wusste die Blicke ihrer Tochter zu deuten. Keine Frage, Valerie ahnte, dass sie große Teile der Geschichte

ausgelassen hatte. Obwohl viele Fragen zwischen ihnen
schwebten und viel Unausgesprochenes auf seine Freilas-
sung wartete, sprachen sie die Fahrt über kein Wort. Die
Stimmung war zum Zerreißen gespannt.

Pausenlos dröhnten die Worte des Polizisten durch Elisabeths Kopf: *Frau Sommer, wir haben Ihren Mann gefunden! Er ist schwer verletzt. Ich kann Ihnen im Moment nicht
mehr sagen, aber Sie sollten so schnell wie möglich ins Krankenhaus kommen!*

Nach einer schier endlosen Fahrt hatten sie das Krankenhaus endlich erreicht. Der dreistöckige graue Betonklotz schälte sich vor ihnen aus der nebelgetränkten Dunkelheit. Der linke Trakt war seit Jahrzehnten stillgelegt und
lag finster da. Auch im rechten Trakt war nur in wenigen
Fenstern Licht zu sehen.

Valerie fuhr über den gähnend leeren und nur spärlich
beleuchteten Parkplatz so nahe wie möglich an den Haupt-
eingang ran. Dort standen ein Rettungs- und zwei Polizeiwagen. Valerie parkte unmittelbar dahinter.

Elisabeth hatte sich von ihrem Gurt befreit und die Beifahrertür aufgestoßen, ehe Valerie zum Stehen gekommen
war. Sie stemmte sich aus dem Wagen und lief los, ohne auf
ihre Tochter zu warten. Biss die Zähne zusammen, schluckte
die Schmerzen in ihrem Knöchel hinunter. Preschte auf die
elektrische Drehtür des Haupteingangs zu. Krachte dagegen.

Mist!

Die Tür war außer Betrieb.

Elisabeth entlud ihren Frust und schlug gegen das Glas.
Dann nahm sie die Seitentür rechts davon und schlüpfte
ins Gebäude.

Keine Menschenseele war zu entdecken. Nicht einmal
hinter dem Glas des Informationsschalters saß jemand.

Inzwischen war Valerie nachgekommen. »Wohin müssen wir?«

»Keine Ahnung!«

»Hallo?«, brüllte Valerie und schlug mehrmals mit der flachen Hand auf den Tresen des Infoschalters.

In ihrer Nähe ertönte eine Klospülung. Kurz darauf, ohne dass ein Wasserhahn zu hören gewesen war, ging die Toilettentür neben der Cafeteria auf. Ein schwer übergewichtiger Mann in Sicherheitsuniform trat heraus und zog sich den Hosenbund an den Hüften höher.

»Nur keinen Stress, bin ja schon da«, brummte er.

»Wo ist Friedrich Sommer?«, fuhr Elisabeth ihn an.

»Wer?«

»Friedrich Sommer, mein Mann. Er muss eben erst eingeliefert worden sein.«

»Ach, der im Krankenwagen und mit Polizeibegleitung kam?« Er hatte es immer noch nicht geschafft, seinen Hosenbund auf die gewünschte Höhe zu ziehen. »Sind alle ganz schön hektisch gewesen. Was ist denn passiert um Gottes willen?«

»Wohin haben sie ihn gebracht?«

»Ich glaube nicht, dass Sie da hoch dürfen.«

»Wo ist er?«

»Hören Sie, ich muss erst einmal …«

Elisabeth war nah an ihn herangetreten. »Ich will wissen, wo er ist.«

Er schnaufte. »Soweit ich weiß, wurde er in die Notaufnahme gebracht. Aber …«

»Hier lang!« Valerie lief los.

Elisabeth folgte ihr. Und als sie auf der Notaufnahme ankamen, rannten sie eine Ärztin, die gerade mit zwei Polizisten im Gespräch war, fast über den Haufen.

»Wo ist mein Mann?«, keuchte Elisabeth. Vor Anspannung rasselte ihr Atem. »Wie geht es ihm?«

Sie erkannte erst jetzt, dass einer der beiden Polizeibeamten Markus war. Natürlich, wer sonst.

»Frau Sommer, bitte beruhigen Sie sich. Sie müssen …«, setzte er an.

Aber sie ließ ihn gar nicht erst aussprechen.

»Wo ist Friedrich?«, schrie sie ihn an. Sie wurde hysterisch. Bekam ihre Atmung nicht mehr in den Griff. »Ich will zu ihm!«

»Das geht leider nicht«, mischte die Ärztin sich ein.

»Warum? Was ist mit ihm?«

»Warum setzen wir uns nicht …«

Elisabeth glaubte zu begreifen, wo Friedrich war. Im Zimmer hinter der Ärztin. Sie wollte sich an ihr vorbeidrängen. Doch die Frau wich nicht zur Seite.

»Lassen Sie mich durch, verdammt!«

Elisabeth rempelte sie, drängte sich an ihr vorbei. Markus wollte sie zurückhalten. Aber sie entriss sich seinem Griff. Preschte auf die Tür zu. Riss sie auf.

Das Zimmer war leer.

Friedrich war nicht hier.

»Es tut mir leid«, sagte die Ärztin hinter ihr. »Aber Ihr Mann ist gerade im OP. Es gab Komplikationen, und ich muss Ihnen leider sagen, dass die Situation sehr ernst ist.«

43

Was Elisabeth bisher erfahren hatte: Friedrich war in einem tiefen Straßengraben am Rande der Stadt gefunden worden. Er war vermutlich ausgerutscht, hinuntergestürzt und hatte sich schwer am Kopf verletzt. Zudem hatte er sich den rechten Unterarm gebrochen. Und als hätte das alles nicht schon gereicht, hatte er auf dem Weg ins Krankenhaus einen Herzstillstand erlitten. Weil sein Körper aufgrund der Kopfverletzung viel Blut verloren hatte und deswegen die Herzarterien mit zu wenig Sauerstoff versorgt worden waren. Das hatte ihr zumindest die Ärztin erklärt. Und noch einiges mehr, was Elisabeth in ihrem Schock nicht verstanden hatte. Fest stand aber: Wäre Friedrich nur wenig später gefunden worden, wäre wohl jede Hilfe zu spät gekommen.

Elisabeth hatte das Gefühl, als hätte man ihr den Boden unter den Füßen weggezogen. Als fiele sie tiefer und tiefer. Sie war so unbeschreiblich wütend auf Friedrich. Andererseits wollte sie nichts mehr als bei ihm sein. Seine Hand halten. Ihm über die Stirn streicheln. Und ihm zeigen, dass sie für ihn da war. Es immer sein würde. Egal, was passieren würde.

Doch im Moment war sie zum Nichtstun verdammt. Konnte nur warten und hoffen. Darauf, dass die Operation erfolgreich verlaufen und er durchkommen würde.

Ein Fingernagelbett hatte sie sich bereits blutig gekratzt. Beide Wangeninnenseiten waren wund. Sie konnte Blut schmecken.

Sarah, Philipp und Norbert waren inzwischen im Krankenhaus eingetroffen. Dabei wusste Valerie vermutlich nicht, wie ihr geschah. Binnen weniger Minuten hatte sie zwei Hiobsbotschaften bekommen: dass ihr Vater verschwunden gewesen war und in Lebensgefahr schwebte und dann, dass ihre Schwägerin Opfer des verfluchten Psychopathen geworden war. So hatte sie sich ihren Heimatbesuch garantiert nicht vorgestellt.

Elisabeth hielt all den Trubel nicht länger aus, ihr schwirrte der Kopf. Sie hatte sich in eine ruhige Ecke zurückgezogen und darum gebeten, ein paar Minuten alleine gelassen zu werden. Beim Gedanken an Sarahs Worte kamen ihr zum wiederholten Mal in den letzten Stunden die Tränen: »Mach dir keine Sorgen, er wird schon durchkommen. Am Samstag läuft doch wieder das Quizrennen – du glaubst doch nicht wirklich, dass er sich das entgehen lässt?«

Philipp hingegen hatte seit seiner Ankunft kein Wort gesprochen. Er hatte sich mit mahlenden Kiefermuskeln im Hintergrund gehalten und war ihren Blicken ausgewichen. Elisabeth hätte zu gerne gewusst, was in seinem Kopf vorging. Ob er sich Sorgen machte. Oder ihm in Wirklichkeit alles egal war. Weil ihn seine Eltern ohnehin nicht kümmerten.

Auch wenn Friedrich es niemals zugegeben hatte, so wusste Elisabeth genau, dass Philipps Gleichgültigkeit ihn schmerzte. Genauso wie sie. Es war ja auch zum Heulen. Zwei Kinder. Die Tochter lebt einige Flugstunden von ihnen entfernt. Der Sohn bloß ein paar Minuten. Und dennoch bekamen sie beide gleich selten zu Gesicht.

Bisher hatten Elisabeth und Friedrich immer einander gehabt. Über vier Jahrzehnte gingen sie jetzt schon gemeinsam durchs Leben. Waren füreinander dagewesen. Hatten sich gegenseitig unterstützt. Einander Freude gemacht. Berührt. Gehört. In ihrer Nähe gewusst. Die Vorstellung, ohne ihn sein zu müssen, raubte ihr fast den Verstand.

Ein Räuspern riss Elisabeth aus ihrem trüben Gedankenstrudel. Sie schaute auf und sah, dass Markus sich vor ihr aufgebaut hatte.

Verschwinde!

Er wollte etwas sagen.

Aber Elisabeth kam ihm zuvor: »Bitte nicht.«

»Ich muss aber …«

»Nicht jetzt.«

»Ich fürchte, das kann nicht warten.«

Elisabeth wandte ihren Blick von ihm ab. Hoffte, dass die Geste ausreichen würde, um ihn zur Aufgabe zu bewegen. Aber er ließ nicht locker.

»Frau Sommer, es tut mir wirklich leid, das müssen Sie mir glauben. Aber ich muss Sie etwas fragen.«

Elisabeth legte all ihren Frust in einen einzigen Seufzer. »Was?«

»Hat Ihr Mann Feinde?«

Sie riss ihren Blick hoch. »Bitte?«

»Ich weiß, das alles ist ein Schock für Sie.«

»Warum fragst du das?«

Er schaute sie an.

»Warum?«

»Nun, die Ermittlungen laufen noch und …«

In Elisabeth schrillten alle Alarmglocken. »Welche Ermittlungen?«

»Wir versuchen zu verstehen, was hier im Gange ist. Seit dieser dummen TV-Reportage gestern Abend scheint die ganze Stadt verrücktzuspielen. Harald Lorenz wurde ermordet. Ihre Schwiegertochter wurde angegriffen. Und jetzt …« Er brach ab.

»Was?«

»Nun, es gibt deutliche Indizien dafür, dass der Sturz Ihres Mannes kein Unfall war.«

»Was?«, kreischte sie ihm entgegen.

»Wir gehen davon aus, dass Ihr Mann nicht von allein die Böschung hinuntergefallen ist.«

»Was redest du da?«

»Es ist sehr wahrscheinlich, dass Ihr Mann zuerst mit einem schweren dumpfen Gegenstand einen Schlag auf den Kopf bekommen hat und …«

»Nein!«

»… und dann, als er bewusstlos war, in den Graben gelegt wurde.«

Elisabeth wurde schwindelig. Ein heftiges Zittern hatte sie erfasst. Ihre Knie wurden weich. Es war absurd. Friedrich hatte keine Feinde. Alle mochten ihn. Er war ein herzensguter Mensch. Und bestimmt lag auch sie mit ihrem Verdacht falsch. Niemals hätte er Anna etwas antun können, ausgeschlossen. Wie hatte sie das überhaupt in Erwägung ziehen können?

»Ihr irrt euch!«

»Bitte denken Sie trotzdem darüber nach, Frau Sommer. Wer könnte …?«

»Das brauche ich nicht!«

»Frau Sommer, ich fürchte, doch. Es ist sehr wahrscheinlich, dass jemand versucht hat, Ihren Mann zu töten. Und wir müssen diesen jemand finden. So schnell wie möglich.«

44

Nur wenige Minuten nach dieser Schocknachricht wurde Elisabeth darüber informiert, dass Friedrich die Operation überstanden hatte. Doch sein Zustand blieb kritisch. Er wäre in einen künstlichen Tiefschlaf versetzt worden und würde nicht vor morgen Vormittag aufwachen. Entwarnung konnte, wenn überhaupt, erst nach weiteren Untersuchungen gegeben werden. Ja, er könnte dauerhafte Schäden davontragen. Und nein, vorerst könne sie nicht zu ihm.

»Aber das ist doch verrückt!«, fuhr Norbert Elisabeth kurz darauf an. Entsetzen stand ihm ins Gesicht geschrieben.

»Sei gefälligst leiser!«, zischte sie und sah sich verstohlen um. Auf keinen Fall wollte sie, dass die Kinder etwas davon mitbekamen. Deshalb hatte sie Norbert in einem unbeobachteten Moment ans andere Ende des Flurs und um die Ecke geführt.

Ein Desinfektionsmittelspender war neben ihnen an der Wand angebracht. Der beißende Geruch stieg ihr in die Nase. Ein paar Meter weiter brummte ein Kaffeeautomat leise vor sich hin.

»Das kann ich nicht glauben, Elisabeth!«

»Ich doch auch nicht.«

Das stimmte nicht ganz. Wenn sie ehrlich war, wusste sie überhaupt nicht mehr, was sie noch glauben konnte. Die letzten Stunden waren der pure Horror gewesen. Ihr Körper fing an, Tribut zu zollen. Die Schmerzen in ihrem Knöchel waren dabei das geringste Problem. Sie zitterte am ganzen Körper, ihr war schwindelig, ihr wurde kurz schwarz vor Augen. Zudem pulsierte ein stechender Schmerz in ihren Schläfen. Vermutlich stand sie unmittelbar vor einem Nervenzusammenbruch. Aber den konnte sie sich jetzt nicht leisten. Sie musste ihre Gedanken ordnen. Und dabei erhoffte sie sich von Norbert Unterstützung.

»Wer, um alles in der Welt, hätte Friedrich umbringen wollen? Kannst du mir das erklären?«

»Bitte sei leiser!«

»Ich bin doch leise, verdammt!«

»Bist du nicht!«

»Wie kommen die auf so einen Schwachsinn?«

»Anscheinend gab es an der Stelle, wo er hinuntergestürzt sein soll, keine Rutschspuren. Oder falsche, ich weiß es nicht genau.«

»Das ist doch lächerlich! Nur weil es keine Rutschspuren gibt, soll ihn gleich wer versucht haben umzubringen?«

»Außerdem soll die Kopfverletzung nicht zu einem Sturz passen.«

»Und warum bitte nicht?«

»Keine Ahnung.«

Elisabeth hatte alle Mühe, einen abermaligen Tränenausbruch zu vermeiden. Das konnte alles nicht wahr sein!

»Was ist eigentlich los, Elisabeth?«

»Was meinst du?«

»Also, bitte! Verkauf mich nicht für blöd! Erst kreuzt du am Morgen völlig aufgelöst mit Friedrich bei mir auf – der, warum auch immer, in einem Anzug steckte – und haust ohne weitere Erklärung ab. Stunden später höre ich, dass Sarah angegriffen wurde und du die Leiche von Harald Lorenz entdeckt hast. Und als wäre das alles nicht verrückt genug, willst du mir weismachen, dass jemand Friedrich ermorden wollte.«

Elisabeth öffnete den Mund, aber sie brachte kein Wort heraus. Ihre Finger fühlten sich nass an. Als sie hinabblickte, sah sie, dass sie blutig waren, weil ihr Nagelbett vom nervösen Herumkratzen aufgerissen war.

»Mein Gott, Elisabeth, hier.« Norbert reichte ihr ein Taschentuch. »Was machst du für Sachen?«

Elisabeth tupfte sich die Finger trocken. Als sie aufsah, wurde sie starr vor Schreck. Philipp war hinter Norbert um die Ecke getreten.

45

Beim Anblick ihres Sohnes wurde Elisabeth bange. Hinter seinen glasigen Augen lag etwas, das sie verunsicherte. Sehr sogar. Und plötzlich dröhnte ihr ein und dieselbe Frage binnen Sekundenbruchteilen unzählige Male durch den Kopf – wie aus einem Chor, der wild durcheinanderrief: *Hat er alles mitangehört?*

»Störe ich?«, fragte er in einem seltsamen Tonfall.

Elisabeth wusste, dass sie etwas sagen sollte. Aber sie fühlte sich, als wäre sie eben bei etwas Anstößigem erwischt worden.

»Nein, nein«, brachte Norbert heraus.

Da trat auch Sarah um die Ecke. Und abermals jagte es Elisabeth ein Schrecken durch den Körper. Weil sie auch sie nicht kommen gehört hatte. Und nicht einschätzen konnte, was sie gehört hatte.

»Ich bringe Sarah nach Hause. Sie gehört ins Bett«, unterbrach Philipp die angespannte Stille.

Elisabeth nickte. Aus schlechtem Gewissen konnte sie Sarah kaum ins Gesicht schauen. Die Schwellungen um ihr Auge und an ihrer Lippe hatten sich blau, gelb und violett gefärbt.

»Bist du sicher, dass du nicht lieber auch nach Hause willst?«, hakte Sarah nach. »Du kannst ohnehin nichts machen. Und Friedrich wird nicht vor morgen Vormittag aufwachen.«

»Danke, aber ich bleibe hier.«

»Du könntest bei uns schlafen, wenn du nicht alleine daheim sein willst.«

»Das ist lieb, aber Valerie ist da.«

»Wir haben doch das Gästebett, das …«

»Schatz«, ging Philipp forsch dazwischen. »Mama hat doch gesagt, dass sie hierbleiben möchte.«

»Ich kann sie ja später mitnehmen«, warf Norbert ein, der endlich seine Stimme wiedergefunden hatte. »Und Valerie auch.«

Elisabeth nickte dankbar.

Wo war Valerie eigentlich?

»Komm, lass uns fahren«, sagte Philipp.

Sarah warf Elisabeth einen eindringlichen, prüfenden Blick zu.

»Mir geht es gut«, log Elisabeth. »Fahrt ruhig.«

Sarah schaute sie weiter an.

»Ehrlich«, brachte Elisabeth hervor und rang sich mit aller Mühe ein Lächeln ab. Dabei stürzte gerade eine Welle der Überforderung über sie herein. Sie wollte nicht mehr reden, nicht länger zuhören. Und sich nicht weiter den Kopf zermartern. Über gar nichts. Sie wollte in Ruhe gelassen werden. Alleine sein. Ein, zwei Stunden nur. Um zu Kräften zu kommen. Dann würde sie herauszufinden versuchen, was hinter all dem steckte. Sie würde Friedrichs Unschuld beweisen. Wenn die dann noch von Bedeutung sein würde.

»Aber ruf an, wenn du etwas brauchst, ja?«, gab Sarah sich schließlich geschlagen.

»Mache ich, danke.«

»Komm jetzt!« Philipp nahm Sarah an der Hand und zog sie mit sich.

Eine Viertelstunde später hatte Norbert endlich zähneknirschend akzeptiert, dass Elisabeth ihm weder mehr sagen wollte noch konnte. Und nachdem sie die beiden eindringlich darum gebeten hatte, waren Valerie und er nach Hause gefahren.

»Bitte stell die Milch in den Kühlschrank«, hatte sie Valerie gebeten und sich selbst am meisten darüber gewundert. Nach deren Aufbruch wurde Elisabeth von einer nie zuvor erlebten Erschöpfung überwältigt. Von einem Moment auf den anderen hatte sie das Gefühl, kaum die Augen offen halten zu können. Nicht mehr klar denken zu können. Und die Kopfschmerzen nicht länger zu ertragen. Jeder noch so fahle Lichthauch blendete sie.

Deshalb hatte sie sich in einem kleinen Aufenthaltsraum, in dem ein völlig verstaubter Röhrenfernseher und eine verkümmerte Yuccapalme standen, zurückgezogen und sich auf einem unbequemen Holzstuhl niedergelassen. Weil sie trotz ihrer Erschöpfung keine Ruhe fand, hatte sie anfangs in einigen uralten Zeitschriften geblättert, die auf dem zerkratzten Tisch auflagen. Aber ohne ihre Brille konnte sie kaum ein Wort entziffern, und ihre Kopfschmerzen wurden davon noch schlimmer.

Sie machte das Licht aus und schloss die Augen. Die übermächtige Erschöpfung riss Elisabeth in einen unruhigen Schlaf. Noch im Fallen streckte ein böser Traum seine Krallen nach ihr aus.

MITTWOCH

46

Als Elisabeth die Augen öffnete, war es stockdunkle Nacht um sie herum. Durch die feinen Rillen der Jalousie fiel nicht der leiseste Lichthauch zu ihr ins Schlafzimmer. Sie konnte die eigene Hand vor ihren Augen nicht sehen. Ihr Verstand war vernebelt, ihre Gedanken wirr. Sie hatte keine Ahnung, wie sie nach Hause gekommen war. Und ob sie es alleine ins Bett geschafft oder ihr jemand geholfen hatte. Wahrscheinlich Valerie, dachte sie.

Sie versuchte zu begreifen, weshalb sie aufgewacht und wie spät es war. Sie streckte ihre linke Hand hinüber auf Friedrichs Betthälfte. Erwartete, ihn dort zu spüren, seinen Arm oder Brustkorb zu ertasten. Aber sie griff ins Leere. Friedrich war nicht da. Natürlich. Mit der anderen Hand tastete sie nach dem Schalter der Nachttischlampe. Fand ihn erst nicht, dann doch. Aber als sie ihn drückte, passierte nichts. Es blieb finster.

Was zum Teufel …?

Sie nahm Geräusche wahr, die durch die geschlossene Schlafzimmertür zu ihr drangen. Da sprach doch jemand, oder? Ja doch, ein Mann. Und noch einer. Aber keines ihrer Worte war zu verstehen. Und die Stimmen kamen ihr nicht bekannt vor. Nur die weibliche, die sie hörte. Doch Elisabeth vermochte sie niemandem zuzuordnen. Sie entdeckte das fahle Flimmern, das durch den millimeterdünnen Spalt zwischen Tür und Parkettboden zu ihr hereinfiel. Irgendjemand musste den Fernseher angelassen haben. Er schien immer lauter zu werden. Man musste ja taub werden da unten.

Entnervt schlug Elisabeth die dicke Daunendecke zur Seite, schwang ihre Beine aus dem Bett und schlich durch die Dunkelheit zur Tür. Der Parkettboden knarzte unter jedem ihrer Schritte auf. Als sie die Tür erreicht hatte und die Klinke griff, wunderte sie sich, dass sie das Flimmern des Fernsehers durch den Spalt hatte sehen können. Der stand doch unten im Wohnzimmer. Und sie war oben in ihrem Schlafzimmer. Das Licht konnte unmöglich bis nach oben gedrungen sein. Irgendetwas stimmte nicht.

Inzwischen war der Fernseher noch lauter geworden.

Sie drückte die Klinke nach unten, ganz langsam, Millimeter für Millimeter. Bis sie unten anstand. Dann holte sie tief Luft und öffnete die Tür.

Um Gottes willen!

Sie schrak zurück. Schrie. Ihr Herz setzte einen Schlag aus. Was sie sah, ergab keinen Sinn. Nicht den geringsten. Sie stand plötzlich mitten im Wohnzimmer. Im Fernseher lief das »Quizrennen«, ohrenbetäubend laut. Die junge Moderatorin war nackt. Warum auch immer. Sie sagte etwas, doch Elisabeth konnte nicht ein Wort verstehen. Es war, als hätte sie Watte in den Ohren, die alle Geräusche zwar nicht leiser, aber dumpf werden ließ. Das Publikum applaudierte euphorisch, lachte.

Aber das war es nicht, was Elisabeth das Blut in den Adern gefrieren ließ. Sondern das makabre Szenario vor dem Fernseher: Friedrich saß wie immer in seinem Fauteuil. Sein Blick haftete an der jungen Lateinamerikanerin. In der einen Hand hielt er ein Glas Himbeersaft, in der anderen die Fernbedienung. Doch da war noch etwas: Blut. Eine Unmenge davon. Es klebte am Stoff des Fauteuils und an Friedrichs Pyjama. An seinem Haarkranz und in seinem Gesicht. Es tropfte von seiner Nasenspitze. War überall. Aber das Schlimmste lag

zu seinen Füßen: Anna. Sie war nackt und ebenfalls blut-
überströmt. Aus toten, weit aufgerissenen Augen starrte
sie Elisabeth an. Friedrich hatte seine Füße, anstatt auf der
Stütze seines Fauteuils, auf Annas Rücken abgelegt und
nippte genüsslich an seinem Himbeersaft.

Elisabeth wurde schlecht. Sie konnte nicht mehr aufhören, ihren Kopf zu schütteln. Ging rückwärts und kam
dennoch nicht von der Stelle. Sie wollte schreien, bekam
aber keinen Ton heraus. Sie begriff, dass sie nicht weglaufen
durfte. Dass sie im Gegenteil zu ihm eilen und seine verdammten Beine von Anna stoßen musste. Doch sie schaffte
es immer noch nicht vom Fleck. Kein Stück. Es war zum
Verrücktwerden!

»Was ist?«, schnauzte Friedrich sie über den dröhnenden
Fernseher hinweg an. Speicheltropfen schossen durch die
Luft. »Was stehst du hier rum?«

»Ich sage ihr seit Jahren, dass wir wegmüssen«, raunte
Philipp, der plötzlich neben ihr stand. »Aber sie will ja nicht
auf mich hören.«

Elisabeths Blick folgte seinem. Zu Sarah, die auf der
Couch saß, ihr entstelltes Gesicht in ihren Händen vergraben hatte und bitterlich schluchzte.

»Wein doch nicht, alles wird gut«, hörte Elisabeth sich
sagen. Aber aus irgendeinem Grund reagierte niemand darauf.

Als Sarah aufsah, war ihr Gesicht blutverschmiert. »Ich
will nicht weg von hier. Nicht mit Philipp. Bitte, Elisabeth,
ich habe Angst.«

»Ruhe!«, zischte Friedrich, der sich dem Fernseher gewidmet hatte. »Man versteht ja kein Wort!«

Plötzlich spürte Elisabeth, dass jemand hinter ihr stand.
Sie wirbelte herum. Sah Valerie. Ganz nah.

Sie flüsterte Elisabeth ins Ohr: »Ich habe mich mit Anna gestritten.«

»Aber warum?«

»Weil ich sie gehasst habe!«

Friedrich begann zu stöhnen.

Elisabeth fuhr zu ihm herum. Und konnte nicht fassen, was sie sah: Er war nackt. Sein blutverschmierter Pyjama lag fein säuberlich zusammengefaltet auf der Armlehne seines Fauteuils. Das Absurde und völlig Unbegreifliche war jedoch, dass Anna gar nicht tot war. Sondern sich auf einmal die Seele aus dem Leib kreischte und wild um sich schlug. Weil Friedrich auf ihr lag. In sie eingedrungen war. Sie vergewaltigte. Und dabei immer heftiger stöhnte.

»Bist du verrückt geworden!«, schrie Elisabeth. Sie versuchte, zu ihm zu stürmen. Und wieder kam sie nicht vom Fleck. »Lass sie in Frieden, du Schwein!«

Er reagierte überhaupt nicht darauf. Seine Haut war schweißbedeckt. Er stöhnte nicht mehr. Nein, er grunzte wie ein Tier. Anna schrie markerschütternd. Kratzte ihn so heftig im Gesicht, dass Blut auf sie hinab tropfte. Er umschloss mit beiden Händen ihren Hals. Raubte ihr die Luft. Anna gab nur noch röchelnde, panische Laute von sich.

»Bist du verrückt geworden? Lass das arme Mädchen in Ruhe!«, brüllte Elisabeth. Mit all ihrer Kraft versuchte sie, einen Fuß vor den anderen zu setzen. Aber er bewegte sich keinen Millimeter. Sie war zum Zusehen verdammt. »Ich hasse dich!«

Sie wurde panisch. Schrie: »Macht doch was!«

Aber die anderen reagierten überhaupt nicht.

Friedrich drückte Anna die Luft ab. Er drang mit so heftigen Stößen in sie ein, dass er sie über den Parkettboden vor sich herschob. Dabei hinterließen sie eine Blutspur. Sein Grunzen war tiefer geworden. Spucke tropfte ihm vom Kinn.

Anna schien mittlerweile kaum noch Kraft in ihren Gliedern zu haben. Schlug nicht mehr nach ihm. Ließ es geschehen.

Die Titelmelodie des »Quizrennens« setzte ein. Das Publikum klatschte enthusiastisch im Rhythmus. Friedrichs Stöße passten sich dem Rhythmus an. Der Applaus wurde immer lauter und schneller, dröhnte durchs Wohnzimmer, schmerzte in Elisabeths Ohren.

Valerie lachte und klatschte begeistert. Auch Norbert, der wie aus dem Nichts aufgetaucht war und in schlammverschmierten Stiefeln tanzte. Sarah hingegen hatte ihr Gesicht in den Händen vergraben und weinte bitterlich. Philipp stürmte zu ihr auf die Couch und flehte sie an: »Bitte hör auf mich, wir müssen weg!«

Plötzlich spürte Elisabeth, dass ihr jemand von hinten auf die Schulter tippte. Sie fuhr herum. Und erblickte Monika und Thomas.

»Hat dein Friedrich unser kleines Mädchen umgebracht?«, fragten die beiden im Einklang.

Ehe sie antworten konnte, hatte sie etwas am Knöchel gepackt. Sie schrie vor Schreck, wollte zurückweichen, aber der Griff war zu fest.

Zu ihren Füßen lag Anna und zerrte an ihrem Bein. Ihre Lippen formten ein stilles »Bitte hilf mir!«.

47

Mit einem Schrei erwachte Elisabeth aus dem Albtraum. Aus einem Reflex heraus sprang sie hoch, musste sich aber gleich wieder setzen, weil ein heftiges Schwindelgefühl sie überkam. Sie atmete schwer, bekam kaum Luft. Ihre finstere Umgebung drehte sich. Die Uhr schoss immerzu an ihrem Blickfeld vorüber. Nur langsam kam alles um sie herum zum Stehen. Dann gelang es ihr endlich, verschwommen die Zeit abzulesen. Es war kurz vor 5 Uhr morgens.

Ihre Atmung beruhigte sich allmählich. Aber sie war zutiefst verstört. Der Albtraum hatte es in sich gehabt. Sie rieb sich die Augen, wischte sich den Schweiß von der Stirn. Wartete, bis sich ihre Atmung weiter beruhigt hatte. Doch kaum, dass Elisabeth sich halbwegs gefangen hatte, regte sich ein schmerzhaftes Stechen in ihrem Kreuz. Dass sie auf diesem Folterwerkzeug von einem Holzstuhl geschlafen hatte, rächte sich nun.

Auch das noch!

Sie neigte den Kopf zu beiden Seiten, versuchte, ihren Nacken zu dehnen. Aber das brachte nichts. Ganz im Gegenteil, die Schmerzen schienen mit jeder Bewegung schlimmer zu werden.

Endlich schaffte sie es, sich von diesem verdammten Stuhl hochzustemmen. Dabei machte sie einen kleinen Ausfallschritt zur Seite und musste sich einen Augenblick lang an der Wand abstützen und innehalten, bis sich der neuerliche Schwindelanfall gelegt und ihr Kreislauf stabilisiert hatte.

Sie wagte es kaum, ihr Kreuz zu dehnen. Wie in Zeitlupe streckte sie es, Millimeter für Millimeter. Aus Angst vor einem neuerlichen Schmerzstrahl verzog sie ihr Gesicht dabei zu einer Grimasse. Aber auf halbem Weg ließ sie es bleiben. Es tat zu weh. Vielleicht würde ihr Bewegung guttun. Sie musste ohnehin einen Arzt oder jemanden vom Personal finden und wissen, wie es Friedrich ging. Hatte sie überhaupt jemandem gesagt, wohin sie gegangen war? Hatte man nach ihr gesucht?

Draußen im Flur und scheinbar auf der gesamten Notaufnahme herrschte gähnende Leere. Keine Menschenseele weit und breit. Auch von dem Polizeibeamten, den Markus zu Friedrichs Schutz auf der Station abgestellt hatte, war nichts zu sehen.

Das Licht war schummrig, nur jede zweite Leuchtstoffröhre an der Decke an. Bis auf das Surren des Kaffeeautomaten und das Quietschen ihrer Gummisohlen auf dem Linoleumboden war nicht das Geringste zu hören.

Mit jedem Schritt, den sie machte, wurden die Schmerzen in ihrem Knöchel stärker. Elisabeth fühlte sich wie ein Wrack. Seit »Mörder im Visier« war es körperlich mit ihr stetig bergab gegangen. Langsam näherte sie sich dem Ende ihrer Kräfte.

»Frau Sommer?«, erklang eine weibliche Stimme hinter ihr.

Elisabeth wirbelte abrupt herum, was ihr einen gefühlten Messerstich im Nacken bescherte. Sie stöhnte, biss die Zähne zusammen.

Vor ihr stand die Ärztin, die am Vorabend mit Markus gesprochen hatte, als sie mit Valerie die Station erreicht hatte. Erst jetzt nahm Elisabeth sie richtig wahr. Ihr kastanienrotes schulterlanges Haar, ihre bleiche Haut, die vielen Sommersprossen in ihrem Gesicht. Die leuchtend blauen Augen. Den rostroten Lippenstift und die kleine Zahnlücke zwischen ihren Vorderzähnen.

Sie streckte Elisabeth die Hand entgegen.

Auf ihrem Namensschild las Elisabeth »Dr. Roth«.

»Wie geht es meinem Mann?«

»Leider unverändert«, antwortete sie, und ihr Atem roch nach Kaffee. »Er schläft und wird aufgrund der Medikamente erst am späten Vormittag aufwachen. Im Moment gibt es nichts, was wir machen können.«

Elisabeth seufzte. Nichts tun zu können war die Hölle für sie.

»Hören Sie, warum legen Sie sich nicht in eines der freien Betten und schlafen ein wenig? Ich könnte für Sie ein Zimmer ...«

»Danke, ich will nicht schlafen.«

»Das sollten Sie aber. Sie helfen Ihrem Mann nicht, indem Sie sich Ihrer Kräfte berauben.«

»Ich hab gerade geschlafen.«

Elisabeth wollte auf den kleinen Aufenthaltsraum zeigen und drehte sich dabei so ruckartig um, dass es ihr einen erneuten Messerstich im Nacken bescherte.

Verdammt!

»Alles in Ordnung?«

»Ja, es ist nur mein Nacken.« Elisabeth knetete ihn unter schmerzverzerrtem Gesicht und war sich nicht sicher, ob sie damit nicht alles schlimmer machte. »Kann ich Friedrich sehen?«

»Ja, kurz. Aber drehen Sie sich doch bitte um und lassen Sie mich sehen!«

»Nicht nötig, danke. Mein Knöchel macht mir mehr zu schaffen.«

»Wieso, was ist damit?«

Das hätte sie nicht sagen sollen. Jetzt würde Roth erst recht keine Ruhe geben.

»Ich bin umgeknickt.«

Die Ärztin war schon in der Hocke und zeigte auf ihren rechten Knöchel. »Dieser?«

»Ja, aber ...«

Ehe Elisabeth Protest einlegen konnte, hatte Roth das Hosenbein ein Stück hochgezogen und den Socken heruntergestreift. »Das ist ja entzündet.«

»Alles halb so schlimm, ehrlich.«

»Kommen Sie mit.«

Wie ein kleines Kind ließ Elisabeth sich von der Frau in ein Behandlungszimmer führen.

»Bitte ziehen Sie den Schuh und den Socken aus und legen Sie sich auf die Liege.«

Während die Medizinerin in einem Schrank außerhalb ihres Sichtfelds hantierte, tat Elisabeth, worum sie gebeten wurde.

»Legen Sie sich ruhig hin«, sagte Roth, als sie mit einigen Utensilien auf einem Hocker vor der Liege Platz genommen hatte. »Nicht erschrecken, es wird ein wenig brennen.«

Und das tat es. Elisabeth biss die Zähne zusammen.

Bis Roth sagte: »So, gleich haben wir's. Diese Salbe riecht wegen des enthaltenen Jods zwar nicht besonders gut, aber sie wirkt desinfizierend und unterstützt eine rasche Heilung. Sie werden sehen: In zwei bis drei Tagen ist alles verheilt.«

Als Roth den Deckel eines Tiegels abschraubte und diesen abhob, strömte ein intensiver, unangenehmer Geruch heraus.

Nicht besonders gut ist eine pure Untertreibung, dachte Elisabeth. Die Salbe stank, daran gab es nichts zu rütteln.

Gleichzeitig regte sich etwas in ihrem Unterbewusstsein. Elisabeth wagte es nicht, sich zu rühren. Als wollte sie nicht riskieren, den Gedanken durch eine abrupte Bewegung zu verschrecken.

Und dann begriff sie plötzlich.

Natürlich!

Sie kannte den Geruch. Hatte ihn oder zumindest einen sehr ähnlichen am Vortag wahrgenommen. An zwei unterschiedlichen Orten sogar. Nur war sie zu aufgeregt und durcheinander gewesen, um sich dessen bewusst zu werden. Und den Zusammenhang zu verstehen. Aber auf einmal schien alles sonnenklar. Und sie glaubte zu wissen, wer Harald ermordet hatte.

»Frau Sommer, bleiben Sie doch liegen! Wo wollen Sie denn hin?«

48

Im Lichtkegel des Wagens wirkte Thomas' und Monikas regengetränkter Hof geradezu gespenstisch. Die leuchtenden Augen einer aufgeschreckten Katze blitzten kurz auf.

Es war kurz vor halb sechs. Was für ein scheußlicher Morgen!

Der Geruch!

Er hatte alles erklärt und gleichzeitig so viele Fragen aufgeworfen. Denn Elisabeth hatte ihn nicht nur im Krankenhaus, sondern schon am Vortag in Haralds Haus wahrgenommen. Kurz bevor sie seine Leiche gefunden hatte. Und derselbe oder zumindest ähnlicher Geruch hatte die Luft durchzogen, als sie wenig später hier gewesen war und mit Thomas in dessen Küche gesessen hatte. Nur war sie zu durcheinander gewesen, um es zu begreifen. Und eins und eins zusammenzuzählen.

So viel zu ihrer Erkenntnis.

Ihre Frageliste war hingegen viel länger: Wieso hatte es an den beiden Orten nach einer Wundheilsalbe gerochen? Welchen Grund sollten Thomas und Monika gehabt haben, Harald zu töten? Weil er es nicht geschafft hatte, den Mörder ihrer Tochter zu finden? 22 Jahre später? Das war doch absurd. Oder konnte eine weitere Person den Geruch in beide Häuser geschleppt haben? Elisabeth schwirrte der Kopf. Sie wusste nicht, was sie glauben sollte. Hatte plötzlich das Gefühl, dass sie im Begriff war, einen riesengroßen Fehler zu machen. Wenn sie mit ihrem schlimmen Verdacht recht hatte, dann hätte sie die Polizei verständigen oder zumindest jemandem Bescheid geben müssen. Aber was, wenn sie falschlag? Wenn sie Thomas und Monika zu Unrecht beschuldigte? Es wäre unverzeihlich, die beiden nach all dem Schrecken, den sie hatten durchmachen müssen, anzuschwärzen. Elisabeth würde ihnen aus Scham niemals wieder gegenübertreten können. Und dennoch: Wenn sie mit ihrem schlimmen Verdacht recht hatte, war sie gerade dabei, sich in höchste Gefahr zu begeben.

Sie überwand sich, würgte den Motor ab und schaltete das Licht aus. Blieb einen Moment im Wagen sitzen. Und versuchte, Ordnung in ihre wirren Gedanken zu bringen. Zu verstehen.

Plötzlich glaubte sie, in einem der dunklen Fenster eine Bewegung erhascht zu haben.

49

Monika war schon seit über einer Stunde wach. Und das, obwohl sie erst weit nach Mitternacht eingeschlafen war. Sie hatte zu wenig getrunken, so gut wie nichts gegessen. Wandelte wie ein Geist umher. War kaum imstande, einen klaren Gedanken zu fassen. Das schmerzhafte Pochen hinter ihrer Stirn wurde immer schlimmer, genauso wie das Brennen ihrer Augen.

Ohne Thomas hätte sie das alles niemals durchziehen können. Ohne ihn wäre sie zugrunde gegangen. Vor Jahren schon.

In den letzten 22 Jahren war kein einziger Tag vergangen, an dem Monika nicht an Anna gedacht hatte. Ihr Lachen hallte zwar nicht mehr so intensiv durchs Haus. Aber es war zweifelsohne da. Wenn Monika auf Annas Bett saß, war es bis heute so, als würde sie jeden Moment hineingestürmt kommen und sich mit hochrotem Kopf darüber beschweren, dass sie sich ungefragt in ihrem Zimmer aufhielt. Wenn Monika aus dem Fenster sah und die Schaukel unter der Esche vom Wind leicht hin und her schwang, war es so, als würde sie Anna in der Nähe durchs Gras hüpfen sehen. Und dabei vor sich hin summen hören.

Ja, wo Monika auch hinblickte, was sie auch hörte, roch oder berührte, alles war mit ihrer Tochter verbunden. Und dieser Gedanke, so traurig er sein mochte, hatte etwas Tröstliches für sie.

In den letzten 22 Jahren hatte sie einige Nervenzusammenbrüche erlitten. Mittlerweile kannte sie die Anzeichen. Und jetzt, da sie am Fenster stand und sah, wie die Lichter des Wagens erloschen, hatte sie keinen Zweifel daran, dass es bald so weit sein würde.

Thomas schien ihre Angst zu spüren.

Der Holzboden knarzte unter seinen Schritten, als er im Dunkeln hinter sie trat. Sie spürte seinen Atem in ihrem Nacken. Drehte sich aber nicht zu ihm um. Sondern beobachtete weiter, wie Elisabeth aus dem Wagen stieg. Wie sie sich verstohlen in der Dunkelheit umsah. Und sich offensichtlich im Schutze des Nebels und der frühen Morgenstunde glaubte.

»Sie ist hier«, sagte Monika unnötigerweise.

»Ja, das sehe ich.«

»Das ist nicht gut.«

»Nein, das ist es nicht.«

Thomas' Stimme war rauer als üblich. Er litt wie sie unter dem Schlafmangel und der Anspannung der letzten Tage. Sah unglaublich erschöpft aus und konnte dennoch keine Minute stillsitzen. Ständig fand sie ihn mit einer Zigarette in der Hand. Normalerweise hätte sie sich darüber beschwert, aber zurzeit war eben nichts normal. Solange er sein Versprechen, die Finger vom Alkohol zu lassen, hielt, war es ihr egal.

»Glaubst du, sie weiß es?«, fragte Monika.

»Weshalb sollte sie sonst hier sein? Schau auf die Uhr!«

»Und was sollen wir jetzt machen?«

Er antwortete nicht.

»Thomas!«

»Geh du raus.«

»Und du?«

»Ich bereite inzwischen alles vor.«

»Du willst doch nicht etwa …?«

»Ich fürchte, wir haben keine andere Wahl.«

50

Verschwinde, verdammt noch mal!, brüllte ihre innere Stimme. *Überlass das gefälligst der Polizei!*

Doch Elisabeth hörte nicht darauf. In ihr hatte etwas ausgesetzt. Sie schlich auf das Haus zu. Warum schlich sie überhaupt?

Der nasse Kies knirschte unter ihren Schritten, als sie zum Küchenfenster tapste. Die Jalousie war nicht hinuntergelassen. Elisabeth konnte ins Innere spähen, jedoch niemanden entdecken.

Warum auch? Thomas und Monika schlafen. Was sollten sie sonst um diese Uhrzeit tun?

Da bemerkte sie etwas. Ja, doch. Die Küchentür. Sie war nur angelehnt. Und durch den schmalen Spalt fiel ein Lichthauch aus dem Flur hinein. So zart, dass Elisabeth ihn beinahe übersehen hätte. Und sie begriff, dass es nicht das Licht im Flur sein konnte. Sonst hätte sie es bei ihrer Ankunft durch das Milchglasfenster der Eingangstür scheinen gesehen. Nein, es musste in einem anderen Raum das Licht an sein. Deshalb schlich Elisabeth an der Hauswand entlang durchs nasse Gras bis zum Wohnzimmerfenster an der Rückseite des Hauses.

Und tatsächlich: Hier brannte Licht.

Vorsichtig schob sie sich vorwärts, um durch die feinen Lamellenrillen der Jalousie hineinsehen zu können. Bis sie Thomas sah, der am Blu-Ray-Player unter dem Fernseher herumhantierte, offensichtlich eine CD einlegte. Und sich anschließend aufrichtete und das Wohnzimmer verließ.

Humpelnd.

Und genau da gefror Elisabeth das Blut in den Adern. Sie atmete scharf ein. Schlug sich die Hand vor den Mund.

Nein, bitte nicht!

Ihr schossen Sarahs Worte durch den Kopf. *Ich hab mich irgendwann bewusstlos gestellt. Aber das war ich nicht. Und als er weglief, da hab ich ihm nachgesehen. Er ist gehumpelt.*

Sie wollte so schnell wie möglich weg von hier. Wandte sich vom Fenster ab. Drehte sich um.

Scheiße!

Monika stand vor ihr im Dunkeln und hatte eine Waffe auf sie gerichtet.

51

»Bitte verzeih die Pistole, Elisabeth. Ich wollte dich nicht erschrecken«, sagte Monika ohne jegliche Emotion in ihrer Stimme. »Ich möchte nur verhindern, dass du wegläufst.« Elisabeth stand wie versteinert da. Brachte kein Wort heraus. Konnte ihren Blick nicht von dem Lauf der Waffe reißen – auch, wenn der inzwischen nicht mehr auf sie gerichtet war.

»Du kannst die Arme ruhig runternehmen.«

Elisabeth begriff erst jetzt, dass sie sie hochgerissen hatte.

»Warum sollte ich weglaufen?«

»Bitte komm mit ins Haus.«

»Wieso?«

»Wir wollen dir etwas zeigen.«

Starre.

»Du brauchst keine Angst zu haben.«

Elisabeth schaffte es, sich in Bewegung zu setzen. Machte aber nur zaghafte Schritte. Dabei ließ sie Monika nicht aus den Augen. Bemerkte, dass sie immerzu den exakt gleichen Abstand zu ihr hielt.

»Du kannst deine Schuhe ruhig anlassen«, sagte Monika, als sie ins Haus traten, und bat Elisabeth ins Wohnzimmer, wo Thomas auf sie wartete.

»Guten Morgen, sehen wir uns also schon wieder«, sagte er in einem seltsamen Tonfall, den Elisabeth nicht zu deuten vermochte.

Er sah schrecklich aus. Noch schlimmer als bei ihrem Besuch am Vortag. Der Schlafmangel war ihm an jedem Quadratzentimeter seines Gesichts anzusehen.

Elisabeth wusste selbst nicht, warum, aber ihr Schock legte sich allmählich. Das Zittern ließ nach. Sie schaffte es, klare Gedanken zu fassen. Fragte sich, weshalb die beiden sich nicht über ihren Besuch wunderten.

Sie wissen, dass ich sie durchschaut habe!

Thomas zeigte auf das dunkelgraue Sofa gegenüber dem Fernseher. »Bitte setz dich.«

»Ich würde lieber stehen bleiben.«

»Glaube mir, du solltest besser sitzen.«

Elisabeth deutete mit dem Kinn zum Fernseher, der ein verschwommenes Standbild in dunkelgrauen und schwarzen Farbtönen zeigte. »Was ist das?«

»Die Antwort auf deine Fragen.«

»Welche Fragen?«

»Elisabeth, bitte. Lass uns mit diesen Spielchen aufhören. Ich bin wirklich zu müde dafür.« Weil Elisabeth nichts sagte und sich nicht rührte, erklärte er: »Die Fragen, die dich zu uns getrieben haben. Ich denke nicht, dass du um diese Uhrzeit bloß zum Kaffeetratsch zu uns gekommen bist.«

Sie nickte.

»Also, tu uns allen den Gefallen und setz dich. Ich würde das Ganze gerne hinter uns bringen.«

Elisabeth folgte seiner Aufforderung. Trotz der inneren Stimme, die lauthals »Lauf weg!« brüllte.

Im Vorbeigehen konnte sie riechen, dass Thomas übel nach Nikotin stank. Kalter Rauch hatte sich in seiner Kleidung, seinen Haaren und auf seiner Haut festgesetzt. Und sie roch wieder, was sie hierhergeführt hatte. Sie war also nicht verrückt. Aber in Gefahr.

Elisabeth setzte sich. Das Sofa war nicht das Neueste, die Polster durchgesessen. Sie sank tief ein, was zwei Dinge zur Folge hatte: Erstens: Die Schmerzen in ihrem Kreuz und im

243

Nacken meldeten sich mit einer unglaublichen Vehemenz zurück. Und zweitens: Ihr wurde klar, dass sie es im Falle des Falles noch schwieriger haben würde, rasch aufzukommen und auf einen Angriff der beiden reagieren zu können.

Du hast einen Fehler gemacht! Das ist eine Falle!

Trotz ihrer Defensive wollte sie Thomas zur Rede stellen: »Warum humpelst du?«

»Was?«

Sein Blick ging zu Monika, die im Türrahmen stehen geblieben war und Elisabeth den Fluchtweg versperrte. Die Überraschung stand beiden ins Gesicht geschrieben.

»Hast du meine Frage nicht verstanden?«, gab sich Elisabeth taffer, als sie sich fühlte.

»Weshalb interessierst du dich dafür?«

»Warum humpelst du, Thomas?«

Elisabeth war klar, dass das Warum im Grunde egal war. Von Bedeutung war nur, dass alles zusammenpasste. Dass sie den Täter entlarvt hatte. Thomas hatte Sarah angegriffen. Und der Geruch der Schmerzsalbe bewies ihr, dass er in Haralds Haus gewesen war. Thomas musste der Angreifer und Mörder sein. Es gab keine andere Erklärung. Egal, was die beiden ihr einzureden versuchen würden.

»Also, warum, Thomas?«

»Ich habe mich am Bein verletzt«, sagte er in einem Tonfall, der Elisabeth fast glauben ließ, dass er tatsächlich keine Ahnung hatte, worum es ging.

»Wobei?«

Vor Elisabeths geistigem Auge blitzte ein Kampf mit Harald auf. Ein Rangeln um Leben und Tod. Vielleicht hatte Harald ihm einen Tritt verpasst? Vielleicht war Thomas deswegen gestolpert und umgeknickt? Hatte er Harald umgebracht, bevor er Sarah angegriffen hatte?

»Ich bin von der Leiter gefallen. Und?«

»Von der Leiter gefallen?« Elisabeth war es ein Rätsel, wo sie den Mut für die Ironie in ihrer Stimme hergenommen hatte.

»Ja, von der Leiter gefallen. Eine Holzsprosse ist gebrochen, als ich die Dachrinne reparieren wollte. Ich bin runtergefallen und hab mir am gebrochenen Holz das Bein aufgekratzt.«

Monika hatte den Türrahmen verlassen und war einen Schritt näher gekommen.

Elisabeth versuchte, sie im Augenwinkel zu behalten.

»Thomas, ich weiß, dass du gestern in Haralds Haus warst.«

Elisabeth war klar, dass sie keine Beweise für ihren Verdacht hatte. Und das wusste bestimmt auch Thomas. Deshalb war sie umso überraschter, dass er es sofort zugab.

»Davon bin ich ausgegangen, sonst wärst du nicht hier. Es tut mir übrigens leid, dass ich dich auf meiner Flucht wegstoßen musste. Ich hoffe, du hast dich dabei nicht verletzt.«

Einfach so hatte er es also zugegeben. Ohne jeglichen Versuch einer Ausrede. Ohne erkennbare Reue in seiner Stimme.

Elisabeth wurde eiskalt. Ihr Blick schoss zwischen Monika und Thomas hin und her.

»Was habt ihr jetzt vor?«

Monika kam noch einen Schritt näher.

»Dich um deine Diskretion bitten«, sagte Thomas.

»Was?«

Monika stand keine zwei Meter mehr von der Couch entfernt. Elisabeth spannte ihre Muskeln an. Machte sich bereit.

»Du musst dir dieses Video ansehen«, sagte Thomas.

»Ein Video? Warum?«

»Das wirst du gleich begreifen.«

Monika stand unmittelbar neben ihr.

Thomas drückte auf Play.

52

Das Kamerabild ruckelte, die verschwommenen grauen und schwarzen Flecken zuckten. Dabei krachte es unangenehm, ein Rauschen war zu hören. Am rechten Bildrand tauchte ein ebenso unscharfer heller Streifen auf.

Thomas drehte eine Spur lauter.

Der Fokus der Kamera stellte auf den schmalen hellen Streifen scharf. Der Teil eines Betts war zu erkennen, weiße Bettwäsche.

Das Video lief keine drei Sekunden, da trat eine Person ein paar Schritte von der Linse zurück. Elisabeth sah, dass es sich bei den dunklen Flecken um ein T-Shirt handelte. Der Autofokus hatte ein neues Ziel gefunden und fixierte den Mann, der sich mit einem Seufzer auf einen Stuhl gesetzt hatte.

Elisabeth erkannte ihren ehemaligen Mitschüler Harald Lorenz. Und war geschockt. Hatte er in »Mörder im Visier« schon schlimm ausgesehen, so sah er jetzt schlichtweg furchtbar aus. Als säße der Tod höchstpersönlich vor ihr. Keine Frage, Harald war schwer krank. Seine Haut schimmerte fahl, spannte über seinen Knochen oder hing lasch an ihnen herab. Das Weiß seiner Augen war einem kränklichen roten Schimmern gewichen. Seine Kopfhaut war kahl, nur vereinzelt glänzten feine weiße Härchen im Licht der Deckenleuchte.

Elisabeth spürte, dass ihre Wangen glühten. Gleichzeitig hatte sie das Gefühl, dass die Raumtemperatur seit dem Start des Videos um einige Grad gefallen war.

Harald räusperte sich. Setzte an, etwas zu sagen, wurde aber von einem Hustenanfall überfallen. Eine halbe Minute lang musste Elisabeth mitansehen, welche Schmerzen er durchlitt. Am Ende atmete er schwer und schien gar nicht mitzubekommen, dass Spucke an seiner Unterlippe hing.

Er räusperte sich, vorsichtiger als zuvor. Dann begann er langsam und mit gequälter Stimme zu sprechen:

»Mein Name ist Harald Lorenz. Ich wurde am 17. Juni 1956 geboren und bin 63 Jahre alt. Ich möchte festhalten, dass ich im vollen Besitz meiner geistigen Fähigkeit bin und aus absolut freien Stücken handle. Niemand hat mich zu dem, was ich gleich machen werde, gezwungen.«

Ihm schien etwas eingefallen zu sein. Er erhob sich schwerfällig, nahm die Kamera vom Stativ und machte eine langsame 360-Grad-Drehung durch sein Schlafzimmer. Dann stellte er sie zurück und setzte sich. Das Objektiv stellte sich erneut scharf.

»Wie Sie sehen konnten, bin ich alleine.«

Er hielt inne. Atmete besonders tief durch. Ließ einige Sekunden verstreichen, bis er fortfuhr:

»Es sind nicht meine geistigen Fähigkeiten, die mich in den letzten Monaten im Stich gelassen haben. Sondern mein

Körper. Wie jene, die dieses Video sehr bald sehen werden, bereits wissen, bin ich vor knapp einem halben Jahr an Bauchspeicheldrüsenkrebs erkrankt. Es gibt keine Heilung für mich.«

Haralds Kinn zuckte. Kurz darauf seine Augenlider. Und dann liefen die ersten Tränen über seine fahlen Wangen. Er wandte seinen Kopf ab und presste sich Daumen und Zeigefinger auf die Augen. So lange, bis er sich gefasst hatte.

Dann sah er wieder in die Kamera. »Ich werde sterben.«

Elisabeth hatte den Eindruck, dass er das eben nicht für die Zuseher gesagt hatte. Vielmehr hatte er es selbst hören müssen. Um es akzeptieren zu können.

»Abgesehen von Magda, die ich über alles geliebt habe und die der wichtigste Mensch in meinem Leben war, gab es ein Ereignis, das mein Leben geprägt hat: der Mord an Anna Venz. In den letzten 22 Jahren habe ich alles in meiner Macht Stehende unternommen, um ihren Mörder zu finden. Sowohl in meiner Funktion als Polizist, als auch privat habe ich niemals aufgehört, nach ihm zu suchen.«

Elisabeth musste an sein Büro denken.

»Ich war der Hauptverantwortliche der Ermittlungen. Und somit übernehme ich die volle Verantwortung dafür, dass Annas Mörder noch frei herumläuft.«

Elisabeth hasste sich dafür, dass sie bei diesen Worten an Friedrich denken musste.

Haralds Blick verfinsterte sich.

»Mir ist wichtig klarzustellen, dass meine Entscheidung nichts mit dieser verfluchten Pseudo-Reportage von ›Mörder im Visier‹ zu tun hat. Die darin gegen mich und meine Kollegen angedeuteten Vorwürfe sind nicht nur reißerisch und absurd, sie entbehren auch jeglicher Grundlage. Deshalb wurden sie von den Sendungsverantwortlichen bloß angedeutet, und kein einziger Vorwurf wurde tatsächlich dargelegt. Es gab keine Schlampigkeiten oder Fehler bei der Tatortsicherung, es sind auch keine Beweisstücke verschwunden. Nicht eines. In all den Jahren ist bei den Ermittlungen alles korrekt abgelaufen. Alles wurde einwandfrei dokumentiert.«

Die Aufregung kostete Harald sichtlich Kraft. Er atmete schwerer, musste erneut husten und sprach deutlich langsamer.

»Diese Vorwürfe sind nicht nur haltlos und unfair, Königsberger, der Sendungsverantwortliche, hat sie mir gegenüber zu keinem Zeitpunkt erwähnt. Ich kann nur hoffen, dass sie nicht allzu sehr von meinem eigentlichen Plan ablenken werden.«

Elisabeth merkte, dass sich ihr Körper verkrampft hatte. Sie ahnte längst, was kommen würde. Hoffte auf ein Wunder. Und wusste gleichzeitig, dass es das nicht geben würde. Weil sie selbst gesehen hatte, wie es bald darauf in Haralds Schlafzimmer ausgesehen hatte.

Das Sprechen schien Harald große Mühe zu bereiten. Einen Moment lang schloss er die Augen. Er seufzte schwer.

»Ich bin überzeugt, dass dieses lächerliche ›Mörder im Visier‹ ohnehin bald vergessen sein wird. Ich empfinde das als Segen und Fluch zugleich. Eigentlich hatte ich vor, die Aufmerksamkeit, die nach so langer Zeit endlich auf den Mordfall gelenkt wurde, auszunutzen. Andererseits ist mir klar, in welch schnelllebiger Zeit wir leben. Gut möglich, dass schon morgen kaum noch einer über den Mord an Anna sprechen wird. Aber einen Versuch ist es immerhin wert. Mein Tod ist unvermeidlich. Auch wenn es schwer für mich ist, das zu akzeptieren. Aber im Grunde macht es keinen Unterschied, ob ich heute Nacht oder in ein paar Wochen sterbe. Für mich zumindest.«

Eine einsame Träne lief ihm über die Wange.

»Mein Tod soll einen Sinn haben. Nicht nur, dass er mich von meinen Schmerzen und der Angst befreit. Wer weiß, vielleicht wartet meine Magda da oben auf mich. Oder sie genießt die letzten ruhigen Minuten ohne mich.«

Harald brach mit einem traurigen Lacher ab, als wollte er sagen: *Ach, vergessen Sie's bitte einfach. Ich rede viel wirres Zeug, wenn der Tag lang ist.*

»Mein Tod ist der letzte Versuch, Annas Mörder endlich zu fassen und ihn seiner gerechten Strafe zuzuführen. Darum …«

Er brach ab, holte Luft, musste husten.

»Darum habe ich mich dazu entschlossen, mir das Leben zu nehmen.«

Obwohl Elisabeth diese Wendung kommen gesehen hatte, verstand sie es nicht. Warum dieses Video? Und wie hatten es Thomas und Monika in die Hände bekommen?

Aber kaum, dass Elisabeth die Fragen zu Ende gedacht hatte, lieferte Harald ihr die Antworten:

»Ich habe Annas Eltern, Monika und Thomas, gebeten, mich bei meinem Plan zu unterstützen. Ich möchte an dieser Stelle betonen, dass alles meine Idee war und die beiden keine Schuld an meinem Tod trifft. Es ist meine freie, wohlüberlegte Entscheidung, aus dem Leben zu treten. Aber ich kann meinen Plan nicht ohne Hilfe durchziehen und habe im Laufe der letzten Jahre ein tiefes Vertrauen zu den beiden aufgebaut. Dieses Video dient dazu, die beiden zu entlasten, falls jemand auf ihre Spur kommen sollte.«

Elisabeth glaubte, Monika schlucken zu hören.

»Ich werde mir jetzt das Leben nehmen.«

Harald streckte sich nach etwas, das außerhalb des Kamerabildes lag. Im nächsten Moment präsentierte er eine Pistole.

»Thomas wird in etwa …«, er sah auf seine Armbanduhr, »15 Minuten hierherkommen und meinen Plan vollenden. Nach meinem Tod wird er diese Kamera und den Stuhl verschwinden lassen. Ich selbst werde für die Zweifel an meinem Selbstmord sorgen, da ich Linkshänder bin und die Pistole beim Abdrücken in meiner rechten Hand halten werde. Außerdem werde ich einen Handschuh tragen, der verhindern wird, dass Schmauchspuren an meiner Hand gefunden werden. Aber was rede ich, das werden Sie ohnehin gleich sehen.«

Er lachte kurz auf und schüttelte den Kopf, als hätte er eben einen schlechten Witz gemacht. Eine Weile starrte er gedankenverloren ins Leere. Dann wurde seine Miene todernst.

»Thomas wird den Handschuh verschwinden lassen und die Pistole zurück in meine Hand stecken, damit noch mehr Zweifel an meinem Selbstmord aufkommen. Keine Ahnung, ob mein Plan aufgeht, aber mein Tod wird sicher Aufsehen erregen. Vor allem am Tag nach der Ausstrahlung von ›Mörder im Visier‹. Er wird mit Annas Ermordung in Verbindung gebracht werden, das steht außer Frage. Und wer weiß, vielleicht hilft die Aufmerksamkeit tatsächlich, Annas Mörder endlich zu finden. Das ist es jedenfalls, was ich mir wünsche. Thomas und Monika hätten es nach all den Jahren so sehr verdient, endlich abschließen zu können.«

Monika schluchzte kaum hörbar. Harald seufzte. Tat lange Zeit nichts, blickte auf die Pistole in seiner Hand. Quälend lange Sekunden verstrichen.

»Anna, ich hoffe, dein Mörder wird gefunden«, sagte Harald. »Und er wird in der Hölle dafür schmoren, was er dir angetan hat.«

Dann erhob er sich. Schob den Stuhl aus dem Sichtfeld der Kamera. Zog einen Handschuh aus seiner Hosentasche und streifte ihn über seine rechte Hand. Er ging zum Bett, schlug die weiße Decke zur Seite, kroch hinein und deckte sich zu. Als würde er sich bloß schlafen legen.

Elisabeth war hin- und hergerissen. Einerseits wollte sie nicht sehen, was passierte. Wollte ihren Blick vom Fernseher losreißen, es nicht wahrhaben. Andererseits war sie voll absurder Hoffnung auf ein Wunder.

Harald setzte den Lauf der Waffe an seine Schläfe. Schloss die Augen. Erst sanft, dann presste er sie so kraftvoll zusammen, dass sein Gesicht zu zucken begann. In dieser Stellung verharrte er einen schier endlos langen Augenblick. Eine allerletzte einsame Träne lief ihm die abgemagerte Wange hinab. Als sie sein Kinn erreicht hatte, riss er die Augen auf. So, als wäre ihm gerade ein entscheidender Gedanke gekommen.

53

Kurz war die absurde Hoffnung in Elisabeth aufgeflammt, dass alles gut ausgehen könnte. Doch Harald hatte die Augen nur aufgerissen, weil ihm bewusst geworden war, dass er in seiner Aufregung die Pistole in seiner linken und nicht wie beabsichtigt in der rechten behandschuhten Hand gehalten hatte. Danach hatte es keine drei Sekunden gedauert, bis er sie in die andere Hand genommen hatte. Er presste die Augen fest zusammen und drückte den Abzug. Bis es knallte. Und Blut auf die blütenweiße Bettwäsche und die Tapete spritzte.

Elisabeth hing eine gefühlte Ewigkeit über der Toilettenschüssel und übergab sich. Der Schock saß ihr tief in den Knochen. Sie zitterte am ganzen Körper. Ein Phantomknall dröhnte in ihrem Schädel nach.

Es klopfte an der Badezimmertür.

»Alles in Ordnung mit dir?«, drang Monikas Stimme dumpf zu ihr herein.

»Es geht schon.«

»Kann ich etwas …?«

»Ich bin gleich so weit.«

Elisabeth brauchte einen Augenblick. Dann raffte sie sich vom Boden hoch. Fühlte sich wie ein Wrack. Sowohl körperlich als auch psychisch. In ihrem Mund war eine widerliche Säure zurückgeblieben. Sie hätte sich gerne die Zähne geputzt, musste sich aber mit kaltem Wasser aus dem Wasserhahn begnügen, mit dem sie die letzten kleinen Bröckchen aus ihren Zahnzwischenräumen zu spülen versuchte. Doch der üble Geschmack wollte nicht verschwinden.

»Das Video geht noch weiter«, sagte Thomas, als Elisabeth zurück ins Wohnzimmer kam.

Peng!

Wieder war der Schuss durch Elisabeths Kopf geknallt. Ihr Herzschlag beruhigte sich nur langsam.

»Danke, ich hab genug gesehen.«

»Nun, das Wichtigste hast du gesehen. Man kann aber noch mehr sehen. Zum Beispiel, dass ich später auftauche und tue, worum Harald mich gebeten hat.«

»Das kann ich mir auch so vorstellen.«

»Ja, wahrscheinlich.«

»Warum habt ihr mir das Video gezeigt?«

»Weil du dahintergekommen bist, dass wir dir etwas verheimlicht haben. Sonst wärst du nicht hergekommen, nicht um diese Uhrzeit. Und wir wollten verhindern, dass du mit deinem Verdacht zur Polizei gehst und den Plan durchkreuzt«, sagte Thomas.

Monika brachte sich ein: »Harald ist vor drei Wochen mit der Idee zu uns gekommen. Natürlich haben wir anfangs abgelehnt und ihn gefragt, ob er nicht bei Trost wäre. Aber er hat nicht locker gelassen. Und meinte, dass er es so oder so machen würde. Mit oder ohne uns. Wenn wir ihn unterstützen, wäre die Chance aber höher, die Ermittlungen wieder in Gang zu bekommen und Annas Mörder endlich zu finden. Wir sollten es uns überlegen.«

Peng!

»Tja, und das haben wir getan«, fügte Thomas hinzu. »Alles ist besser, als nichts zu tun.«

»Ich vermisse Anna«, sagte Monika, und ihr kamen die Tränen. »Jeden Tag.«

»Ich auch.« Elisabeth fühlte sich schäbig, unmittelbar nachdem sie es ausgesprochen hatte. Monika hatte ihre Tochter verloren.

»Sie hat euch alle gern gehabt.« Monika fuhr sich mit den Handrücken über die Augen. »Ich habe immer noch ihr Lachen im Ohr, wenn sie am Telefon auf deine Imitation von Valerie hereinfiel.«

Bei der Erinnerung daran wäre Elisabeth fast ein Lächeln entkommen. »Wir alle haben sie gern gehabt.«

Schweres Schweigen legte sich über sie.

Bis Thomas es brach: »Weißt du, was in all den Jahren am schlimmsten war?«

Elisabeth schüttelte kaum merkbar den Kopf.

»Die Frage, warum sie niemand schreien gehört hat. Ich meine, wenn Anna angegriffen worden wäre, hätte sie garantiert geschrien. Irgendjemand hätte sie gehört, garantiert. Aber sie hat nicht geschrien. Sie muss ihren Mörder also gekannt und vertraut haben. Ihm wahrscheinlich freiwillig von der ›Tanzhöhle‹ aus gefolgt sein.«

Elisabeth wusste nicht, was sie sagen sollte. Diese Erkenntnis war wie die Bestätigung dafür, dass nur Friedrich es gewesen sein konnte.

»Was wolltest du bei Harald?«, wechselte Thomas, Gott sei Dank, das Thema.

»Lange Geschichte«, antwortete Elisabeth durcheinander und hoffte, dass er sich damit begnügen würde. Dann erklärte sie dennoch weiter: »Diese verdammte Reportage, sie hat mich so aufgewühlt. Es kam alles in mir hoch. Und … ich weiß auch nicht.« Sie war sich auf einmal sicher, dass Thomas und Monika ihr ansahen, dass sie nur die halbe Wahrheit erzählte. Deshalb erklärte sie rasch weiter: »Ich habe keine Ahnung, was genau ich bei Harald wollte. Ich

255

konnte nicht schlafen und hab mir alte Fotos angesehen. Ich habe mich so ... so machtlos gefühlt, so wütend. Ich wollte mit jemandem darüber reden.«

Elisabeth hatte das Gefühl, zumindest nicht gelogen zu haben.

Thomas schien sich damit zufrieden zu geben. »Hast du mich erkannt, als ich aus dem Haus gestürmt bin?«

»Nein, dafür ging alles zu schnell.«

»Wieso wusstest du dann, dass ich dort war?«

»Wegen des Geruchs.«

»Welcher Geruch?«

Elisabeth wurde klar, dass Thomas zwar nichts mit dem Mord an Harald zu tun hatte. Dass er aber derjenige gewesen sein konnte, der Sarah angegriffen hatte. Ja, sogar musste. Immerhin humpelte er. Daran gab es nichts zu rütteln.

»Von dieser Wundsalbe, die du offensichtlich aufgetragen hast.«

»Das hast du in Haralds Haus riechen können?«

»Ja, und bei euch, als ich danach hier war.«

Er pfiff stoßartig die Luft aus seinen Lungen und stülpte die Unterlippe vor. »Die stinkt wie die Hölle, was? Ich hätte es mir denken müssen.«

Elisabeth nickte. Sie fragte sich, ob es wohl ein Wink des Schicksals gewesen war, dass sie sich ebenfalls verletzt hatte. Oder es vielmehr die Folge ihrer Hartnäckigkeit gewesen war? Was auch immer. Wichtig waren andere Dinge.

»Sarah, meine Schwiegertochter, wurde gestern früh angegriffen.«

»Das tut mir leid«, sagte Thomas.

Monika schnappte nach Luft.

»Sie sagte, dass der Kerl weggehumpelt sei.«

»Und weiter?« Dann begriff er. »Du glaubst doch nicht ernsthaft, dass ich ihr etwas angetan habe?«

»Wenn ich ehrlich bin, weiß ich überhaupt nicht mehr, was ich glauben soll.«

»Wann wurde sie angegriffen?«

»Kurz vor sechs.«

»Dann fürchte ich, du musst dir das Video doch weiter ansehen.«

»Wieso?«

»Falls es dir nicht aufgefallen ist: Im Video sind Datum und Uhrzeit eingeblendet. Du wirst sehen, dass ich ziemlich genau um diese Zeit in Haralds Schlafzimmer war.«

Und so hatte Elisabeth sich wider Willen und mit halb zusammengekniffenen Augen doch den Rest des Videos angesehen. Thomas spulte den Teil vor, in dem nichts als das blutverschmierte Standbild zu sehen war. Währenddessen kehrte ihre Übelkeit zurück. Doch Elisabeth vermochte sie in Schach zu halten.

Datum und Uhrzeit waren tatsächlich eingeblendet. Und bewiesen, dass Thomas Sarah nicht angegriffen haben konnte. Weil er exakt um 5.47 Uhr Haralds Schlafzimmer betreten und um 5.51 Uhr verlassen hatte.

Natürlich konnte er unmittelbar danach zu Sarah gefahren sein und sie angegriffen haben. Es konnte ein Trick sein. Die Zeitangaben konnten an der Kamera manipuliert worden sein. Aber ihr Gefühl sagte Elisabeth, dass Thomas nicht log. Aber ein Puzzlestück fehlte zum stimmigen Gesamtbild.

»Und wieso warst du in Haralds Haus, als ich drei Stunden später dort aufkreuzte?«

»Weil ich in der Aufregung Harald zwar den Handschuh ausgezogen, ihn aber im Schlafzimmer liegen gelassen habe. Es ist auf dem Video zu sehen. Er liegt am Bettrand.«

Auch dafür gab es somit eine Erklärung. Es musste also noch jemanden geben, der humpelte. Oder aber, der Angreifer hatte das Humpeln nur vorgetäuscht. Um von sich abzulenken.

54

Als Elisabeth in den Wagen stieg, war es endlich eine Spur heller geworden. Der Nebel hatte sich gelichtet. Es roch nach Wald. Wie immer, wenn sich Regen anbahnte.

Der Nebel in Elisabeths Kopf hatte sich hingegen kaum gelichtet. Sie glaubte der Antwort nahe zu sein. Konnte sie aber nicht sehen.

Ja, sie hatte Thomas und Monika zwar von ihrer Liste der Verdächtigen streichen können. Aber das hieß im Gegenzug auch, dass sie bei null stand. Außerdem musste sie sich eingestehen, dass alles, was sie bisher herausgefunden hatte, ihr nicht im Geringsten half, Friedrichs Unschuld zu beweisen.

Als Elisabeth den Motor startete, konnte sie verschwommen Thomas und Monika am Küchenfenster stehen sehen. Die beiden regten sich nicht. Elisabeth hätte gerne gewusst, was sie gerade sprachen.

Sie löste die Handbremse, trat die Kupplung und legte den Rückwärtsgang ein, um auf der schmalen Zufahrtsstraße zu wenden. Als sie ein Stück zurückfuhr und dabei einlenkte, fiel ihr Blick auf den Eingangsbereich unter dem Dachvorsprung. Auf die dunklen Gummistiefel, die dort neben der Tür standen. Vermutlich, weil die Sohlen dick mit Schlamm verklebt waren und sie den Schmutz nicht ins Haus hatten tragen wollen.

Plötzlich war Elisabeth vom Blitz getroffen. Sie hatte gar nichts übersehen. Ganz im Gegenteil. Sie hatte sehr wohl etwas gesehen.

Mein Gott! Bitte, das darf nicht wahr sein!

Sie legte den ersten Gang ein und gab Vollgas.

55

»Elisabeth, was ist los?«, waren Norberts erste Worte, nachdem er ihr im Bademantel und mit Polsterabdrücken im Gesicht die Tür geöffnet hatte. Sein Gähnen wirkte weniger gekünstelt als am Vortag. Er stank nach Alkohol. Plötzlich riss er die Augen auf. »Ist was mit Friedrich?«

»Nein«, antwortete sie knapp und wartete erst gar nicht darauf, dass er einen Schritt zurücktrat und sie ins Haus bat. Stattdessen rempelte sie ihn zur Seite und drängte sich ins Vorzimmer.

»Hey, was ist denn los?«

»Ich muss mit dir reden.«

»Gut, aber ich hoffe, das wird nicht zur Gewohnheit, dass du mich jeden Morgen aus den Federn läutest. Falls es dir nicht entgangen ist: Es ist halb sieben. Und ob du es glaubst oder nicht, es gibt …«

»Genau darum geht es.«

»Was meinst du?«

»Du hast gestern behauptet oder zumindest angedeutet, dass du gerade aufgestanden warst, als ich mit Friedrich bei dir aufgekreuzt bin, richtig?«

»Bin ich auch.«

»Das glaube ich dir aber nicht.«

Kurzes Zögern. Dann: »Und warum nicht?«

Elisabeth blickte zu Boden. Die schlammverschmierten Stiefel lagen noch da. Er hatte sich nicht einmal die Mühe gemacht, sie zu reinigen oder zum Trocknen in die Nähe des Heizkörpers zu stellen. Sie schienen immer noch feucht.

»Als ich gestern hier war, waren die Stiefel auch schon mit Schlamm verschmiert. Und sie waren nass. Patschnass, um genau zu sein.«

»Und?«

»Warum?«

»Ich habe keine Ahnung, worauf du hinauswillst.«

»Es hat erst im Laufe der Nacht so richtig zu regnen begonnen und dürfte wohl einige Zeit gedauert haben, bis der Boden so durchnässt war. Du warst also entweder in der Nacht damit draußen, was ich nicht glaube, weil auch die Fliesen nass waren. Oder am frühen Morgen.«

Norbert starrte sie an. Elisabeth konnte ihm ansehen, dass sich seine Gedanken überschlugen.

»Und ich würde gerne wissen, warum du mir weismachen wolltest, gerade aufgestanden zu sein.«

»Das geht dich wohl kaum etwas an.«

»Also leugnest du es nicht?«

»Ich finde einfach nur, dass es dich nichts angeht.«

»Sarah war angegriffen worden, kurz bevor ich mit Friedrich bei dir auftauchte. Als es wie aus Eimern schüttete.«

»Ich glaube, du hast nicht mehr alle Tassen im Schrank!«

»Außerdem war Friedrich in deiner Obhut, als er verschwand. Und wie es aussieht, wurde auch er angegriffen.«

»Du liegst völlig falsch!«

»Dann sag mir, wo du gestern Früh warst!«

Er schüttelte den Kopf. »Ich fasse es nicht, dass du so etwas von mir denkst.«

»Beweise mir, dass du nichts damit zu tun hast!«

Norbert schloss die Eingangstür.

Unbewusst schreckte Elisabeth einen Schritt zurück. War es vielleicht doch nicht klug gewesen, alleine zu kommen?

Norbert zeigte über ihre Schulter hinweg. »Da lang.«

»Wohin?«

»In den Keller.«

»Was?«

»Stell dich nicht so an! Ich werde dich schon nicht anketten.«

»Ich glaube, ich will trotzdem nicht …«

»Meine Güte, Elisabeth! Du willst doch wissen, was ich gestern früh getrieben habe. Also lass es mich dir zeigen, bevor du mir einen weiteren Mordversuch anhängen willst.«

Sie fühlte sich unwohl. Aber sie wollte endlich Antworten. Wissen, was passiert war. »Aber geh du voraus.«

Norbert seufzte lautstark und sperrte kopfschüttelnd die Kellertür auf. Die gab ein unangenehmes Quietschen von sich, als sie nach innen aufschwang. Norbert drückte den Lichtschalter, und eine verstaubte Glühbirne, die auf halber Strecke nach unten an einem einfachen Draht von der Decke hing, sprang an.

»Sei vorsichtig. Die Treppen sind schmal und verdammt steil.«

Norbert ging voraus.

Elisabeth sah ihm vom Absatz aus nach und musste schlucken. Ihr wurde erst jetzt klar, dass sie noch nie in Norberts Keller gewesen war.

»Kommst du, oder was?«

Sie überwand sich und folgte ihm. Redete sich ein, dass es in Ordnung war. Aber mit jeder Stufe, die sie nach unten stieg, zog ihr Puls an.

Unten angekommen sah Elisabeth sich um. Viel war nicht zu entdecken. Ein alter verzogener Kasten, dessen linke Tür einen Spalt offen stand. Der Inhalt war nicht zu erkennen. Eine Waschmaschine, darauf ein leerer Wäschekorb. Leitungen, die an den Wänden entlang ins Erdgeschoss führten. Und in der Ecke eine Couch, der man auf den ersten Blick ansehen konnte, dass sie schimmelte. Rechts davon eine geschlossene Tür.

»Und was sollen wir hier?«

Sein Blick verfinsterte sich. Sein Brustkorb hob und senkte sich schwer. Seine Stimme hatte plötzlich einen sonderbaren Klang, als er sagte: »Kannst du dir das nicht denken?«

Unbewusst trat sie einen Schritt zurück.

»Bitte zieh dich aus, Elisabeth!«

56

»Bitte was?«

Elisabeth wich einen weiteren Schritt zurück. Konnte nicht fassen, was Norbert eben gesagt hatte.

Er hatte sie mit seinem finsteren Blick fixiert. Aber plötzlich hellte sich sein Ausdruck auf.

»Mein Gott, Elisabeth! Du solltest dein Gesicht mal sehen.«

Sie begriff nicht.

»Das war ein Scherz!« Er lachte, als hätte er eben den besten Witz der Welt erzählt.

»Und das findest du lustig?«

»Ein wenig schon, um ehrlich zu sein.«

»Hast du vielleicht schon einmal daran gedacht, dass dein Bruder im Krankenhaus liegt?«

»Und hast du dich vielleicht schon gefragt, wie sich deine Anschuldigungen für mich anfühlen?«

»Sag mir endlich, warum du gestern früh draußen warst!«

»Bitte«, gab er zurück, ging zur Tür neben der Couch, entsperrte und öffnete sie. Doch der Raum lag im Dunkeln. Das Licht, das von der nackten Glühbirne hineinfiel, reichte nicht aus, um etwas darin zu erkennen.

»Was ist darin?«

»Sieh selbst!«

Er ging hinein und machte das Licht an, das zuerst flackerte und dann grell aufleuchtete.

Elisabeth folgte ihm und fand sich in einer Garage wieder. Zwei fette Leuchtstoffröhren hingen an der Decke. Sie gaben ein leises Surren und Knistern von sich.

In der Mitte des Raumes stand Norberts Wagen, ein roter Opel älteren Baujahrs, den ihm der Gerichtsvollzieher noch nicht abgenommen hatte. Die Wände der Garage waren mit unzähligen Werkzeugen, Kabeln, Rohren und anderen Utensilien zugehängt. In einer Ecke stapelten sich Autoreifen und einige Kanister. Es stank nach Öl, Benzin und anderen undefinierbaren Flüssigkeiten.

»Und?«, fragte Elisabeth. »Was sollen wir hier?«

»Komm!« Er führte sie an der Motorhaube vorbei an die andere Wagenseite.

Da sah Elisabeth es. Die Schnauze des Wagens war an der Seite komplett verbeult, die Stoßstange hing weit hinab. Genauso wie der Seitenspiegel, der bei der leichtesten Berührung abzufallen drohte. Fast über die gesamte Länge des Wagens zogen sich Schleifspuren. Das Glas der Beifahrertür war in Tausende Teile gesprungen, saß aber noch in seiner Fassung.

»Um Gottes willen, was ist passiert?«

»Das weiß ich selbst nicht genau.«

»Wieso das?«

»Na, wieso wohl? Weil ich stockbesoffen war, als es passierte.«

»Wann?«

»Keine Ahnung, irgendwann in der vorletzten Nacht. Nach dieser scheiß TV-Reportage hielt ich es zu Hause nicht mehr aus und bin auf ein paar Bier in die ›LeistBAR‹ gefahren. Alles, woran ich mich erinnern kann, ist, dass es auf der Heimfahrt geknallt hat. Danach bin ich wohl in Panik ausgestiegen und heimgelaufen.«

»Deswegen der Cut über dem Auge?«

Er nickte.

»Und wie ist der Wagen hierhergekommen?«

»In der Früh bin ich aufgewacht und hatte das Gefühl, von einer Abrissbirne gerammt worden zu sein. Und als mir der Unfall einfiel, bekam ich Panik und bin los, um den Wagen zu holen. Bei dem Scheißwetter standen die Chancen gut, dass nicht allzu viele Leute unterwegs waren und er nicht entdeckt worden war. Tja, und anscheinend hatte ich recht. Er stand noch dort.«

»Wo?«

Kaum, dass sie die Frage ausgesprochen hatte, glaubte Elisabeth, sich die Frage selbst beantworten zu können. Immerhin war sie am Vortag daran vorbeigefahren, hatte die Schäden mit eigenen Augen gesehen.

»Beim Friedhof, richtig?«

»Woher weißt du das?«

»Ich habe die Unfallstelle gesehen.«

»Meinen Wagen auch?«

»Nein, ich war erst dort, nachdem ich Friedrich bei dir abgeliefert hatte. Aber mir fielen der lädierte Baum und der umgefahrene Strauch auf. Und natürlich die Friedhofsmauer.«

»Sieht schlimm aus, was?«

»Kann man so sagen.«

Norbert klopfte mit der flachen Hand auf den roten Opel. »Kaum zu glauben, dass der noch angesprungen ist und ich es damit heimgeschafft habe.«

»Deswegen warst du so lange im Keller und hast Friedrich allein gelassen? Um den Wagen zu reparieren?«

»Ja. Obwohl ich fürchte, dass es nicht mehr viel zu reparieren gibt. Ist wohl ein Totalschaden.«

»Und die Heizung war gar nicht kaputt?«

»Die funktioniert einwandfrei.«

»Mein Gott, Norbert!«

»Bitte erspar mir einen Vortrag.«

Elisabeth seufzte schwer. Sie starrte auf den geschrotteten Wagen und spürte dabei die Verzweiflung in sich hochsteigen. Sie hatte ein weiteres Rätsel gelöst. Toll. Aber es war ihr nicht gelungen, Friedrichs Unschuld zu beweisen. Ganz im Gegenteil: Alle anderen schienen unschuldig zu sein. Die Schlinge um seinen Hals wurde enger.

»Und übrigens …«, setzte Norbert an, schien es sich aber anders überlegt zu haben. »Ach, egal.«

»Was?«

»Nichts, vergiss es.«

»Norbert!«

Er atmete schwer ein und noch schwerer wieder aus. »Ich wollte nur sagen, dass du, anstatt mich zu verdächtigen, ruhig mal deine Augen öffnen könntest.«

»Was meinst du damit?«

»Na ja, findest du wirklich, dass ich es bin, der sich die ganze Zeit über seltsam verhält?«

»Rück endlich mit der Sprache raus! Was willst du mir sagen?«

»Nichts, außer, dass du dich vielleicht mal fragen solltest, wieso Philipp seit damals ein anderer Mensch ist.«

57

Zurück auf dem Parkplatz des Krankenhauses hatte Elisabeth das Gefühl, schon einen unglaublich langen Tag hinter sich zu haben. Dabei war es kurz nach sieben. Ihre Augen brannten, ihr Schädel fühlte sich an, als würde er jeden Moment explodieren, und die Nackenschmerzen wurden schlimmer. Sie würde sich dringend eine Schmerztablette besorgen müssen.

Auf dem Weg hierher hatte es von einer Minute auf die andere wieder heftig zu regnen begonnen. Der satte Boden vermochte kaum, etwas von den Wassermassen aufzunehmen. Schnell hatten sich großflächige Pfützen gebildet. Gut ein Drittel des Parkplatzes stand unter Wasser.

Irgendwann wurde Elisabeth klar, dass sie schon vor einer ganzen Weile den Motor abgestellt hatte, jedoch im Wagen sitzengeblieben war. Die Eindrücke der letzten Tage prasselten auf sie ein. Sie musste nicht nur Friedrichs Unschuld beweisen, sondern endlich diesen verfluchten Psychopathen finden, der seit Jahrzehnten die Gegend terrorisierte. Und der es offensichtlich auf Friedrich abgesehen hatte. War womöglich auch damals, als sie attackiert worden war, in Wirklichkeit Friedrich das Ziel gewesen?

So oder so. Dass Sarah, Friedrich und Elisabeth selbst angegriffen worden waren, war Beweis genug, dass Philipp nicht dahinterstecken konnte. Elisabeth war so wütend gewesen, dass sie Norbert eine gescheuert hatte und aus seinem Haus gestürmt war. Am liebsten wäre sie zurückgefahren und hätte seine Gartenzwergarmada kurz und klein getreten.

In diesem Augenblick sah sie eine Gestalt aus dem Eingang des Krankenhauses schlüpfen. Elisabeth drehte den Zündschlüssel, betätigte die Scheibenwischer. Und erkannte, dass es Valerie war, die sich unter dem Dachvorsprung eine Zigarette anzündete.

Seit wann raucht Valerie?

Und wieso war sie hier?

Seit ihrer Ankunft am Vortag hatten sie keinen ruhigen Moment miteinander gehabt. Elisabeth hatte ganz vergessen, dass Valerie ihr von einem Streit zwischen Anna und ihr erzählt hatte. Es war an der Zeit, den Grund dafür herauszufinden.

58

Sarah hatte nicht lange geschlafen. Drei Stunden vielleicht, höchstens dreieinhalb. Als sie eben aus einem bösen Albtraum aufgewacht war, hatte Philipp nicht neben ihr gelegen. Also war sie so leise wie möglich aus dem Bett geschlüpft und durchs Haus geschlichen. Bis sie ihn schließlich auf der Wohnzimmercouch fand. Wach.

Jetzt beobachtete sie ihn stumm vom Türrahmen aus. Wie er mit dem Rücken zu ihr dasaß und auf seinem Handy herumtippte. Verstohlen, wie so oft. In Momenten wie diesen hatte sie das Gefühl, ihn gar nicht richtig zu kennen. Nicht zu wissen, was in seinem Kopf vorging. Was er wirklich über sie dachte. Und ob er die Wahrheit sagte, wenn er behauptete, dass es nur sie in seinem Leben gab. Wie gerne hätte sie ihm geglaubt. Und vergessen, was er ihr angetan hatte. Was sich hinter seinem unschuldigen Lächeln verbarg.

Was hätte sie nur dafür gegeben, wenn …

»Glaubst du etwa, ich weiß nicht, dass du hier bist?«, fragte er plötzlich mit einer unglaublichen Schärfe in seiner Stimme und drehte sich zu ihr um.

Sein Blick machte ihr Angst.

59

»Mama«, brachte ihre Tochter gerade noch heraus, bevor sie ihre Zigarette reflexartig wegschnippte und von einem Hustenanfall gebeutelt wurde.

Zuvor war Valerie in ihr Handy vertieft gewesen und hatte sie nicht kommen sehen. Ihr lief vom Husten der Kopf rot an, und ihre Augen begannen zu tränen.

»Alles in Ordnung?«, fragte Elisabeth, nachdem Valerie

sich halbwegs gefangen hatte. »Ich wollte dich nicht erschrecken.«

Sie hatte beschlossen, die Situation zu ignorieren. Valerie war alt genug, konnte tun und lassen, was sie wollte. Im Moment hatte Elisabeth weit größere Sorgen, als dass ihre erwachsene Tochter rauchte.

»Ja, ja«, winkte Valerie ab, schien sich allmählich zu fangen.

Elisabeth konnte ihrer Tochter ansehen, wie unangenehm es ihr war.

»Wieso bist du nicht an dein Handy gegangen? Ich habe mehrmals versucht, dich zu erreichen. Philipp und Sarah wussten auch nicht, wo du steckst. Wir haben uns schon Sorgen gemacht.«

»Weil …«, setzte Elisabeth an und tastete nach ihrer Handtasche, aber die hing nicht über ihrer Schulter. »Meine Tasche muss wohl oben im Aufenthaltsraum sein.« Augenblicklich war sie von Panik ergriffen: »Warum, ist was mit Papa?«

»Nein, alles unverändert. Aber wo hast du denn gesteckt? Eine Ärztin meinte, du seist auf einmal Hals über Kopf davongestürmt, als sie gerade dein Bein versorgen wollte.«

Ja, weil ich dachte, dass Thomas und Monika Harald ermordet hatten! »Vergiss es, nicht so wichtig.«

»Was ist überhaupt mit deinem Bein los?«

»Alles gut, keine Sorge. Ich habe mir den Knöchel verstaucht und ein wenig aufgekratzt. Nichts weiter.«

Valerie sah sie einen Augenblick lang schweigend an. Dann: »Mama, was ist eigentlich los?«

Das wüsste ich selbst gerne! »Was meinst du?«

»Ich sehe dir doch an, dass etwas nicht stimmt. Und das

hat nichts mit Papas Unfall zu tun. Oder damit, dass Sarah angegriffen wurde.«

Elisabeth hatte alle Mühe, die Beherrschung zu bewahren.

»Worüber hast du gestern mit Onkel Norbert gesprochen? Nachdem du auf der Station mit ihm verschwunden warst, hat er ausgesehen wie ein Geist.«

Reiß dich zusammen!

»Es war einfach zu viel die letzten Tage.«

»Mama, sag mir, was los ist!«

»Vertrau mir, Liebes, wir kriegen das hin.«

»Was kriegen wir hin?«

»Wir kriegen diesen Psychopathen.«

Valerie sah sie stumm an. Da war Angst in ihrem Blick. Da war Wut. Und Verzweiflung. Vor allem war da eine unsagbar tiefe Traurigkeit.

Elisabeth trat einen Schritt an sie heran, nahm ihre Hände. Sah ihr tief in die Augen. »Was wolltest du mir gestern erzählen?«

»Was?« Valerie konnte nicht verbergen, dass sie genau wusste, was Elisabeth meinte.

*

Sie hätte niemals damit anfangen dürfen. Hätte nicht herkommen dürfen. Und überhaupt hätte sie niemals der Neugierde nachgeben und diese verfluchte TV-Reportage anschauen dürfen. Sie hatte doch geahnt, dass die alten Wunden aufreißen würden und ihre Schuld herausklaffen würde.

In London war sie sicher gewesen. Dort hatte niemand Fragen gestellt. Nicht einmal Tom, der von ihrer dunklen Vergangenheit wusste. Oder zumindest glaubte, alles zu wissen. Nur in London hatte Valerie sich halbwegs frei gefühlt.

Hatte so tun können, als sei niemals etwas geschehen. Als hätte sie nie gesehen, was sie bis heute so klar vor ihrem inneren Auge sah. Und als würde sie nicht zu wissen glauben, dass jemand aus ihrer Familie mehr über den Mord an Anna wusste, als er zugab. Vielleicht sogar alles.

Wie immer begann sich bei dem Gedanken daran ihr Magen zu verkrampfen.

»Sag es mir«, drängte ihre Mutter. »Was trägst du seit 22 Jahren mit dir herum?«

»Nicht so wichtig, Mama«, sagte sie und konnte selbst hören, wie sehr ihre Stimme zitterte. Mit einer flüchtigen Handbewegung versuchte sie, die Zweifel ihrer Mutter wegzuwischen. Und wusste dabei genau, dass es keinen Zweck hatte.

Gestern hatte sie sich noch so mutig gefühlt, so entschlossen. Selbst, als sie ihrer Mutter gegenübergestanden hatte. Sie war endlich bereit dazu gewesen, sich alles von der Seele zu reden. Ihre Familie zu opfern. Zumindest das, was nach dem Mord davon übrig geblieben war.

Aber jetzt war ihr Mut wie weggeblasen. Sie wollte nichts lieber als weit, weit weglaufen. Und niemals wiederkommen. Die Stadt war verflucht. Mittelpunkt all ihrer Albträume. Und würde es für immer bleiben. Daran würde sich niemals etwas ändern. Auch nicht, wenn sie die Wahrheit sagte.

Sie entzog ihrer Mutter die Hände.

Aber die setzte sofort nach. »Den Eindruck hatte ich gestern aber nicht. Warum hast du dich mit Anna gestritten?«

»Es … es war wirklich nichts Besonderes.« Valerie hörte selbst, wie halbherzig ihre Beteuerung klang.

»So wenig besonders, dass dir 22 Jahre später die Tränen kommen?«

»Ja.«

Sie spürte es nass ihre Wangen hinablaufen.

»Liebes, du weißt, dass du mir alles erzählen kannst.«

»Nicht das, Mama. Glaub mir, das willst du nicht wissen.«

»Sag es mir einfach.«

Auch ihrer Mutter liefen Tränen übers Gesicht.

Valerie wollte tief Luft holen, hatte aber das Gefühl, nichts in die Lungen zu bekommen. Ihr Magen hatte sich weiter zusammengezogen. Sie hatte noch nie mit ihrer Mutter über den Mord gesprochen. Genauer gesagt mit überhaupt niemandem aus ihrer Familie. Das Thema war all die Jahre totgeschwiegen worden. Jeder hatte alleine versucht, mit seiner Trauer und dem Schmerz fertigzuwerden. Oder dem Geheimnis, das er seitdem mit sich trug. Sie alle hatten geschwiegen. Als hätten sie gewusst, dass da etwas in ihrer Mitte verborgen lag. Etwas Grauenvolles. Zerstörerisches. Dessen Enthüllung ihrer aller Ende bedeuten würde.

Aber jetzt, während immer schwerere Tropfen auf das Blechvordach über ihnen einhämmerten, sah Valerie ihrer Mutter tief in die verheulten Augen. Und sie begriff, dass sie tun musste, weshalb sie hergekommen war. Dass es ein Ende haben musste. Und sie nicht länger schweigen konnte.

22 Jahre waren lange genug.

Jetzt musste es raus.

Endlich.

Valerie zitterte am ganzen Körper. Ihr Herz hämmerte so heftig gegen ihren Brustkorb, dass es fast wehtat. In wenigen Augenblicken würde nichts mehr so sein, wie es gewesen war.

Sie öffnete gerade den Mund. Setzte zu sprechen an.

Da schwang die Glastür neben der stillgelegten Drehtür auf und der schwer übergewichtige Angestellte in Sicherheitsuniform, den sie am Vorabend um Hilfe gebeten hatten, trat zu ihnen nach draußen.

»Das ist vielleicht ein Sauwetter, was?«, sagte er und hantierte wieder an seinem Hosenbund herum. »Da möchte man gar nicht raus, was?«

Weder Valerie noch ihre Mutter gingen darauf ein.

Er steckte sich eine Zigarette in den Mund, und während er in seiner Hosentasche nach dem Feuer suchte, zog Valerie ihre Mutter mit sich: »In Ordnung. Aber nicht hier.«

60

Gleich beim Betreten des kleinen Aufenthaltsraumes, in dem Elisabeth die halbe Nacht verbracht hatte, entdeckte sie ihre Tasche auf einem der Stühle und sah am Boden darunter ihr Telefon liegen. Als sie das Handy aufhob, bemerkte sie, dass das Display vom Sturz einen Sprung über die gesamte Diagonale abbekommen hatte. Im Moment konnte ihr nichts gleichgültiger sein. Sie aktivierte das Display und entnahm der Info auf dem Sperrbildschirm, dass sie sechs Anrufe verpasst hatte: vier von Valerie, zwei von Sarah. Sie steckte es in ihre Tasche und setzte sich. Begriff aber sofort, dass sie viel zu angespannt war, um ruhig sitzen zu können, und stemmte sich wieder hoch.

Valerie strich im Vorbeigehen über den verstaubten Bildschirm des Röhrenfernsehers, drei ihrer Finger hinterließen darauf eine Spur. Sie trat neben die verkümmerte Yuccapalme ans Fenster, kehrte Elisabeth den Rücken zu und starrte hinaus in das nasse Grau.

Sekunden der Stille.

Bis Valerie sie brach.

»Ich bin nicht aus Angst nach London gegangen«, sagte sie und sah weiter aus dem Fenster. »Und auch nicht aus Traurigkeit.«

Wieder verstrichen zwei, drei Sekunden voll beklemmender Stille.

»Sondern, weil ich etwas gesehen habe, das ich nicht mehr aus dem Kopf kriege.«

Elisabeth hatte den Atem angehalten. Weil Valerie nicht weiterredete, fragte sie mit zittriger Stimme: »Was?«

»In den Wochen vor ihrem Tod verhielt Anna sich seltsam, abweisend. Sie ging mir aus dem Weg. Ich wusste nicht, warum, sprach sie darauf an, aber sie blockte ab. Meinte, dass nichts sei. Ein paar Tage später wollte sie unsere gemeinsame Geburtstagsparty absagen. Ich wollte wissen, warum. Aber sie meinte nur, dass sie doch am Wochenende ihres Geburtstags in der ›Tanzhöhle‹ feiern wollte. Wir stritten uns, richtig heftig sogar.«

Valerie hielt inne. Ihre Hand war zur Yuccapalme gewandert. Sie fingerte an einem verdorrten Blatt herum. Es knisterte leise.

»Erst wollte ich gar nicht hingehen. Aber dann, zwei Tage später meinte Anna, dass wir die gemeinsame Party doch machen sollten. Wahrscheinlich, weil sie ein schlech-

275

tes Gewissen bekommen hatte. Wir haben uns versöhnt, aber es blieb seltsam. Und in der Nacht, in der sie ermordet wurde, begriff ich auch, warum.«

»Und warum?«, kratzte es Elisabeth aus dem Hals.

Sie fürchtete sich vor der Richtung, in die Valeries Erzählung hinsteuerte.

»Weil Anna eine Affäre hatte.«

»Aber … ich verstehe nicht«, sagte sie. »Sie hatte doch gar keinen Freund, oder?«

»Nein, das nicht. Aber derjenige, mit dem sie etwas hatte, war in einer Beziehung.«

Elisabeth zitterte am ganzen Körper.

»Und … du weißt, wer das war?«

»Ja, Mama.«

Bei der Art und Weise, wie Valerie das eben gesagt hatte, spürte Elisabeth, wie sich die feinen Härchen in ihrem Nacken aufstellten. Sie hatte sich ihr Fingernagelbett wieder blutig gekratzt. Hatte plötzlich das Gefühl, gar nichts mehr wissen zu wollen. Und dennoch schloss sie die Augen und fragte so leise, dass Valerie es kaum gehört haben konnte: »Wer war es?«

Gefühlt jeder Muskel ihres Körpers war angespannt. Elisabeth war darauf vorbereitet. Und würde es dennoch nicht ertragen können, das Wort *Papa* aus Valeries Mund zu hören.

Aber Valerie blieb stumm.

»Wer, Liebes?«

Sie seufzte.

»Sag es mir!«

»Mit …«

»Ja?«

»Mit Philipp.«

Elisabeth riss die Augen auf. »Was?«

»Aber das ist noch nicht alles, Mama. Da ist noch etwas, das mich seit 22 Jahren beschäftigt.«

»Was?« Elisabeth wusste nicht, wie ihr geschah.

»Ich weiß, dass die beiden sich in der Mordnacht heimlich getroffen haben. Und …« Sie hielt kurz inne, holte tief Luft. »Als ich Anna zum letzten Mal sah, ist sie gerade in Philipps Wagen gestiegen.«

61

Elisabeth konnte sich bis heute ganz genau an das erhebende, wunderschöne Gefühl erinnern, als sie Mutter geworden war. Der Moment, in dem sie Philipp zum ersten Mal schreien gehört hatte, war magisch gewesen. Ganz zu schweigen von dem Augenblick, als man ihn ihr zum ersten Mal in die Arme gelegt und sie seinen zarten Körper gespürt hatte. Er war nicht weniger als ein Wunder gewesen.

Auch die Geburt war viel einfacher gewesen, als ihr andere Mütter prophezeit hatten. Regelrechte Horrorvorstellungen hatte man ihr eingepflanzt. Von stundenlangen Qualen hatte man ihr berichtet und von Komplikationen, die jederzeit auftreten konnten. Tatsächlich hatte es nicht die kleinste gegeben. Philipp war drei Tage vor dem errechneten Geburtstermin gekommen, und vom Einsetzen der ersten Wehen bis zu seiner Geburt hatte es nur knapp drei Stunden gedauert. Ehe Elisabeth wusste, wie ihr geschah, war alles vorbei. Selbst die Schmerzen hatte Elisabeth nicht als so schlimm empfunden. Und als sie Philipp zum ersten Mal in seine kleinen dunklen Augen sah, über die zarte Haut seiner Wangen streichelte, seine winzigen Finger und Zehen ertastete, war ohnehin alles vergessen. Elisabeth sah Friedrichs Blick, als er den Kleinen zum ersten Mal überreicht bekam, vor sich. Er hatte glasige, stolze Augen. Und ein Dauergrinsen. Ja, er kriegte sich gar nicht mehr ein. In diesem Moment schien er der glücklichste Mensch der Welt zu sein. Und dazu hatte er auch jeden Grund. Sie waren eine richtige kleine Familie. Familie Sommer.

Jetzt saß Elisabeth schon knapp drei Stunden von Heulkrämpfen gebeutelt an Friedrichs Bettseite und konnte nicht fassen, was aus ihnen geworden war. Was aus Philipp geworden war.

Valerie hatte sie nach Hause geschickt, und auch Sarah hatte sie gebeten, vorerst nicht zu kommen. Friedrich würde erst am Nachmittag aus dem Tiefschlaf geholt, hatte sie geschummelt. Weil sie mit Friedrich alleine sein wollte. Und Sarah das aus Sorge nie akzeptiert hätte.

Elisabeth schwirrte der Kopf. Immerzu musste sie an Philipp denken. An seine Geburt. Seine Kindheit. Die Jugend. An seine lebensfrohe, offene Art. Seine Neugierde. An sein ständiges *Warum, Mama?* Und an seinen Wandel nach Annas Ermordung. Seine Stille, seine Zurückgezogenheit. Ja, mehr noch, seine Abschottung Friedrich und ihr gegenüber.

Elisabeth versuchte mit aller Macht zu begreifen. Eine logische Erklärung für all das zu finden. Eine andere als jene, die sich ihr in den letzten Stunden aufgedrängt hatte. Sie wollte seinen Rückzug in einem anderen Licht sehen. Aber je mehr sie sich darüber den Kopf zerbrach, desto überzeugter war sie, dass es keinen anderen Grund dafür geben konnte. Dass ihr kleines Wunder mit diesen dunklen Murmelaugen zu einem Mörder geworden war.

Der Gedanke daran brachte sie fast um den Verstand. Aber auch die Vorstellung, dass Friedrich ebenfalls darin verwickelt war. Denn wieso hätte er sonst von Annas Slip sprechen sollen? Philipp oder Friedrich? Wer hatte sie ermordet? Wer wusste was? Warum hatte Philipp nie erwähnt, dass er Anna heimlich getroffen hatte. Um seine Beziehung nicht zu gefährden? Oder hatte er sehr wohl darüber gesprochen? Nur nicht mit ihr? Sondern mit seinem Vater?

All diese Fragen würden Elisabeth in den Wahnsinn treiben, wenn sie nicht bald Antworten darauf bekäme. Sie musste Klarheit in dieses Wirrwarr bringen. Würde Friedrich überlisten müssen. Und sie wusste auch, wie.

Elisabeth hatte einen Plan.

62

Friedrich wachte, wie es Doktor Roth vorausgesagt hatte, gegen 11 Uhr auf. Er war orientierungslos, verwirrt und sehr, sehr schwach. Schaffte es kaum, die Augen offen zu halten, geschweige denn zu sprechen. Als Elisabeth die Hand seines eingegipsten Arms nahm und mit dem Daumen sanft seinen Handrücken streichelte, begann er, Worte zu nuscheln, von denen sie nur die allerwenigsten verstand. Seine spröden Lippen hatten sich dabei kaum geöffnet.

Aber zu sprechen blieb ihnen ohnehin kaum Zeit, denn Friedrich wurde in seinem Bett sofort zu weiteren Untersuchungen gekarrt. Eine Computertomografie seines Schädels und weitere Untersuchungen wurden vorgenommen. Elisabeth bekam ihn lange Zeit nicht zu Gesicht. Da war niemand, der ihr sagen konnte oder wollte, was gerade geschah oder wie lange es dauern würde. Elisabeth saß auf Nadeln. Die Zeit war zäh wie Sirup.

Auch von dem Polizisten, der zu Friedrichs Schutz abgestellt worden war, war nichts zu sehen. Zuletzt hatte sie ihn in der Cafeteria gesehen, wo er in ein Stück Torte und die Angestellte, die sie ihm serviert hatte, vertieft gewesen war. Und das war gut so. Solange sich die Polizei von Friedrich fernhielt, bestand keine Gefahr, dass er sich ihnen gegenüber verplappern konnte. Aber es blieb nur eine Frage der Zeit, bis Markus aufkreuzen würde, um Friedrich zu den Ereignissen des Vortags zu befragen. Dann würde sie wachsam an seiner Seite sein. Und sofort einschreiten, wenn es nötig sein würde.

Als Friedrich in sein Zimmer gerollt wurde, war er vor Erschöpfung eingeschlafen. Sein Kopfverband wurde gewechselt, und ein neuer Infusionsbeutel mit durchsichtiger Flüssigkeit angehängt. Was folgte, war abermaliges banges Warten. Darauf, dass der diensthabende Chefarzt endlich die Zeit fand, sie über seinen Zustand und die Untersuchungsergebnisse zu informieren. Und natürlich darauf, dass Friedlich endlich aufwachte und zu Kräften kam. Und sie tun konnte, was sie tun musste.

Das Gefühl der Machtlosigkeit war Elisabeth unerträglich. In den letzten Jahren war es für sie zur Gewohnheit geworden, sich um ihn zu kümmern. Nichts für ihn tun zu können, war schwer zu akzeptieren.

Ihre Sorgen wuchsen mit jeder Minute, die ohne eine Information verstrich. Gleichzeitig wollte sie mit den Fäusten auf Friedrichs Brustkorb einschlagen und ihn anschreien. Sie liebte ihn für alles, was er in den letzten vier Jahrzehnten für sie getan hatte. Und hasste ihn für das, was er womöglich Anna angetan hatte. Mit oder ohne Philipp. Das spielte keine Rolle mehr.

Vor einer guten halben Stunde hatte sie Valerie und Sarah, nachdem beide mehrmals angerufen hatten, über den vermeintlichen aktuellen Stand informiert. Es bliebe dabei, Friedrich würde erst am Nachmittag aufwachen. Sie sollten vorerst nicht kommen, Elisabeth wolle alleine sein und sich ausruhen. Die beiden hatten das nur widerwillig akzeptiert. Elisabeth ahnte, dass sie früher oder später trotzdem aufkreuzen würden.

Was Philipp gerade trieb, was er dachte oder vorhatte, wusste Elisabeth nicht. Er hatte weder angerufen noch über Sarah etwas ausrichten lassen. Aber im Moment war das gut so. Sie würde ihm ohnehin nicht in die Augen sehen können.

Dann, nachdem Elisabeth zwei weitere Stunden an seiner Seite verharrt hatte, zeigte Friedrich erste Anzeichen dafür, dass er im Begriff war aufzuwachen. Erst wurde er unruhig und riss seinen Kopf hin und her. Murmelte Unverständliches, gähnte. Schien zuerst weiterzuschlafen, gähnte jedoch kurz darauf wieder. Streckte sich, gab erneut kaum zu verstehende Wortfetzen von sich, kratzte sich die Brust und schmatzte dabei.

Als sie ihn dabei betrachtete, fühlte Elisabeth sich plötzlich in ihren Alltag zurückversetzt. Sie sah Friedrich nicht in diesem sterilen Krankenbett, in diesem kalten Zimmer, in dieser anonymen Umgebung. Ohne Infusionsschlauch in seiner Armbeuge. Und dem Verband um seinen Kopf. Nein, sie sah ihn in ihrem gemeinsamen Ehebett. An einem Sonntagmorgen, an dem sich das warme Sonnenlicht durch die Lamellen der Jalousie schummelte und sie beide sich auf ein herzhaftes Frühstück freuten. Sie glaubte plötzlich, den Duft von frisch gemahlenem Kaffee zu riechen. Das Radio laufen zu hören. Und den wohlvertrauten knackenden Klang, wenn Friedrich mit dem Löffel die Schale seines Frühstückseis aufbrach. Auf einmal waren auch das Rascheln der tagealten Zeitung und Friedrichs gemurmelte Kommentare zu hören.

Und da wurde Elisabeth mit einer unglaublichen Wucht klar, dass sie künftig nicht darauf verzichten wollte. Dass sie ihr altes Leben zurückhaben wollte. Und dass alles so sein sollte, wie es vor drei Tagen noch gewesen war.

Unwissenheit war ein Segen. Aber nicht, wenn sie mit Zweifel getränkt war. Dann wurde sie zur Hölle. Und deshalb musste sie alle Zweifel aus dem Weg räumen. Ihre Angst überwinden.

Bevor Friedrich ein weiteres Mal seine Augen geöffnet

hatte, hatte Elisabeth sich lautlos von ihrem Stuhl erhoben und war an die Kopfseite seines Bettes und somit aus seinem Blickfeld getreten. Sie rollte das mobile Nachtkästchen ein Stück zur Seite. Drängte sich dicht an die Wand. Sammelte sich. Holte tief Luft. Fasste all ihren Mut.

Nach all den Jahren würde sie doch noch einmal in eine Rolle schlüpfen müssen. Würde auf ihr Talent, Stimmen nachzuahmen, zurückgreifen. Um Friedrich in die Irre zu führen. Und endlich die Wahrheit aus ihm herauszubekommen.

»Hallo, Papa«, sagte sie deshalb, und ihr Puls sprang in die Höhe.

Sie war selbst davon überrascht, wie gut sie die Stimmlage auf Anhieb getroffen hatte. Nur eine klitzekleine Spur zu tief hatte sie angesetzt. Kaum zu bemerken, leicht zu korrigieren. Sie hatte es noch drauf.

Sie würde die Wahrheit erfahren.

Jetzt.

63

»Papa?«, setzte Elisabeth nach und hatte Philipps Stimme nun perfekt getroffen.

Ihr Herz schlug ihr bis zum Hals.

Friedrich reagierte nicht. Er murmelte weiter unverständliches Wirrwarr und riss seinen Kopf hin und her. Doch er wurde allmählich leiser, auch sein Kopf kam langsam zur Ruhe.

Vorsichtig streckte Elisabeth sich ein kleines Stück weit nach vorne. Konnte sehen, dass seine Augen geschlossen waren. Er schien kurz davor zu sein, wieder einzuschlafen. Doch dazu wollte Elisabeth es nicht kommen lassen.

»Papa!«, versuchte sie es deshalb erneut, etwas lauter als zuvor. »Papa, wo ist Anna?«

»Anna ... was ...?«

»Ist Anna hier?«

Elisabeth hatte keine Ahnung, warum sie das gefragt hatte. Sie folgte ihrer Intuition. Angenommen, Philipp hatte Anna wirklich kurz vor ihrer Ermordung heimlich getroffen und Friedrich wusste tatsächlich, welchen Slip sie in der Nacht ihres Todes getragen hatte, dann konnte das nur bedeuten, dass die beiden unter einer Decke steckten. Oder, und das war weitaus wahrscheinlicher, dass sie gerade dabei war, den Verstand zu verlieren.

Sie ließ nicht locker: »Papa, wo ist Anna?«

»Anna ...?« Friedrich kratzte sich an der Brust. Seine Stimme war leise, seine Augen geschlossen. »Anna ... ist ...«

»Wo ist sie? Ich muss wissen, wo sie ist.«

»Anna ist … sie …«, stammelte Friedrich. Er hatte die Augen einen kleinen Spalt breit geöffnet, aber sichtlich Mühe, sie offen zu halten.

»Wo?«

Er antwortete nicht.

»Wo ist Anna, Papa?«

»Anna ist … sie ist tot.«

Die Temperatur im Raum sackte schlagartig nach unten. Eine Eiseskälte erfasste Elisabeth. Auch wenn sie nicht begriff, weshalb. Natürlich wusste Friedrich, dass Anna tot war. Das war nicht der Punkt. Vielleicht war es die Art und Weise, wie er es gesagt hatte. Schwer zu beschreiben. Jedenfalls aber hatte Zorn in seiner Stimme mitgeschwungen.

Außerdem drängte sich ihr plötzlich die Frage auf, was es wohl zu bedeuten hatte, dass Friedrich mit Philipp über den Mord sprach. Ihr jedoch in all den Jahren stets ausgewichen war, wenn sie darüber hatte reden wollen. Ja, ihr sogar verboten hatte, die Zeitungsausschnitte über den Mord aufzuheben. Weil sie das Haus vergiften würden. Aber war wirklich das der Grund gewesen?

»Warum ist Anna tot?«, fragte Elisabeth.

»Ich … ich …«

»Was?«

Er antwortete nicht.

Aber Elisabeth ließ nicht locker. »Wie ist Anna gestorben?«

»Anna ist … sie ist im Moor.«

Sein Kopf ging heftiger hin und her.

»Wieso ist Anna im Moor?«

Keine Antwort.

»Wer hat Anna ins Moor gebracht?«

285

Elisabeths Kopf glühte, gleichzeitig fror sie. Sie hatte das nebelverhangene, nächtliche Moor vor sich. So, wie sie es in »Mörder im Visier« gesehen hatte.

»Hast du Anna ins Moor gebracht, Papa?«

»Wir müssen ... sie ...«

»Was?«

»Sie muss weg.«

»Was meinst du?«

»Wir ... müssen sie verstecken!«

*

Einen Augenblick lang war da nichts als Leere gewesen. Elisabeth hatte scharf eingeatmet, die Luft angehalten. Ihr Körper hatte sich verkrampft. Tränen liefen ihr übers Gesicht. Aber davon bekam sie nichts mit.

Erst dann setzte der Schock ein. Mit der Wucht eines Lkws, der sie mit voller Fahrt gerammt hatte. Und sie begriff, was Friedrich da gesagt hatte. Ihre schlimmsten Befürchtungen hatten sich bewahrheitet. Ihr Leben, wie sie es gekannt hatte, war vorbei. Ihre Ehe eine einzige Lüge.

Friedrich war ein Mörder.

Er war der *Moorkiller*.

»Alle ... suchen sie«, brummte er weiter, und seine Stimme wurde deutlicher. »Sie ... sie werden sie finden.«

Elisabeth hatte alle Mühe, ein Schluchzen zu unterdrücken.

»Wir ... wir müssen sie verstecken!«

Sie musste sich an der Wand abstützen. Alles drehte sich, wurde immer schneller. Kurz wurde ihr schwarz vor Augen.

»Was ... was hast du nur getan?«

Elisabeth fühlte einen weiteren Lkw auf sich zurasen.

»Es … tut mir leid, Papa.«

»Was hast du nur getan?«

Wums. Der nächste Lkw hatte sie gerammt. Ihre Knie wurden weich. Sie schaffte es gerade rechtzeitig auf den Stuhl.

Und als hätte es noch irgendeinen Zweifel gegeben, brummte Friedrich: »Du … du bist ein Mörder, Philipp! Hörst du, ein … ein Mörder!«

Philipp.

Ihr Sohn.

Ihr eigenes Fleisch und Blut.

Ein Mörder.

Nicht Friedrich, sondern Philipp war der *Moorkiller*.

Elisabeth rang nach Luft. Ihre Gedanken überschlugen sich.

Und plötzlich war da dieses Gefühl. Sie konnte nicht sagen, warum. Aber sie wusste auf einmal, dass da noch jemand im Raum war. Vielleicht hatte derjenige erschrocken nach Luft geächzt. Vielleicht ein leises Schluchzen von sich gegeben. Vielleicht hatten die Türscharniere kaum hörbar gequietscht. Oder aber ein feiner Luftzug hatte Elisabeth gestreift.

Jedenfalls wusste sie schon, bevor sie vom Stuhl hochfuhr und herumwirbelte, dass hinter ihr jemand war. Und tatsächlich stand da jemand im Türrahmen. Mit offen stehendem Mund. Und weit aufgerissenen Augen.

Elisabeth sackte das Herz in die Hose.

64

Es war Sarah. Mit völlig entgleisten Gesichtszügen.

»Ich … ich wollte mich nicht anschleichen, ich … ich dachte nur, dass … Friedrich noch schläft, … deshalb … ich …«, stammelte sie.

Es war offensichtlich, dass sie zu viel gehört hatte.

Elisabeth war klar, dass sie etwas hätte sagen sollen. Aber ihr hatte es schlichtweg die Sprache verschlagen. Seit sie vom Stuhl hochgesprungen war, stand sie wie versteinert da. Trauer, Wut und Verzweiflung wüteten in ihr. Und Mitgefühl für Sarah.

Sie schien sich halbwegs gefangen zu haben und trat ins Zimmer. Hinter ihr fiel die Tür zu.

»Friedrich, was hast du gesagt?«

Elisabeth wurde schwindelig. Ihr Kreislauf sackte ins Bodenlose. Vor ihren Augen zuckte es schwarz auf. Keine Frage, dass sie jeden Moment zusammenbrechen würde. Sie schloss die Augen. Alles wurde schwammig. Und dumpf.

In weiter Ferne rief jemand ihren Namen. Aber es war ihr egal. Nichts war mehr von Bedeutung. Dann spürte sie ein Rütteln an ihrem Oberarm.

»Elisabeth!«

Sie wollte nicht antworten. Wollte gar nichts mehr.

Das Rütteln wurde heftiger.

»Elisabeth!«

Sie riss die Augen auf. »Hm?«

»Wir müssen ihn zur Rede stellen.«

»Wen?«

»Na Philipp!«

Abermals traf sie die Erkenntnis. Philipp. Ihr eigener Sohn. Ein Mörder. Der *Moorkiller*. Und Friedrich. Ihr Mann, die Liebe ihres Lebens. Ihr Licht. Sein Helfer.

Sarahs Worte drifteten ab, hallten dumpf durch den Raum. Wieder ein Rütteln.

»Komm mit!«

Ehe Elisabeth begriff, war sie draußen im Flur. Sarah zerrte sie hinter sich her, stieß sie in den Aufzug. Unten am Parkplatz auf den Beifahrersitz ihres SUVs. Redete immerzu auf sie ein.

Erst, als Sarah den Motor startete, fand Elisabeth halbwegs zu sich.

»Wir müssen Philipp zur Rede stellen!«, sagte Sarah erneut.

Elisabeth spürte sich nicken.

»Es muss eine einfache Erklärung dafür geben.«

Sarah lehnte sich hinaus, um die Parkkarte in den Automaten zu stecken.

Die Schranke öffnete sich. Sie verließen den Krankenhausparkplatz.

Elisabeth wusste nicht, warum. Aber plötzlich musste sie an das Bild denken, das ihr in den letzten Tagen in den Sinn gekommen war: das Mädchen, das dem roten Luftballon nachgejagt war, den ihr eine kräftige Windböe aus den Händen gerissen hatte. Sie fühlte sich genau wie dieses Mädchen. Nur, dass der Luftballon längst geplatzt war. Und sie die schmutzigen roten Fetzen in ihren Händen hielt. Weil alle Hoffnung verloren war.

65

Philipp war zwar bei Bewusstsein, nahm seine Umgebung jedoch nur schemenhaft wahr. Als wären seine müden Augen zwei Kameralinsen, die mit zähem Fett beschmiert worden waren. Als steckten Wattepfropfen in seinen Ohren. Und Betäubungsmittel in seiner Blutbahn.

Ihm brummte der Schädel. In der letzten Nacht hatte er wenig geschlafen. Und in den Nächten davor auch nicht viel mehr. Seit er erfahren hatte, dass »Mörder im Visier« einen Beitrag über den Mord an Anna zu bringen beabsichtigte. Nacht für Nacht hatte er seitdem stundenlang im Bett gelegen und an die finstere Decke gestarrt. Hatte die grausamen Bilder zu verdrängen versucht, die sich in einer Endlosschleife vor seinem geistigen Auge abgespult hatten. Und wenn er doch einmal eingenickt war, war er schon kurz darauf schweißgebadet aus einem blutverschmierten Albtraum hochgeschreckt. Mit einem unterdrückten Schrei, der ihm auf Höhe des Kehlkopfes stecken geblieben war.

Er hatte ja befürchtet, dass es irgendwann so weit sein würde. In den letzten 22 Jahren war kein Tag vergangen, an dem ihn nicht die Angst quälte aufzufliegen. Spätestens, als sein Vater an Alzheimer erkrankt war, war es für Philipp zur Gewissheit geworden. Es war nicht länger die Frage, ob die Wahrheit jemals ans Tageslicht kommen *würde*, sondern wann.

Und dennoch fühlte er sich völlig unvorbereitet. Hatte keine Ahnung, was er am besten tun sollte. Ob es irgendeinen Ausweg gab. Einen anderen, als die Flucht zu ergreifen.

Bei allem, was er in den letzten Tagen getan hatte, hatte er sich wie einer der Musiker auf der sinkenden Titanic gefühlt. Auch er hatte im Angesicht des Todes sein Bestes gegeben. War über sich hinausgewachsen. Und hatte dennoch nichts gegen seinen Untergang ausrichten können.

Pling.

Die Aufzugtüren öffneten sich und Philipp betrat die Intensivstation. Im selben Augenblick sah er am anderen Ende des Flurs die Zimmertür seines Vaters aufgehen.

Instinktiv sprang er zur Seite. Drückte sich an die Wand. Schob sich um die Ecke. Hielt die Luft an. Und beobachtete, wie Sarah seine Mutter an sich vorbeizog. Und die beiden im Aufzug verschwanden, mit dem er eben hochgekommen war.

Erst als sich die Türen geschlossen hatten, wagte er zu atmen. Er hatte Sarahs Blick nur für einen kurzen Augenblick gesehen. Aber das hatte ausgereicht, um zu verstehen: Es war so weit.

Um sicherzugehen, rannte er zum Zimmer seines Vaters. Riss die Tür auf. Und fand ihn im Bett liegend und sich an der Stirn kratzend.

Eine Sekunde lang sahen sie einander an.

Dann wandte Philipp sich ab. Und lief zurück zu den Aufzügen.

66

Sarah schwirrte der Kopf, als sie die Schranke des Kranken-hausparkplatzes passierte. Im Augenwinkel sah sie Philipp aus dem Gebäude und auf sie zustürmen. Wild mit den Armen fuchtelnd und schreiend. Sie ignorierte ihn, ließ die Scheibe hoch. Elisabeth hatte ihn zum Glück nicht gesehen.

Sarah hatte alle Mühe, sich auf die nasse Straße zu konzen-trieren. Nicht nur wegen des stärker werdenden Schauers und ihres geschwollenen Auges, aus dem sie schlecht sah. Auch ihre stechenden Kopfschmerzen waren nicht das Problem.

Vielmehr machte ihr zu schaffen, dass sie keine Ahnung hatte, wohin sie fahren sollte. Was sie unternehmen sollte. Wie sie die Kontrolle zurückerlangen konnte. Das redete sie sich zumindest ein. In Wirklichkeit wusste sie genau, was zu tun war. Woran kein Weg vorbeiführte.

Sie hatte nie gewollt, dass es so weit kam. Aber in den letzten Tagen war ihr so einiges entglitten. Seit dieser ver-dammten TV-Reportage war sie unvorsichtig geworden. Leichtsinnig.

Elisabeth hatte gerade irgendetwas zu ihr gesagt, aber sie hatte nicht mitbekommen, was. Sie hatte sich losgegur-tet und nach vorne in den Fußraum gestreckt, um an ihren Schuhen herumzufummeln. Sollte sie doch. Sarah küm-merte es nicht.

Sie musste die Scheibenwischer auf die nächsthöhere Stufe schalten. Erst ärgerte sie sich darüber. Doch dann wurde ihr klar, dass dieses Sauwetter ein Vorteil sein konnte. Sie musste ihn bloß zu nutzen wissen.

Sie wusste, dass sie viel zu schnell fuhr. Dass sie lieber einen Gang runterschalten und den nächsten Schritt gründlich überlegen sollte. Weil davon alles abhängen würde. Und dennoch konnte sie nicht anders, als das Gaspedal weiter durchzudrücken. Sie musste rasen. Um mit ihren Gedanken Schritt halten zu können.

Eine Stunde zuvor war Philipp aus dem Haus gestürmt, ohne ihr Bescheid zu geben. Sie hatte bloß die Tür ins Schloss fallen gehört. War dann zum Fenster geeilt und hatte ihn mit seinem Wagen wegfahren sehen. Als sie ihn daraufhin am Handy zu erreichen versucht hatte, war nur die Mobilbox dran. Auch beim zweiten, dritten und vierten Versuch. Und beim fünften und sechsten.

Das hatte er noch nie gewagt.

Davor hatten sie sich die ganze Nacht gestritten. Er hatte ihr Dinge an den Kopf geworfen, die sie ihm niemals verzeihen würde. Er hatte ihr Vertrauen missbraucht. Sie hintergangen. Er würde es bereuen, dass …

»Pass auf!«, schrie Elisabeth auf dem Beifahrersitz.

Scheiße!

Sie war auf die Gegenspur abgekommen. Und ein Wagen kam ihnen wild hupend entgegen.

Sie riss das Lenkrad herum. Gerade noch rechtzeitig. Konnte den Zusammenstoß verhindern. Aber jetzt kam der Wagen auf der nassen Fahrbahn ins Schleudern. Sie riss das Steuer in die Gegenrichtung. Sprang gleichzeitig auf die Bremse. Verlor die Kontrolle über den Wagen. Sie drifteten. Schlitterten gegen einen Bordstein. Sie lenkte gegen. Und der Wagen kam endlich zum Stehen.

Scheiße! Scheiße! Scheiße!

Ihr Puls raste. Sie atmete stoßweise. Spürte einen stechenden Schmerz in der Brust. Konnte nicht fassen, wie knapp das eben gewesen war. Wie viel Glück sie gehabt hatte. Auch, dass sie keines der am Straßenrand parkenden Autos gerammt hatte. Und dass die Straße menschenleer war und sie offenbar niemand gesehen hatte.

Verdammt noch mal, sie musste sich zusammenreißen. Die Kontrolle zurückerlangen.

Es konnte doch nicht sein, dass …

»Sarah!«, fuhr Elisabeth sie vom Beifahrersitz aus an.

In einem Tonfall, der vermuten ließ, dass sie bereits zuvor etwas gesagt hatte.

»Was ist?«

»Ich habe dich gefragt, wie Friedrichs Manschettenknopf hierherkommt.«

67

Der Aufzug war ewig nicht gekommen. Also hatte Philipp sich dazu entschlossen, die Treppen zu nehmen. Aber gerade, als er die Tür zum Treppenhaus aufgestoßen hatte, hatte er gehört, dass der Aufzug gekommen war. Also war er zurück und hinein in die Kabine, ein Fehler natürlich. Denn ausgerechnet, als sich die Schiebetüren endlich zu schließen begannen, war eine Krankenschwester wie aus dem Nichts aufgetaucht, hatte den Arm durch den Spalt gestreckt und die Türen aufgehalten, um mitfahren zu können.

»Verzeihen Sie!«, hatte sie gesagt und war gemächlich eingetreten.

Es war zum Verrücktwerden!

Wie von Sinnen hatte er daraufhin auf die Schließtaste gehämmert. »Komm schon, verflucht!« gemurmelt und dabei den abschätzigen Blick der Krankenschwester im Nacken gespürt.

Er hatte viel zu viel wertvolle Zeit verloren. Und deshalb sah er, als er endlich aus dem Krankenhaus hinaus ins Freie sprintete, Sarahs weißen SUV durch die geöffnete Schranke hindurchfahren.

»Halt!«, rief er, winkte mit beiden Armen und rannte auf sie zu. »Bleib stehen!«

Sie sah ihn. Ließ die Scheibe hoch und raste davon. Die roten Rücklichter tauchten im dichten Regen unter.

Verflucht!

Er hatte einen riesengroßen Fehler gemacht. Er hätte die beiden oben im Flur aufhalten sollen. Hätte sich nicht verstecken dürfen. Hätte nicht schweigen dürfen. Aber in dem Moment hatte er bloß eine Szene vermeiden wollen. Und er war der absurden Hoffnung gewesen, dass es eine Lösung gab. Er hatte nicht weitergedacht. Nicht begriffen, dass viel mehr auf dem Spiel stand.

Er lief zu seinem alten Golf, drückte aus der Ferne den Funkschlüssel. Riss die Tür auf, sprang hinein, startete den Motor und raste los.

Er durfte keine Zeit verlieren.

Er kannte Sarah wie kein anderer. Und dennoch wusste er nicht, was in ihrem Kopf vorging. Vor allem in Momenten wie diesen. Wenn wieder einmal eine Sicherung bei ihr

durchgebrannt war. Sie sich ungerecht behandelt fühlte.
Oder in die Enge gedrängt. Und sie im Begriff war, es wieder zu tun.

Dann war sie gefährlich. Sehr sogar.

Und seine Mutter war ihr gerade in die Falle gegangen.

68

Elisabeth krallte sich am Griff über der Tür fest. Schielte auf die digitale Geschwindigkeitsanzeige hinter dem Lenkrad: 73 Kilometer pro Stunde. Und das im Ortsgebiet und bei diesem Sauwetter. Und bei unzähligen Schlaglöchern und Bodenwellen, die unter den tiefen Pfützen lauerten. Sie wurde heftig in ihrem Sitz durchgerüttelt. Hatte Sarah schon zweimal gebeten, nicht so schnell zu fahren. Aber die hatte weder geantwortet noch sonst irgendwie reagiert. Elisabeth konnte ja verstehen, dass sie völlig durch den Wind war. Dass sie gerade die Hölle auf Erden durchmachte. Ihr selbst ging es ja nicht anders. Ja, ihrer beider Leben lagen in Trümmern. Aber es würde alles nur noch schlimmer machen, wenn sie auch noch einen Unfall hätten.

Oder war es das, was Sarah gerade provozierte?

Langsam bekam sie es mit der Angst zu tun.

»Bitte fahr etwas langsamer!«

Keine Reaktion.

Elisabeth versuchte, ihre Gedanken zu ordnen. Aber es war unglaublich laut im Wagen. Zum Regenprasseln, dem Surren der Lüftung und dem regelmäßigen Schleifen der Scheibenwischer mischte sich das Rauschen der Wassermassen, die gegen den Wagenboden geschleudert wurden. Über diesen Lärm hinweg glaubte sie, ihr Telefon zum zweiten Mal läuten zu hören. Aber das steckte in ihrer Tasche auf der Rückbank.

»Sarah, bitte fahr nicht so schnell!«

Wieder reagierte sie nicht.

»Hey!«

Elisabeth rüttelte sie am Oberarm. Sarah antwortete nicht, ging aber vom Gas.

Das Telefon verstummte. Elisabeth war es egal. Vermutlich war es Valerie gewesen. Aber die würde früh genug von der Katastrophe erfahren.

Erneut wurden sie von tiefen Schlaglöchern durchgerüttelt. Sarah war wieder schneller geworden.

»Sarah!«

Erneutes Rütteln an ihrem Oberarm.

Sie wurde eine Spur langsamer.

Elisabeth beobachtete sie aus dem Augenwinkel. Ihre Lippen bewegten sich stumm. Sie schien tief in Gedanken versunken. Verzweiflung war in ihrem Gesicht zu sehen. Aber auch etwas anderes, das Elisabeth nicht zu deuten vermochte.

Irgendetwas passt nicht zusammen!

Elisabeth schnaufte. Rieb sich mit beiden Händen das Gesicht. Schloss die Augen. Spürte ihre Lider zucken, ihre Augäpfel hin und her hetzen. Sie versuchte, ihre Umgebung auszublenden. Zu begreifen. Das alles konnte so nicht stimmen. Es durfte nicht wahr sein. Sie konnte sich doch nicht derart in Philipp getäuscht haben. Konnte er ernsthaft ein Mörder sein? Oder hinter den Angriffen stecken? Warum hätte er seine eigene Mutter angreifen sollen? Egal, wie sie es drehte und wendete, Elisabeth verstand es nicht.

Sie blies kräftig durch. Öffnete die Augen. Da fiel ihr Blick in den Bodenraum des Beifahrersitzes. Und plötzlich nahm die Tragödie ihres Lebens eine neuerliche Wendung. Vor ihrer rechten Schuhspitze erblickte sie etwas, das sie bisher übersehen hatte. Oder zuvor nicht dort gelegen hatte. Weil es erst wegen einer der letzten Bodenwellen unter dem Sitz hervorgerutscht war. Erst glaubte Elisabeth an eine Täuschung. Schließlich sah sie schlecht ohne ihre Brille. Aber dann befreite sie sich von ihrem Gurt, streckte sich nach vorne und fischte das golden funkelnde Teil hervor.

Und plötzlich verstand sie gar nichts mehr.

Wie ist das möglich?

»Wie kommt der hierher?«, murmelte sie zu sich selbst, während sie den Gurt anlegte.

Irgendetwas stimmte nicht, das stand fest. Sie versuchte, ihr wild pochendes Herz zu ignorieren. Ihre Angst zu verdrängen. Und sich auf die Fakten zu konzentrieren.

Fest stand, dass Friedrich in diesem Wagen gewesen sein musste. Wie sonst hätte einer seiner Lieblingsmanschettenknöpfe hierherkommen sollen? Und dass es sich um einen seiner Manschettenknöpfe handelte, stand außer Frage – immerhin hatte sie ihm die Teile geschenkt. Was ebenso außer Frage stand, war, dass Friedrich sie am Morgen des Vortages getragen hatte, als er in seiner Verwirrtheit geglaubt hatte, ins Büro zu müssen. Friedrich musste in diesem Wagen gewesen sein, nachdem sie ihn bei Norbert abgeliefert hatte. Sehr wahrscheinlich, nachdem er aus Norberts Haus verschwunden war. Und bevor er mit einer schweren Kopfverletzung im Straßengraben gefunden worden war. Hatte also tatsächlich Philipp seinen Vater in den Wagen gelockt, um auf ihn einzuschlagen und in den Straßengraben zu werfen?

Elisabeth sah sich unauffällig um. Konnte aber nirgends eine Spur von Blut entdecken. Übersah sie etwas? Sie schloss die Augen. Musste sich konzentrieren. Verstehen. Aber sie sah bloß Friedrich vor sich. Wie er am Vortag an den Manschettenknöpfen herumgefummelt hatte. Beim Frühstück. Und später im *roten Herrn*, bevor sie das Blaulicht vor Philipps und Sarahs Haus entdeckt hatte.

Warum?

Sie öffnete die Augen.

Plötzlich der Schock.

Sarah war auf die Gegenfahrbahn abgedriftet. Und ein Wagen raste direkt auf sie zu.

»Pass auf!«, schrie sie aus voller Kehle.

Sarah riss das Lenkrad herum. Konnte dem entgegenkommenden Wagen gerade noch ausweichen. Der schoss hupend an ihnen vorbei. Aber sie selbst waren ins Schleudern gekommen. Sarah lenkte gegen. Streifte den Bordstein. Und schrammte nur hauchdünn an einem am Straßenrand parkenden Auto vorbei. Erst dann kam der Wagen zum Stehen.

Elisabeth hörte auf zu schreien. Sie zitterte am ganzen Körper. Ihr Herz raste.

Auch Sarah atmete heftig. Sie starrte auf das Lenkrad.

»Alles gut?«, wollte Elisabeth wissen und begriff, wie absurd ihre Frage war.

Sarah antwortete nicht.

Stille Sekunden verstrichen. Der Regen hämmerte auf den Wagen ein. Die Lüftung rauschte. Die Scheibenwischer quietschten.

»Wie kommt Friedrichs Manschettenknopf hierher?«, wollte Elisabeth wissen, nachdem sie sich halbwegs gefangen hatte.

Aber Sarah blieb stumm.

»Sarah!«, fuhr Elisabeth sie an.

»Was ist?«

»Ich habe dich gefragt, wie Friedrichs Manschettenknopf hierherkommt.«

Ja, keine Frage, damit hatte Elisabeth Sarahs volle Aufmerksamkeit. Der Blick ihrer Schwiegertochter sprach Bände. Es war der Gesichtsausdruck eines Menschen, der gerade ertappt worden war.

Und plötzlich glaubte Elisabeth zu begreifen.

Das Handy auf der Rückbank läutete schon wieder.

69

22 Jahre dauerte der Albtraum bereits an. Und deshalb hatte Philipp, als er am Vortag frühmorgens von diesem merk-

würdigen Klopfen aufgewacht war, gleich geahnt, dass etwas nicht stimmte. Er hatte sich umgedreht, auf Sarahs Betthälfte geblickt. Und gesehen, dass sie leer war.

»Sarah!«, rief er und fuhr mit einem Ruck hoch. »Was ist los?«

Wieder erklang das Pochen. Es kam von unten.

Obwohl er nicht wusste, weshalb, war er augenblicklich von Panik ergriffen. Sprang aus dem Bett. Stürmte aus dem Schlafzimmer. Rechnete mit dem Schlimmsten.

»Sarah?«

Keine Antwort.

Er rannte ins Wohnzimmer. Fand sie nicht. In die Küche. Auch die war leer.

»Sarah!«

Wieder dieses Pochen. Lauter als zuvor. Und er begriff, dass es aus der Garage kam. Rannte dorthin. Fand Sarah. Die gerade mit dem Gesicht voran gegen die Tür lief.

Was zum ...?

Augenblicklich schossen ihm Tränen in die Augen. Seine Gedanken überschlugen sich.

»Um Gottes willen, Sarah!«

»Verschwinde!«, schrie sie ihn an, während sie zurücktaumelte.

Blut lief ihr über das Gesicht. Ihre Lippe war aufgeplatzt, genauso wie die Haut oberhalb der rechten Augenbraue. Die Haare waren zerzaust und klebten ihr an der blutverschmierten Stirn. Ihr T-Shirt war aufgerissen.

»Was machst du denn?«

»Hau ab!«

»Aber ...«

»Raus hier!«

Sie stürmte plötzlich auf ihn zu. Stieß ihn mit beiden Hän-

301

den aus dem Raum. So heftig, dass er sich nur mit Mühe auf den Beinen halten konnte.

»Schatz, bitte …«

»Lass mich alleine!«

»Bitte …«

Sie setzte nach, stieß ihn erneut. Er stolperte zurück. Fand keinen Halt. Schlug sich den Hinterkopf an der Wand.

»Geh mir aus den Augen!«, schrie sie, und ihre Stimme überschlug sich dabei.

Sie schloss die Tür, sperrte ihn aus.

Und während aus der Garage wieder das dumpfe Pochen zu hören war, ließ Philipp sich kraftlos zu Boden sinken und begann, bitterlich zu weinen.

Erst später, als die Sanitäter und kurz darauf die Polizei eintrafen und Sarah den Beamten berichtete, was angeblich passiert war, begriff Philipp. Sie täuschte einen Angriff vor.

Weil sie sich in die Enge getrieben fühlte. Von der TV-Reportage, in der behauptet worden war, dass die Polizei eine heiße Spur zu demjenigen hatte, der all die Frauen angegriffen hatte. Also zu ihr. Auch wenn im Beitrag nicht weiter auf diese angebliche Spur eingegangen worden war. Und es sich ziemlich sicher um Bluff gehandelt hatte, um die Zuschauer bei der Stange zu halten. Sarah hatte es keine Ruhe gelassen. Wie alles, was sie nicht kontrollieren konnte. Oder ihr gegen den Strich ging.

Das alles war erst gestern passiert. Und dennoch schien es Philipp ewig her. So vieles war seitdem geschehen. Nichts davon hatte er kommen sehen. Nichts hatte er verhindern können. Dabei war es nicht so, dass er Sarah all das nicht zugetraut hätte – dafür kannte er sie lange genug. Und wusste, wozu sie im Stande war. Nein, vielmehr wusste er, dass es nur einen Ausweg aus diesem Albtraum gab. Aber dazu hatte er sich nicht überwinden können. Wer schaffte es schon, sein Leben aufs Spiel zu setzen?

Selbst wenn er das mit seinem Vater hatte kommen sehen. Seit seiner Alzheimererkrankung hatte Philipp in ständiger Angst gelebt, dass Sarah etwas von ihrer beider Geheimnis mitbekommen würde. Und Konsequenzen daraus ziehen würde. Solche, die in ihrer verschrobenen Welt als gerechtfertigt galten. Und überall sonst als Schwerverbrechen. Sein Schweigen war unverzeihlich, das war Philipp klar. Und dennoch schaffte er es seit 22 Jahren nicht, den Mund aufzumachen. Stattdessen hatte er sich zurückgezogen, so viele Kontakte abgebrochen. Sarah zu besänftigen versucht, ihr ins Gewissen geredet, jeden Tag aufs Neue. Und gespürt, dass es jeden Tag schlimmer wurde.

Jetzt raste Philipp wie ein Verrückter durch die Gegend und versuchte zu retten, was zu retten war. Aber er konnte sie nicht finden. Und weder Sarah noch seine Mutter gingen ans Telefon. Bei seiner Mutter läutete es zumindest. Aber Sarah hatte ihres abgeschaltet. Kein gutes Zeichen.

Wieder die Mobilbox.

Fuck!

Er warf sein Handy auf den Beifahrersitz und schlug mit der flachen Hand auf das Lenkrad.

Erst hatte er es zu Hause versucht. Aber da waren sie nicht gewesen. Jetzt stand er vor dem Haus seiner Eltern. Aber auch da war Sarahs SUV nicht zu sehen. Bloß Valerie stand in der offenen Haustür und starrte ihn an. Das hatte ihm gerade noch gefehlt. Er legte den Retourgang ein, wendete den Wagen und raste zurück in die Stadt.

Komm schon, denk nach, verdammt! Wohin konnte sie gefahren sein?

Sarah musste klar sein, dass es vorbei war. Dass sie dieses Mal nicht ungeschoren davonkommen würde. Die ganze Nacht über hatte Philipp sie zu überreden versucht, sich zu stellen. Hatte auf sie eingeredet wie auf ein kleines Kind. Aber sie hatte ihn bloß ausgelacht. Ihn angeschrien. Auf ihn eingeschlagen. Dinge zerschmettert. Er hatte nicht lockergelassen. Wollte ihr die aussichtslose Lage klarmachen. Aber sie hatte ihm gar nicht erst zugehört. Hatte lauter geschrien und noch heftiger gewütet. Dann, von einer Sekunde auf die andere, hatte sie geweint und sich selbst bemitleidet. Nur um ihm dann wie aus dem Nichts die Schuld an allem zu geben. Wie in all den Jahren zuvor. Sie hatte gebrüllt wie am Spieß. Hatte die Vase von der Kommode gerissen und sie nach ihm geworfen. Hatte ihn verfehlt. Und war dadurch noch rasender geworden. Hatte den Bilderrahmen mit ihrem Hochzeitsfoto gegriffen, war auf ihn zugestürmt und hatte mit der spitzen Kante auf ihn eingeschlagen.

»Hör auf, bitte«, hatte er gefleht und hinter seinen Armen Schutz zu finden versucht.

Aber sie hatte nicht aufgehört. Und nachdem sie auch diese Phase überwunden hatte, war auf einmal wieder diese Entschlossenheit in ihren Augen aufgeblitzt. Wut, dann Hass hatten sich über ihr Gesicht gelegt. Ihre Kieferknochen hatten zu mahlen begonnen.

Da hatte er gewusst, dass sie sich nicht kampflos geschlagen geben würde.

»Was hast du vor?«

»Kümmere dich gefälligst um deinen eigenen Mist!«

»Sarah, bitte tu nichts …«

»Sei still!«

»Warte, bitte, bleib stehen!«

»Lass mich in Ruhe!«

»Lass uns von hier verschwinden. Weggehen, nur du und ich. Noch heute Nacht. Bitte.«

»Du sollst mich in Ruhe lassen!«

»Dann sag mir, was du vorhast!«

»Das wirst du schon sehen.«

»Warte!«

»Greif mich nicht an!«

»Bitte …«

»Lass los! Ich warne dich. Wage es ja nicht, mich noch einmal anzufassen!«

»Aber ich will doch nur …«

»Du wirst schon sehen, was du davon hast!«

Das war so typisch für sie gewesen. Wenn die Wut sie packte, dann wurde Sarah zum Tornado. Dann zog sie aus, um zu vernichten. Und nichts und niemand konnte sie davon abhalten. Schon gar nicht er. Egal, was er dann tat oder sagte – er machte es nur schlimmer.

Und auch ihr letzter Satz, dieser Hang zur Dramatik, war so charakteristisch für sie. Wenn sie verschwommen eine Tat ankündigte. Gerade deutlich genug, damit er es mit der Angst zu tun bekam. Aber niemals so, dass er eine Chance gehabt hätte, etwas dagegen zu tun. Ja, Eifersucht und Dramatik waren es, die Sarah rastlos machten. Die sie Dinge machen ließen, über die ein gesunder Mensch fassungslos den Kopf schüttelte. Seit der Nacht. In der Anna hatte sterben müssen.

Plötzlich durchzuckte Philipp ein Geistesblitz. Und er glaubte zu wissen, wohin Sarah wollte.

Aber natürlich!

Er trat das Gaspedal durch. Konnte nur hoffen, dass er richtig lag. Denn die Zeit lief ihm davon.

70

So schnell Sarahs entstelltes Gesicht verfallen war, nachdem sie Friedrichs Manschettenknopf in Elisabeths Händen erblickt hatte, so schnell hatte sie daraufhin die Fassung wiedergefunden. Der Ausdruck des Ertappt-worden-Seins hatte nicht länger als einen Wimpernschlag gedauert. Aber das hatte genügt.

Elisabeth hatte den Blick von Sarah abgewandt. Starrte stur geradeaus, an den hin und her hetzenden Scheibenwischern vorbei, in das nasse Grau. Versuchte, sich nicht anmerken zu lassen, dass sie zu zittern begonnen hatte. Dass sie sich in dem Gurt plötzlich wie in einem Gefängnis fühlte. Und ihr so viele Fragen gleichzeitig durch den Kopf schossen.

Wer hatte Anna ermordet? Friedrich? Philipp? Oder Sarah? Und warum? Wer hatte Sarah angegriffen? Und hatte sie gelogen, als sie sagte, dass der Angreifer bei der Flucht gehumpelt war? Hatte sie absichtlich den Verdacht auf Thomas lenken wollen?

Sarah schien es nicht länger im Wagen auszuhalten. Sie machte sich wortlos von ihrem Gurt los und stieg aus. Die Tür fiel zu und Elisabeth, starr vor Angst, konnte nur noch ihre verschwommenen Umrisse sehen. Pausenlos ging sie auf und ab, immer wieder rieb sie sich das Gesicht. Eine halbe Minute, vielleicht auch mehr, verging, dann stieg Sarah zurück in den Wagen. Sie war patschnass. Fuhr los, ohne ein Wort zu sagen. Und ohne den Gurt angelegt zu haben. Das Piepsen ignorierte sie. Es war wegen des lauten Plätscherns und der Lüftung ohnehin kaum zu hören.

»Wohin fahren wir?«, fragte Elisabeth mit zittriger Stimme.

Sarah antwortete nicht.

»Nicht zu Philipp, richtig?«

Sarah ignorierte sie weiter.

Elisabeth musste schlucken.

»Als ich gestern früh bei euch war, habe ich eine von Thomas und Monikas grünen Papiertüten in der Küche gesehen.«

Elisabeth hatte das Bild vor Augen, als Philipp am Küchenfenster gestanden und geistesabwesend daran genestelt hatte. Aber war es wirklich Geistesabwesenheit gewesen? Oder hatte er ihr damit vielleicht sogar bewusst einen Hinweis geben wollen?

Sarah setzte den Blinker, bog links ab. Fuhr deutlich langsamer als zuvor. Die digitale Geschwindigkeitsanzeige zeigte 31 Kilometer pro Stunde.

Irgendwann, als Elisabeth nicht mehr damit gerechnet hatte, sagte Sarah: »Ja, und?«

»Warst du letzten Sonntag am Markt?«

Sie schwieg.

»Du warst dort, richtig?«

»Kannst du mir erklären, warum du das wissen willst?«
Elisabeth glaubte, in Sarahs Stimme eine unterdrückte Aggressivität mitschwingen gehört zu haben.

»Einfach so. Warst du?«
Elisabeth gab sich taffer, als sie sich fühlte. In Wirklichkeit bekam sie es mit der Angst zu tun. Ihr Herz schlug ihr bis zum Hals.

»Was weiß ich!«

»Du weißt nicht mehr, ob du letztes Wochenende dort warst? Das ist doch bloß ein paar Tage …«

»Vielleicht. Ich glaube nicht«, unterbrach Sarah sie forsch. »Kannst du mir bitte erklären, was du auf einmal mit diesem beschissenen Markt hast?«

»Ich habe heute Morgen mit Thomas gesprochen.«

»Mit wem?«

»Mit Thomas Venz. Annas Vater.«

»Toll. Und?«

»Hast du gewusst, dass er humpelt?«
Sarahs Lippen waren zu einer schmalen Linie gepresst. Ihre Kiefermuskeln begannen zu mahlen.

»Erst dachte ich, dass er dich angegriffen hatte. Aber er sagte mir, dass er sich am Vortag an einer gebrochenen Leitersprosse verletzt hatte. Erst am nächsten Morgen tat es ihm richtig weh, aber da konnte er nicht ins Krankenhaus fahren, weil er den Marktstand betreuen musste. Aber das weißt du ja. Ihr hattet ja eine ihrer grünen Tüten.«

»Die war vom vorletzten Wochenende, jetzt fällt es mir wieder ein.«

»Vom vorletzten Wochenende?«

»Ja. Hörst du schlecht, alte Frau, das habe ich doch gerade gesagt!«

»Das kann nicht sein.«

»Und warum nicht?«

»Weil ich letztes Wochenende auch am Markt war. Ich habe zwar nicht bemerkt, dass er humpelte, aber Thomas erzählte mir, dass sie die neuen Tüten erst am Vortag angeliefert bekommen hatten.«

Sarah sagte nichts. Sie knirschte so heftig mit den Zähnen, dass es klang, als hätte sie den Mund voller Kieselsteine. An ihrer Schläfe trat eine dicke Ader hervor.

»Philipp war dort, ich weiß es wieder.«

»Philipp geht doch nie auf den Markt.«

»Woher willst du das wissen?«

»Sarah, du warst dort und hast Thomas humpeln sehen. Mit der Geschichte vom humpelnden Angreifer wolltest du ihm die Schuld in die Schuhe schieben. Aber ich bin mir ziemlich sicher, dass du noch ein Ass im Ärmel gehabt hättest, falls die Polizei es nicht auf die Reihe gekriegt hätte, stimmt's?«

»Du spinnst doch!«

»Ich glaube eher, dass du verrückt bist.«

»Und ich glaube, du hältst jetzt besser deine verfickte Fresse!«

Sarah hatte so laut geschrien, dass Elisabeth zusammengezuckt war. Sie erlebte gerade eine völlig neue Seite ihrer Schwiegertochter. Jener Frau, die sie bisher für einen der liebevollsten und fürsorglichsten Menschen gehalten hatte. Für ihre Freundin.

Dass sie nicht auf dem Weg zu Philipp waren, war Elisabeth längst klar geworden. Aber nun, da sie die letzten Häuser hinter sich gelassen hatten und in den Wald eingetaucht waren, begriff sie, wohin Sarah wollte. Sie waren auf dem Weg ins Moor. Wahrscheinlich zum Besucherparkplatz, wenn sie es bis dorthin schafften – aber mit den großen Reifen des SUV würden sie die Pfützen, an denen sie gestern auf der Suche nach Friedrich hängen geblieben war, wohl problemlos durchqueren können. Elisabeth wurde bewusst, dass sie Sarah besser nicht mehr provozieren sollte.

Die fuhr jetzt wieder schneller und preschte durch die tiefen Pfützen. Trotzte den unzähligen Schlaglöchern.

Plötzlich sagte sie: »Zugegeben, das war dumm von mir, mich zu so einer spontanen Idee hinreißen zu lassen. Ist normalerweise nicht meine Art. Aber in dem Moment, als Markus mich fragte, ob ich den Täter beschreiben könnte, ist mir Thomas eingefallen. Ich weiß auch nicht, warum. Ich fand es schlüssig: Der gebrochene Vater, der seit dem Tod seiner geliebten Tochter Frauen überfällt. Klingt gut, fand ich. Ich brauchte nur zu hoffen, dass er für die Tatzeit kein Alibi hatte – aber wer hat das schon so früh am Morgen? Um den Rest hätte ich mich gekümmert, sobald Ruhe eingekehrt wäre.«

»Du bist krank«, sagte Elisabeth und musste schlucken. Denn, dass Sarah so offenherzig über ihre Verbrechen erzählte, konnte nur eines bedeuten: Sie hatte nicht vor, Elisabeth jemals wieder mit jemandem sprechen zu lassen.

Sie passierten die Stelle, an der Elisabeth am Vortag hängen geblieben war. Wie erwartet stellten die Pfützen für den SUV kein Problem dar. Mit fast 70 Kilometer pro Stunde raste Sarah hindurch. Steine knallten gegen den Wagenunterboden.

In Sarahs Gesicht zeichnete sich ein Lächeln ab.

»Was findest du so lustig? Dass du krank bist?« Elisabeth wusste selbst nicht, was sie sich von ihrer neuerlichen Provokation erwartete.

Aber Sarah ging ohnehin nicht darauf ein. Stattdessen tastete sie mit der linken Hand das Seitenfach der Fahrertür ab.

Gleichzeitig versuchte Elisabeth, ihre Möglichkeiten abzuwägen. Selbst wenn sie es schnell genug schaffte, sich loszugurten, die Tür aufzustoßen und sich aus dem Wagen zu stürzen, hätte sie dadurch keinen Vorteil. Keine Frage, dass sie sich dabei schlimm verletzen würde. Sehr wahrscheinlich sogar ein paar Knochen brechen würde. Sarah hätte dann ein leichtes Spiel mit ihr.

»Kannst du bitte kurz stehen bleiben?«

Sarah tastete weiter im Seitenfach herum. Offensichtlich fand sie nicht, wonach sie suchte. Oder kam nicht richtig ran.

»Ich glaube, mir wird schlecht.«

Keine Reaktion.

»Ich fürchte, ich muss mich gleich übergeben.«

Nichts.

»Es ist wirklich dringend.«

Keine Antwort.

»Sarah, …«

Und dann passierte es. So schnell, dass Elisabeth keine Chance hatte zu reagieren. Sarah holte hervor, wonach sie gesucht hatte. Nahm das Messer in die rechte und das Lenkrad in die linke Hand.

»Wer ist hier krank?«, schrie sie.

Und rammte Elisabeth das Messer in den Bauch.

71

Philipps Wagen schlitterte zur Seite. Die Reifen drehten durch. Der Motor heulte auf. Er gab noch mehr Gas. Aber das machte es nur schlimmer.

»Scheiße!« Er schlug auf das Lenkrad ein. Legte den Rückwärtsgang ein. Gab Vollgas. Aber auch das half nichts. Also wieder vorwärts. Erster Gang, zweiter Gang. Doch der Wagen rührte sich keinen Zentimeter mehr. Er steckte fest.

Fuck!

Und das auf halbem Weg zum Besucherparkplatz des Moors. Vor ihm breitete sich ein Meer aus, das zu beiden Seiten im Wald verschwand. Mit seinem alten Golf gab es kein Weiterkommen mehr. Aber gut möglich, dass Sarah es mit ihrem SUV geschafft hatte. Er hatte mittlerweile keinen Zweifel mehr daran, dass sie auf dem Weg ins Moor war. Nur dort würde sie mit seiner Mutter ungestört sein. Nur dort würde sie ihren kranken Hang zur Theatralik ausleben können.

Er würgte den Motor ab. Stemmte sich aus dem Wagen. Doch schon beim ersten Schritt versank er weit bis über die Knöchel im Schlamm. Rutschte weg. Konnte sich gerade noch an der Tür festkrallen und einen Sturz vermeiden. Er warf die Tür zu. Lief los. Drei Schritte. Dann rutschte er wieder aus und lag auf dem Rücken.

Scheiße!

Auf dem rutschigen Untergrund hatte er alle Mühe hochzukommen. Plötzlich hielt er in der Bewegung inne. Über das ohrenbetäubende Regenprasseln hinweg glaubte er, etwas gehört zu haben. Einen Knall. Keinen Schuss, das war ihm klar. Aber irgendetwas anderes musste gerade passiert sein. Nicht weit von ihm entfernt. Vor ihm auf dem Weg zum Moor.

Er raffte sich hoch. Und rannte los.

72

Elisabeth begriff nicht, was gerade passiert war. Fassungslos blickte sie auf das Messer hinab, das Sarah in ihrem Bauch hatte stecken lassen. Von dem nur noch der Holzgriff herausragte. Und um dessen Klinge sich ein dunkler Blutfleck auf dem Stoff ihres Mantels bildete.

»Jetzt bist du still, was?«, zischte Sarah und strich sich eine nasse Haarsträhne aus dem Gesicht. »Und bitte lass es stecken, wo es ist. Ich will keine Sauerei im Wagen. Außerdem möchtest du doch sicher nicht auf der Stelle verbluten, oder?«

Erst jetzt spürte Elisabeth den Schmerz. Er breitete sich in ihrem Körper aus. Wie Frost, der eine Landschaft überzog.

Sarah raste weiter wie eine Verrückte. Immer tiefer in das Moor hinein. Jedes Schlagloch fühlte sich für Elisabeth wie ein weiterer Stich an.

»Mein Gott, was musst du dich auch immer einmischen?«
Die Wut in Sarahs Stimme war verflogen. Sie klang, als säßen
sie gemütlich bei einer Tasse Tee zusammen.

Elisabeth verstand zwar Sarahs Worte. Aber nicht deren
Sinn. Die Situation war völlig absurd. Konnte nicht real
sein. Sie wagte einen Blick an sich hinab.

»Du ... du warst wie ... eine Tochter für mich.«

»Du warst wie eine Tochter für mich«, äffte Sarah sie
nach. »Ich bitte dich, Elisabeth. Findest du das nicht selbst
lächerlich? Du hörst dich an wie aus einem schlechten
Film.«

Elisabeth schwirrte der Kopf. Nichts, woran sie je
geglaubt hatte, stimmte mehr.

»Was ... hast du vor?«

»Na, dreimal darfst du raten.«

Die Schmerzen wurden schlimmer. Elisabeth wusste, dass
sie etwas unternehmen musste. Egal was, irgendetwas. Hier
draußen war weit und breit niemand, der ihr helfen konnte.
Und je tiefer sie in das Moor eindrangen, desto hoffnungs-
loser würde ihre Lage werden. Sie hatte keine Chance, Hilfe
zu holen – ihr Handy war in ihrer Tasche auf der Rückbank.
Aber was Elisabeth am meisten beunruhigte, war das Blut.
Der dunkle Fleck in ihrem Mantel wurde größer. Mit jedem
Atemzug spürte sie, wie sie schwächer wurde. Sie brauchte
dringend eine Idee.

»Es ist alles Philipps Schuld!«, zischte Sarah.

»Was ...?« Jedes Wort jagte Elisabeth einen weiteren
Schmerzblitz durch ihren Magen. Das Atmen fiel ihr immer
schwerer. »... meinst du?«

»Ich war schwanger.« Sarah ließ diese Information einen
Augenblick lang zwischen ihnen im Wagen schweben. Erst
dann fuhr sie fort: »Es hätte alles so perfekt werden kön-

nen, verstehst du? Aber dein scheiß Sohn hatte ja alles zerstören müssen.«

»Weil er … eine … Affäre mit Anna hatte?«

Elisabeth starrte auf das Messer hinab. Sie überlegte, ob es nicht doch besser wäre, es herauszuziehen. Dann könnte sie es gegen Sarah richten und sie zum Stehenbleiben zwingen.

»Ich würde es wirklich stecken lassen«, sagte Sarah, als hatte sie Elisabeths Gedanken gelesen. »Sag mir lieber, woher du von der Affäre weißt!«

Um nichts in der Welt würde Elisabeth ihr Valerie ans Messer liefern. »Ich … bin nicht die Einzige, die … es weiß.«

»Keine Sorge, um Friedrich werde ich mich schon kümmern. Der alte Sack ist zäher, als ich dachte. Als ich ihm eine drüberzog und den Straßengraben hinunterstieß, hätte ich nicht gedacht, dass er das überleben würde.«

Einen kurzen Moment lang spürte Elisabeth keine Schmerzen mehr. Nur noch Wut. Am liebsten hätte sie sich auf Sarah gestürzt, sie angeschrien, ihr ins Gesicht geschlagen, ihr die Augen ausgekratzt. Aber der Moment war vorüber, und ein besonders heftiger Schmerzblitz schoss ihr durch den Magen. Sie stöhnte.

»Oder weiß Valerie auch etwas?«

Elisabeth schwieg.

»Na ja, dann werde ich mich wohl um sie auch kümmern müssen. Sicher ist sicher.«

»Warum hast … du Friedrich … das angetan?«

»Mein Gott, Elisabeth, stell dich nicht so an.«

»Wie … konntest du nur?«

»Gestern, kurz nachdem ich vom Krankenhaus heimgekommen war, läutete es an der Tür. Ich dachte, dass es Philipp war, der wieder einmal angewinselt kam. Aber nein, es war Friedrich, dieser Idiot, der in Hemd und Anzug im

Regen stand. Und davon faselte, dass er zu Philipp müsse. Weil sie Annas Leiche nicht länger verstecken konnten. Und sie sie ins Moor bringen müssten. Noch heute Nacht. Da habe ich natürlich sofort begriffen.«

Elisabeth musste stöhnen.

»Ich musste ihn loswerden, es gab keine andere Möglichkeit. Ich habe es nicht gewollt, Elisabeth. Das musst du mir glauben. Friedrich habe ich immer gemocht. Aber was hätte ich denn tun sollen? Mit seinem scheiß Alzheimer ist er ein wandelndes Risiko. Hätte ich gewusst, dass Philipp ihn damals um Hilfe gebeten hatte, hätte ich mich schon viel früher um ihn gekümmert.«

Elisabeth erkannte Sarah nicht wieder. Sie hatte das alles erzählt, als ginge es nicht um Schwerverbrechen, sondern um ein heiteres Urlaubserlebnis. Das alles konnte doch nicht wahr sein. Träumte sie etwa? Nein, dafür waren die Schmerzen zu real.

»Was ist ... damals ...?«

»Passiert? Das kann ich dir sagen. Ich war schwanger. Von Philipp. Ich war die glücklichste Frau auf Erden, das kannst du mir glauben. Aber dann bin ich dahintergekommen, dass dieser verfluchte Idiot etwas mit dieser kleinen Scheißschlampe am Laufen hatte.«

»Und ... deswegen hast du ... sie umgebracht?«

»Mein Gott, das wollte ich doch nicht. Ich habe ihnen nur nachgestellt, als sie sich vor der ›Tanzhöhle‹ heimlich trafen und dann gemeinsam weg sind, in diese leer stehende Lagerhalle in der Nähe. Ich wollte sie zur Rede stellen, ihnen die Hölle heißmachen. Schluss machen, wer weiß. Aber diese kleine verfickte Göre hat mich auch noch provoziert. Kannst du dir das vorstellen? Diese Erniedrigung? Und Philipp, der verfluchte Feigling, hat nur dagestanden und belämmert dreingeschaut. Sie hat mich gestoßen, dann ich sie. Da ist es passiert. Diese kleine Dreckshure hat mir in den Magen getreten. Und ich spürte sofort, dass etwas Schlimmes passiert war.« Einen Augenblick hielt sie inne. Dann erzählte sie weiter: »Da war es vorbei. Dass sie mir Philipp ausspannen wollte, war eines. Aber dass sie mir mein Baby genommen hatte, war zu viel. Ich habe mich auf sie gestürzt, sie fiel nach hinten. Auf den Kopf. Und hat sich nicht mehr gerührt. Keine Ahnung, ob sie sofort tot war. Ich hoffe, sie hat noch ein wenig gelitten.«

Elisabeth zitterte, war von Schmerzen gebeutelt. Versuchte vergeblich zu begreifen. Das eben Gehörte mit dem, was sie über Sarah zu wissen geglaubt hatte, in Verbindung zu setzen. Gleichzeitig suchte sie nach einem Ausweg.

»Sie hat mir mein Kind genommen, Elisabeth.«

Denk nach!

»Und Philipp stand weiter da wie ein behinderter Trottel und schaute blöd. Erst als ich ihn anschrie und ins Gesicht schlug, wachte er auf. Dann hat seine Jammerei begonnen. Dass es ihm leidtäte. Dass er mich niemals hatte verletzen wollen. Bla, bla, bla. Du weißt ja, wie er ist, wenn er so herumeiert.«

Es muss einen Ausweg geben!

»Ich sagte ihm, dass er die Leiche beseitigen sollte. Immerhin war alles seine verfluchte Schuld. Dann fuhr ich nach Hause und wir sprachen nie wieder über den Abend. Ich hatte ja keine Ahnung, dass er Friedrich um Hilfe bat. Aber eigentlich hätte ich es mir denken müssen, dass er das niemals alleine auf die Reihe gekriegt hätte. Dieses jämmerliche Weichei.«

Das alles durfte nicht wahr sein. Friedrich, Philipp und Sarah. 22 Jahre war sie auf die Lügen der drei hereingefallen. Alles, woran sie geglaubt hatte, existierte nicht mehr. Hatte es niemals gegeben. Welchen Grund gab es weiterzukämpfen? Wofür das alles?

Aber neben diesem Zustand der absoluten Verzweiflung war ein weiteres Gefühl in Elisabeth. Hoffnung. Dass alles gar nicht stimmte, was Sarah ihr da erzählte. Dass Friedrich seinem Sohn geholfen hatte. Ihn beschützt hatte. Dass er ein guter Mensch war. Und ihr nur deshalb nichts davon erzählt hatte, weil er sie nicht hatte belasten wollen. Weil er sein Versprechen hatte halten wollen. Das Versprechen, das er ihr am Tag ihrer Verlobung gegeben hatte.

»Ich werde für dich da sein, Elisabeth. Immer und überall. Ich werde dich beschützen. Und wenn es das Letzte ist, was ich tue«, hatte er geschworen und ihr den Ring angesteckt.

Ja, Friedrich war ihr Beschützer.

Und gerade, als Elisabeth daran denken musste, tat sich vor ihr – keine 50 Meter entfernt – eine Lösung auf. Es schien ihre letzte Chance.

Es war die scharfe Rechtskurve, hinter der etwa 200 Meter weiter der Besucherparkplatz lag. Sarah war zwar etwas langsamer geworden. Fuhr aber immer noch knapp 60 Kilometer pro Stunde. Und – und das war der entscheidende Punkt – sie war nicht angegurtet. Erst jetzt nahm Elisabeth wieder das stetige Piepsen hinter all dem nassen Lärm wahr.

Noch 20 Meter.

Ja, es könnte funktionieren!

Zehn Meter.

Mach nur keinen Fehler!

Fünf.

Jetzt!

Sarah wollte gerade in die Kurve einlenken. Da streckte Elisabeth sich zum Lenkrad hinüber. Und schrie, weil der

Gurt spannte und sie zurückhielt. Und der Schmerz in ihrem Magen fast unerträglich war. Aber sie bekam das Lenkrad zu greifen. Und riss es nach links um.

Ehe Sarah begriff, geriet der Wagen von der Straße ab. Und krachte frontal gegen einen Baum.

Eine heftige Erschütterung. Ein lauter Knall.

Dann war alles still.

Und Elisabeth verlor das Bewusstsein.

73

Ein schriller Ton dröhnte in weiter Ferne. Wurde lauter, kam näher. Rasend schnell. Sekunden später hatte er sie erreicht. Und Elisabeth begriff, dass es sich dabei um eine durchgehende Hupe handelte.

Und mit dieser Erkenntnis war schlagartig die Erinnerung zurück. Und die Angst.

Elisabeth riss die Augen auf, schreckte hoch. Die Schmerzen kamen zurück. Mit einer ungeheuren Wucht. Sie unterdrückte einen Schrei. Doch gegen das Stöhnen hatte sie keine Chance. Sie biss die Zähne zusammen, hechelte. Krallte ihre Finger in den Stoff des Sitzes. So lange, bis die erste Schmerzwelle abflaute. Erst dann nahm sie ihre Umgebung wahr. Alles drehte sich. Vor ihr hing ein schlaffer Airbag von der Armatur. Sarahs Kopf hing vorne über. Blut tropfte ihr von der Stirn, Haare klebten daran. Ihre Lippe war aufgerissen.

Sie schien zu leben.

Trotz des Airbags musste sie heftig gegen die Windschutzscheibe und das Seitenfenster gedonnert und zurück in ihren Sitz geschleudert worden sein. Beide Scheiben waren in Tausende Teile geborsten.

Elisabeths Plan war aufgegangen. Aber sie hatte die Wucht eines Aufpralls mit 60 Kilometer pro Stunde unterschätzt. Sie war so heftig in den Gurt gedrückt worden, dass er ihr vermutlich ein paar Rippen gebrochen hatte. Gleichzeitig hatte das Messer garantiert noch mehr Schaden in ihrem Bauch angerichtet. Ihre Handflächen waren rot. Die Schmerzen, die Elisabeth spürte, waren die schlimmsten ihres Lebens. Dabei rollte die nächste Welle gerade erst an. Sie konnte ein erneutes Stöhnen nicht unterdrücken. Atmete stoßweise. Presste die Augen zusammen. Verkrallte sich im Sitz. Dann ließ die Welle endlich nach.

Elisabeths Umgebung kam allmählich zu Stehen. Ihre Gedanken wurden klarer. Regen und Tageslicht waren unverändert. Sie konnte also nicht lange weggetreten gewesen sein.

War da eben ein Zucken in Sarahs Gesicht gewesen?

Sie musste aus dem Wagen.

Das Telefon!

Sie löste den Gurt, ganz vorsichtig. Achtete darauf, das Messer nicht zu berühren. Und keine ruckartige Bewegung zu machen. Streckte ihren Arm nach hinten. Kam aber nicht einmal annähernd an die Rückbank ran. Wollte sich umdrehen und schauen, ob ihre Tasche überhaupt noch dort lag. Aber die Schmerzen waren zu groß. Es war aussichtslos. Sie musste von draußen an die Rückbank gelangen. Sie wollte die Beifahrertür öffnen, aber die klemmte. Sie drückte dagegen. Die Schmerzen dabei waren kaum auszuhalten. Die Tür bewegte sich keinen Millimeter. Also presste sie sich mit dem ganzen Körper dagegen. Atmete hektisch. Schrie. Dann gab die Tür endlich nach. Doch der Wagen stand offensichtlich schief, denn die Tür fiel sofort wieder zu. Elisabeth konnte sie gerade noch abfangen, was ihr erneute Schmerzblitze bescherte. Und sie aufschreien ließ.

Los jetzt, du musst hier raus!

Elisabeth stemmte sich aus dem Wagen. Dabei hatte sie das Gefühl, dass es ihr jeden Moment den Magen zerriss. Erst, als sie auf der nassen Schotterstraße stand und sich einen Augenblick lang nicht rührte, wurden die Schmerzen erträglicher. Aber ihre Atmung bekam sie nicht in den Griff. Und das Blut wollte nicht aufhören zu laufen.

Das Regenprasseln um sie herum war so ohrenbetäubend laut, dass sie nicht hörte, was derweil im Wagen vor sich ging. Erst, als sie gerade zur hinteren Tür wollte, sah sie es: Sarah war aufgewacht.

74

Irgendwo in weiter Ferne war eine Hupe zu hören. Außerdem schrie jemand wie am Spieß. Sarah versuchte, beides zu ignorieren. Sie wollte ihre Ruhe haben. Schlafen. Ein kleines bisschen zumindest. Alles andere war ihr scheißegal.

Aber diese verdammten Schreie wollten nicht verstummen. Im Gegenteil: Sie wurden lauter, hysterischer. Kamen näher. Und diese verfluchte Hupe dröhnte durch ihren Schädel.

Zaghaft öffnete Sarah die Augen. Aber alles war verschwommen, drehte sich. Ihr Schädel brummte so gewaltig, als hätte ihr jemand eins über die Rübe gezogen. Sie griff sich an die Stirn. Zuckte aber gleich wieder zurück, weil es so wehtat. Sie betrachtete ihre Hand. Sah verschwommen, dass sie rot war. Doch das war ihr egal. Sie schloss die Augen wieder. Wollte schlafen.

Aber da regte sich ein Gedanke in ihrem benebelten Hinterkopf. Eine Erinnerung, die langsam klarer wurde. An »Mörder im Visier«. Und den Morgen danach. Als sie sich aus dem Bett gestohlen hatte, während Philipp geschlafen hatte. Weil sonst bloß wieder die alte Leier losgegangen wäre. Dass es so nicht weitergehen konnte. Dass er noch verrückt würde. Dass es ihm so unendlich leidtäte. Und sie Hilfe bräuchte.

Und recht hatte sie gehabt. Als er später in der Garage vor ihr gestanden hatte, war alles genauso passiert. Sie konnte dieses Gejammer nicht mehr hören. Seine Tränen nicht mehr sehen. War sie so leid. Wenn er sich so benahm, brachte er sie regelrecht zur Weißglut. Dann wollte sie nichts anderes, als auf ihn einprügeln. Ihn an den Haaren reißen und anbrüllen.

Philipp war kein Mann. Dafür weinte er zu oft. Eher führte er sich auf wie ein kleines Kind. Machte aus allem ein Drama. Dabei war das längst passiert. Und daran hatte er allein Schuld. Und hätte er Friedrich nicht in die Sache reingezogen, dann …

Moment!

Sie riss die Augen auf. Schlagartig war sie hellwach.

Elisabeth!

Sie begriff, weshalb sie im Wagen saß. Warum die Scheibe geborsten war. Der Airbag schlaff und blutverschmiert über dem Lenkrad hing.

Elisabeth saß nicht mehr auf dem Beifahrersitz. Sie schleppte sich gerade vom Wagen weg.

»Elisabeth!«, rief Sarah und dabei entsprang ein Schmerz ihrem Schädel, als hätte sie einen Schlag mit dem Vorschlaghammer abbekommen.

Elisabeth hielt in der Bewegung inne. Drehte sich zu ihr um. Ihre Blicke trafen sich. Eine Sekunde lang, nicht länger. Dann wandte sie sich ab und humpelte weiter auf den gegenüberliegenden Wegrand zu.

Noch ehe Elisabeth im Dickicht verschwunden war, hatte Sarah die Wagentür geöffnet.

75

Philipp rannte wie ein Verrückter. Hatte Panik, zu spät zu kommen. War völlig außer Atem. Und hielt das Stechen in seiner Seite kaum aus. Aber er durfte nicht stehen bleiben. Keine Zeit verlieren. Musste weiter, immer weiterlaufen. Retten, was zu retten war.

Sein Herz hämmerte wie verrückt. Adrenalin flutete seinen Körper. Immer wieder rutschte er aus. Landete im Matsch oder in einer Pfütze. Kämpfte sich hoch. Rannte weiter. Seine Kleidung hing nass und schwer an ihm herab. Dreck klebte ihm im Gesicht. Vermischt mit Schweiß und Regen. Der war so dicht, dass er den Forstweg entlang nur verschwommen und wie durch einen grauen Nebel sah. Aber dann, etwa 100 Meter vor ihm, in der scharfen Rechtskurve, tauchte plötzlich ein weißer Fleck auf. Erst nur verschwommen. Aber je näher Philipp ihm kam, desto genauer zeichneten sich die Umrisse von Sarahs SUV ab. Er schien halb im Graben zu hängen. Und an einem Baum zu kleben.

Philipp glaubte, unmittelbar beim Wagen einen Schatten über den Weg huschen zu sehen. Aber mit Sicherheit hätte er es nicht sagen können. Er war zu weit weg. Und mit den Kräften am Ende. Dennoch zwang er sich, schneller zu laufen. Schrie, um die Schmerzen in seiner Seite zu verdrängen.

Da entdeckte er einen zweiten Schatten, der über den Weg eilte und im Gestrüpp verschwand. Nun war er nahe genug, um die Person zu erkennen.

Sarah!

76

Elisabeth hatte Mühe, sich auf den Beinen zu halten. Einen Fuß vor den anderen zu setzen. Sich weiter durch den Regen zu schleppen, weiterzukämpfen. Hinaus aus diesem verdammten Moor. Sie musste es schaffen. Irgendwie. Aber ihre Umgebung drehte sich immer heftiger. Ihre Kräfte schwanden. Zudem fühlte es sich an, als hafteten Bleigewichte an ihren Schuhen. Schwerer Matsch war daran kleben geblieben. Und mit jedem Schritt wurde es mehr.

Natürlich wäre sie auf der Straße schneller vorangekommen. Aber dort wäre sie für Sarah leichter zu finden gewesen. Jetzt war sie allerdings dabei, die Orientierung zu verlieren. Alles sah gleich aus.

Sie schaute an sich hinab. Auf das Messer, das in ihrem Bauch steckte. Und konnte es immer noch nicht fassen. Sie tastete danach, zuckte zurück, schrie vor Schmerz.

Sie stützte sich an einem Baumstamm ab.

Nur ganz kurz!

Um den Schwindelanfall zu überstehen. Um Kraft zu sammeln. Und sich zu orientieren. Aber sie hatte keine Ahnung, aus welcher Richtung sie gekommen war. Wo die Stadt lag. Alles sah gleich aus. Da war kein Geräusch, an das sie sich hätte halten können. Nur ohrenbetäubendes Prasseln. Und die grelle Stimme in ihrem Kopf, die immerzu dieselbe Frage brüllte: *Wie konntest du nur so blind sein?*

Plötzlich glaubte sie, doch noch etwas anderes gehört zu

haben. Ein tiefes Platschen. Zu tief, als dass es vom Regen gekommen sein konnte. Schritte?

Hinter dir!

Panik. Sie fuhr herum. Riss instinktiv die Arme zur Verteidigung hoch.

Doch da war niemand.

Sie drehte sich um die eigene Achse.

Niemand zu sehen.

Konnte sie sich getäuscht haben?

Sie kniff die Augen zusammen, suchte ihre Umgebung ab. All das nasse Gestrüpp, das teils hüfthohe Gras, die Bäume. Sie suchte nach einem Schatten, der da nicht hingehörte. Aber alles war verschwommen. In Bewegung. Drehte sich. Es war zwecklos.

Los, weiter!

Sie machte einen ersten wackeligen Schritt. Dann den nächsten. Beim dritten wollte sie einer tiefen Pfütze ausweichen und verlor dabei fast das Gleichgewicht. Nur mit Mühe gelang es ihr, sich auf den Beinen zu halten.

Sie würde es niemals hier rausschaffen. Würde hier sterben. In diesem verfluchten Moor.

Plötzlich war da wieder ein tiefes Platschen. Direkt hinter ihr. Sie spürte eine Bewegung. Schnellte herum. Riss erneut die Arme hoch. Doch da war es schon zu spät.

Sarah stürzte sich auf sie. Packte sie, verkrallte sich in ihren Haaren, riss sie herum und ihren Kopf heftig zurück. Ihr Blick war gen Baumkronen gerichtet, ihr Hals zurückgebogen. Sarahs Arm schlang sich darum. Drückte zu. Immer fester. Elisabeths Kehlkopf brannte vor Schmerz. Sie zerrte an dem Arm, war aber zu schwach. Bekam kaum Luft. Ihre Umgebung verschwamm. Sie schloss die Augen. War kurz davor aufzugeben. Ihren Tod zu akzeptieren.

Doch da packte sie plötzlich die Wut. Darüber, all die Jahre hintergangen worden zu sein. Belogen, betrogen. Letzte, ungeahnte Kräfte flammten in ihr auf. Sie zerrte fester an dem Arm um ihren Hals. Plötzlich ließ der Druck nach. Elisabeth rang nach Luft. Spürte gleichzeitig einen Schmerzblitz durch ihren Bauch schießen. Weil Sarah das Messer herausgezogen hatte. Im nächsten Moment riss Sarah sie zu Boden. Alles ging so schnell. Elisabeth hatte keine Chance. Ihr Kopf knallte gegen etwas Hartes. Dann war er auf einmal unter Wasser. Wieder trat sie aus, schlug um sich. Versuchte, gegen den neuerlichen Druck um ihren Hals anzukämpfen. Zurück an die Oberfläche zu gelangen. Verschluckte sich, bekam Wasser in die Lungen. Musste husten, schluckte noch mehr Wasser. Und dann erfasste sie Eiseskälte. Weil die Klinge in sie eindrang. Dabei Haut und Fleisch zerschnitt. An ihren Knochen kratzte.

Schmerz explodierte in ihr.

Ihr Kopf war wieder aus dem Wasser. Aber das hatte keine Bedeutung mehr. Der Schrei blieb ihr in der Kehle stecken. Es war bloß ein nasses Röcheln, das ihr entkam.

»Es ist alles deine Schuld!«, kreischte Sarah und stieß einen bestialischen Schrei aus.

Elisabeth realisierte, dass sie Sarah nichts mehr entgegenzusetzen hatte. Dass es vorbei war. Hier und jetzt. Sie würde es niemals aus diesem verfluchten Moor hinausschaffen. Würde nie wieder Friedrichs Stimme hören, seinen Atem spüren. Ihn nie mehr berühren können. Ihm sagen, wie sehr sie ihn liebte. Wie dankbar sie für die Zeit mit ihm war. Und das Opfer, das er für sie gebracht hatte.

»Wieso konntest du dich nicht um deinen Mist kümmern?«, schrie Sarah aus weiter Ferne.

Das habe ich, dachte Elisabeth. In den letzten Tagen hatte

sie nichts anderes getan. Aber das sagte sie nicht. Denn es
war egal. Sie würde sterben. Jetzt.

Da hörte sie plötzlich eine andere Stimme. »Sarah, geh
weg von ihr!«

11

»Verschwinde!«, kreischte Sarah.

»Lass sie sofort los!«, gab Philipp zurück.

Aus welcher Richtung, vermochte Elisabeth nicht zu
sagen. Ihr entglitt das Bewusstsein. Sie war völlig orientierungslos geworden.

Hatte sich eben ihre Blase entleert?

»Hau ab!«

»Es ist vorbei, Sarah!«

»Nichts ist vorbei!«

»Geh weg von ihr!«

»Fick dich!«

»Sarah, bitte!«

»Ich hasse dich!«

Sarah hatte von ihr abgelassen. Vermutlich, um auf Philipp
loszugehen. Oder hatte er Sarah von ihr heruntergerissen?
Elisabeth konnte es nicht sagen. Wichtig war nur, dass die

Schmerzen abklangen. Und dass ihr gleichgültiger wurde, was passierte. Dass sie hier lag. Im Sterben.

Schreie. Stöhnen. Regenprasseln.

Alles um sie herum verlor an Bedeutung.

Wurde leiser.

Entfernte sich.

Und wurde schwarz.

FÜNF MONATE SPÄTER

78

»Es geht«, antwortete Elisabeth und streckte das Telefon so weit wie möglich von sich.

Valerie sollte ihr Schluchzen nicht hören. Sich nicht noch mehr Sorgen machen, als sie ohnehin tat. Sollte nicht schon wieder in London alles liegen und stehen lassen, nur um so schnell wie möglich hierherzukommen.

Valerie sollte nicht wissen, dass ihre Mutter kaum schlief. Und trotz Antidepressiva den ganzen Tag lang nur heulte. Weil sie sich in der Stadt nicht mehr sehen lassen konnten. Und ein Umzug wegen Friedrichs Verfassung nicht in Frage kam. Weil ihr die Wunden immer noch extrem zu schaffen machten. Jede noch so kleine, unüberlegte Bewegung schmerzhafte Stiche auslöste. Und es ihr nichts half, dass ihr die Ärzte mehrfach versichert hatten, wie viel Glück im Unglück sie gehabt hatte. Weil die Klinge Milz und Niere verfehlt hatte. Und zwar der Darm, aber keine Arterie verletzt worden war. Und die von Philipp gerufenen Notärzte gerade noch rechtzeitig bei ihr eingetroffen waren.

Und natürlich sollte Valerie auch nicht erfahren, dass ein paar Idioten in der letzten Nacht »MÖRDER!« auf ihre Fassade gesprüht und die Reifen ihres Wagens aufgeschlitzt hatten.

Elisabeth holte tief Luft. Hielt sich das Telefon wieder ans Ohr. Und bekam gerade noch das Ende von Valeries Satz mit: »... ihr mich braucht, kann ich gerne früher ...«

»Wir kommen schon klar«, log Elisabeth.

»Aber Mama, ich höre dir doch an, dass ...«

»Alles gut, Liebes, wirklich.«

Elisabeth hoffte, dass Valerie es ihr abnahm. Zuletzt war sie ständig hier und kaum in London gewesen. Hatte ihren Job gekündigt. Und viel zu wenig Zeit für Lily und Alice gehabt. Zwischen den Zeilen hatte sie zudem durchklingen lassen, dass es mit Tom Probleme gab. Elisabeth hätte gerne nachgefragt. Ihr geholfen. Aber ihr fehlte schlichtweg die Kraft dazu.

Aber womöglich irrte Elisabeth sich. Was sie von ihrer Menschenkenntnis halten konnte, hatte sie ja schmerzhaft vor Augen geführt bekommen. 22 Jahre lang hatte sie in Sarah den Engel auf Erden gesehen. Dabei war sie nichts weniger als der Teufel in Person gewesen. Eine Bestie. Verabscheuungswürdig.

Immer hatte sie Philipp die Schuld dafür gegeben, dass er sich von ihnen abgekapselt hatte. Dass er so wortkarg geworden war. Und kaum das Haus verlassen hatte. Wie sie leider erst jetzt wusste, war es jedoch Sarah gewesen, die ihm den Kontakt zu ihnen verboten hatte. Die ihm jedes Mal, wenn eine Frau auch nur an ihm vorübergegangen war und ihm dabei einen Blick zugeworfen hatte – welchen auch immer –, tagelang die Hölle heißgemacht hatte. Von krankhafter Eifersucht hatte Philipp berichtet. Von psychischer und physischer Gewalt. Sarah hatte seine Verletzungen dann als Folge seiner Unzulänglichkeiten dargestellt. Zum Beispiel, als sie behauptet hatte, dass er sich beim Ausholen den Hammer selbst an die Stirn geschlagen hatte. In Wirklichkeit hatte sie ihn nach Philipp geworfen. Weil eine fremde Frau angerufen und nach ihm gefragt hatte. Eine Interessentin, die auf der Suche nach einem Fotografen für eine Feier gewesen war, wie er Sarah vergeblich zu erklären versucht hatte. Aber aus dem Auftrag war nichts geworden. Wie aus so vielen anderen auch. Weil Sarah hinter allem, was Philipp getan hatte, einen Betrug vermutet hatte.

Aber Sarahs Gewalt hatte sich nicht nur gegen ihn gerichtet. Sondern gegen jeden, von dem sie sich in irgendeiner Weise bedroht gefühlt hatte – und dafür hatte es in der Regel nicht viel bedurft.

Elisabeth griff Sarah laut Philipp beispielsweise deshalb an, weil sie Sarah gegenüber angeblich erwähnt haben soll, dass der Nussbaum in ihrem Garten so kräftige Äste hätte, dass man daran gut und gerne eine Schaukel anbringen könnte. Elisabeth konnte sich nicht im Geringsten daran erinnern. Musste aber zugeben, dass sie sich über Enkelkinder in ihrer Nähe und nicht im fernen London gefreut hätte. Auch Friedrich hätten junge Menschen in seiner Nähe sicher gutgetan. Sarah soll sich wochenlang darüber aufgeregt und hineingesteigert haben. Gleichzeitig soll sie besonders oft Elisabeths Nähe gesucht haben. Um nach der besten Rachemöglichkeit Ausschau zu halten? Philipp behauptete jedenfalls steif und fest, nicht geahnt zu haben, dass Sarah tatsächlich so weit gehen und Elisabeth angreifen würde.

Diese offenbar erfundene Geschichte passte jedenfalls sehr gut zum Gesamtbild, das Elisabeth von Sarah hatte. Damals im Moor hatte sie behauptet, schwanger gewesen zu sein und aufgrund eines Trittes von Anna das Kind verloren zu haben. Aber auch diese Geschichte konnte nicht stimmen – laut Philipp war Sarah unfruchtbar. Auch ihr Frauenarzt hatte dies bestätigt.

Die Polizei hatte bei der Hausdurchsuchung ein kleines Heftchen gefunden. Darin hatte Sarah eine Liste mit unzähligen Namen und den absurdesten Gründen geführt, weshalb sie sich an ihnen gerächt hatte oder rächen wollte. Damit keine Verbindung zu ihr hergestellt werden konnte, hatte Sarah oft Monate gewartet, ehe sie zuschlug. In dieser Zeit soll sich ihre Wut immer weiter hochgeschraubt haben. Doch das war es auch schon, was Elisabeth mit Sicherheit sagen konnte. Philipp schwieg zu manchen Punkten beharrlich. Bei anderen wiederum schien er sogar zu lügen. Zum Beispiel darüber, wie die Szene im Moor tatsächlich ausgegangen war, nachdem sie das Bewusstsein verloren hatte. Er beharrte darauf, dass Sarah ihn im Gerangel mit dem Messer am Oberarm verletzt und danach die Flucht ergriffen hatte.

Nach all dem, wie Elisabeth Sarah an diesem Tag erlebt hatte, konnte sie sich das aber beim besten Willen nicht vorstellen. Sarah war so von Hass erfüllt gewesen, dass sie niemals die Flucht ergriffen, sondern sie beide getötet hätte.

Elisabeth vermutete, dass Philipp Sarah entwaffnet und sie laufen lassen hatte. Und er sich danach selbst mit dem Messer verletzt hatte, um der Polizei eine brauchbare Geschichte auftischen zu können.

Aber was wusste sie schon.

Seit fünf Monaten wurde im In- und Ausland nach Sarah gefahndet. Viele Zeitungen hatten ihr Bild auf den Titelseiten gedruckt. »Mörder im Visier« hatte eine volle Stunde ausschließlich der Moorkillerin gewidmet. In der Sendung hatte ein angeblich renommierter Psychologe Sarahs Eifersucht und ihre Gewaltausbrüche als Folgen eines nie verarbeiteten Traumas interpretiert. Dass ihr Vater die Familie im Stich gelassen hatte und ihre Mutter gestorben war, als Sarah erst zwölf war, hätte einen massiven seelischen Schaden verursacht.

Elisabeth wusste nicht, was sie von dieser Einschätzung halten sollte. Auch nicht davon, dass Sarah bisher nicht gefunden worden war.

Einerseits hoffte sie inständig, dass sie ihre gerechte Strafe für all das Leid bekam, das sie so vielen Menschen, vor allem aber Anna, angetan hatte. Nie wieder sollte jemand wegen ihr leiden müssen. Andererseits fürchtete Elisabeth nichts mehr, als dass die Polizei Sarah zu den Vorfällen befragen und sie ihnen Friedrich ans Messer liefern würde.

Und so waren die letzten fünf Monate voll Hoffen und Bangen gewesen. Voll Verzweiflung und Angst. Voll schlafloser Nächte.

Vor allem Markus wollte nicht lockerlassen. Immer wieder tauchte er auf. Stellte Fragen. Schnitt seltsame Grimassen, während er sich Elisabeths Antworten notierte. Und verunsicherte sie dadurch noch mehr.

Gegen Philipp war in mehreren Fällen Anklage erhoben worden. Unterlassung der Verhinderung einer mit Strafe bedrohten Handlung. Unterschlagung von Beweismitteln. Falsche Beweisaussage. Das waren nur drei der Vorwürfe gegen ihn. Aber noch lange nicht alle. Selbst wenn er nicht in allen Anklagepunkten schuldig gesprochen werden würde, so würde er wohl für einige Jahre ins Gefängnis gehen müssen. Anfangs hatte er sogar den Mord an Anna auf sich nehmen wollen. Nach 22 Jahren der ständigen Manipulation und Misshandlung durch Sarah war sein Verstand getrübt. Er liebte diese Frau immer noch, konnte nicht loslassen. Obwohl sie ihrer aller Leben zerstört hatte. Dabei hatte er, schon kurz nachdem er mit ihr zusammengekommen war, bemerkt, dass sie ihm nicht guttat. Dass sie krankhaft eifersüchtig war. Sie ihn von anderen abzukapseln versuchte. Und zu Gewalt neigte.

Fast hätte er den Absprung geschafft. Er hatte Zuflucht bei einer Freundin gesucht. Bei Anna. Sie gab ihm das Gefühl von Geborgenheit. Die beiden verliebten sich ineinander. Trafen sich ein paar Wochen lang heimlich. Nachts schlich er zu ihr. Er war der Schatten, den Thomas und Monika vom Haus hatten davonlaufen gesehen. Und aus dem »Mörder im Visier« 22 Jahre später einen Einbrecher gemacht hatte.

Philipp wollte mit Sarah Schluss machen. Bald. Doch sie kam dahinter. Drehte durch und ermordete Anna in ihrer rasenden Wut. Danach drohte sie Philipp, erpresste und manipulierte ihn. Er war verängstigt. War ihr hörig, ausgeliefert. Schwieg und erduldete. 22 Jahre lang.

Ob Elisabeth ihm das jemals würde verzeihen können, wusste sie nicht. Denn ja, er war selbst ein Opfer. Aber durch sein Schweigen hatte er so unsagbar viel Leid in Kauf genommen.

Thomas und Monika hatten über zwei Jahrzehnte in grauenvoller Ungewissheit leben müssen. Jetzt, da die beiden die Täterin kannten, hatten sie binnen eines Monats die Gegend verlassen und den Hof einem Makler zum Verkauf überlassen. Elisabeth hätte gerne mit ihnen gesprochen, es aber nicht gewagt.

Ein Trost für die beiden war es wohl, dass niemand versucht hatte, Anna sexuell zu missbrauchen. Ganz im Gegenteil: Sie und Philipp hatten Sex haben wollen. Deshalb war Anna teilweise entkleidet gewesen, als Sarah aufgetaucht war. Annas Abwehrverletzungen hatte die Polizei später falsch interpretiert – als Kampf mit dem Vergewaltiger.

»Mama? Bist du noch da?«

»Ja … ich …«

»Hast du mir überhaupt zugehört?«

»Natürlich.«

»Und? Was sagst du dazu?«

Elisabeth seufzte. Schloss die Augen, knetete sich mit Daumen und Zeigefinger die Nasenwurzel. »Tut mir leid, Liebes.«

»Mama, ich mach mir ernsthaft Sorgen um euch.«

»Das musst du nicht.«

»Du solltest wirklich …«

Ausgerechnet jetzt tauchte Friedrich auf. Er musterte Elisabeth mit leerem Blick und stammelte: »Ach, ähm entschuldigen Sie … aber …« Er kratzte sich am Hinterkopf. »Also, ich …«

»Was ist los, Schatz?«, drängte Elisabeth ihn, weil Valerie weitersprach und sie die Situation gerade überforderte.

»Haben Sie meine Frau irgendwo gesehen?«

»Mama?«

»Ich rufe dich später zurück.«

Elisabeth drückte das Gespräch weg. Ihr kamen die Tränen. Nicht, weil Friedrich sie nicht erkannt hatte, das war ihm schon oft passiert. In den letzten Wochen hatte er fast täglich nach *seiner Frau* gesucht. Vielmehr wusste sie nicht, wie sie all das aushalten sollte. Sie war mit den Nerven am Ende. Und mit ihren Kräften. Hatte das Gefühl, diese ungeheure Wut nicht länger ertragen zu können. Darüber, dass ihr Leben nur deshalb verpfuscht war, weil andere Fehler gemacht hatten.

Es war einer dieser dunklen Momente, in denen sie sich nichts sehnlicher wünschte, als dass alles endlich vorbei war. Sie hatte keine Lust mehr.

SECHS WOCHEN SPÄTER

79

Der Werbeblock ging dem Ende zu. Nach einer Programm-vorschau für ein Verbrauchermagazin, in dem Handwerkern mit einer versteckten Kamera auf den Zahn gefühlt werden sollte, ging es endlich weiter. Die Titelmelodie des »Quiz-rennens« erklang, der farbenfrohe Schriftzug der Sendung erschien auf dem Bildschirm und wurde von einer rasanten Kamerafahrt über die Köpfe des klatschenden Publikums hinweg abgelöst. Die Moderatorin hieß die Zuschauer will-kommen zurück. Heute trug sie ein knallgelbes Kleid, das ihr gerade mal so über den Hintern reichte. Kombiniert hatte sie es mit halsbrecherisch hohen ebenso gelben High Heels und einer gelben Blume, die in ihrer schulterlangen dunklen Mähne steckte.

Elisabeth beobachtete Friedrich aus dem Augenwinkel. Er schien freudig erregt.

Der Kandidat, ein spindeldürrer Kerl mit fettigem Haar, Kinnbart und gelben Zähnen, wurde eingeblendet. Er kämpfte mit der Frage, die ihm bereits vor der Werbeein-schaltung gestellt worden war und die Elisabeth nicht mit-bekommen hatte. Ihre Gedanken waren abgeschweift. In besonders düstere Winkel ihres Hinterkopfes.

Die junge Lateinamerikanerin gab ihm zu verstehen, dass ihm nur noch 30 Sekunden für eine Antwort blieben. Ein Ticken wurde eingespielt. Die Kamera zoomte an ihn heran. Vor Aufregung vergaß er die vielen Kameras um sich herum und begann, in der Nase zu bohren.

Da läutete es an der Tür.

Friedrich und Elisabeth sahen einander fragend an. Sie blickte auf die Uhr: kurz nach neun. Wunderte sich. Wollte sich gerade von der Couch erheben. Aber da hatte Friedrich sich bereits auf den Weg gemacht.

»Ich gehe schon.«

Früher hätten ihn während des »Quizrennens« keine zehn Pferde dazu bewegen können, zur Tür zu gehen. Aber je weiter sein Alzheimer fortschritt, desto öfter musste sie sich über ihn wundern. Seit Neuestem trank er zum Beispiel keinen Himbeersaft mehr – der hätte ihm noch nie geschmeckt. Er war gehässiger geworden, in manchen Situationen regelrecht aggressiv. Und er war aktiver als früher, an manchen Tagen geradezu rastlos. Trieb sich oft im Garten herum. Einerseits war das gut, Bewegung konnte ihm nicht schaden. Andererseits wurde er gebrechlicher und hatte Probleme mit der Koordination. Außerdem hatte er sich zweimal unbemerkt vom Acker gemacht und war im Wald verschwunden. Elisabeth hatte ihn zwar in beiden Fällen schnell gefunden. Aber beim zweiten Mal war er gestürzt und von alleine nicht mehr hochgekommen. Sie hatte alle Mühe gehabt, ihn auf die Beine zu kriegen und am Nachhauseweg zu stützen.

Aber so war das nun mal. Sie waren auf sich alleine gestellt.

Über das Jubeln des Kandidaten hinweg, der die Frage offensichtlich korrekt beantwortet hatte, konnte Elisabeth das Schloss klacken hören. Und, wie Friedrich daraufhin die Tür öffnete.

Weil sie jedoch sekundenlang nichts weiter hörte, rief sie: »Wer ist da?«

Er antwortete nicht.

»Friedrich?«

»Was ist?«

»Wer ist da?«

»Wo?«

»Na, an der Tür!«

»Niemand.«

»Aber es hat doch geläutet.«

»Wo?«

Mein Gott! »An der Tür!«

Plötzlich begriff sie. Panik packte sie. Wie eine unsichtbare Hand um ihren Hals.

»Geh von der Tür weg!«, schrie sie und sprang von der Couch hoch. Tausende Nadelspitzen stachen in ihrem Bauch. »Friedrich, hörst du! Weg von der Tür!«

Aber da war es schon zu spät. Ein dumpfer Knall war zu hören. Etwas Schweres war zu Boden gesackt.

»Friedrich!«

Sie hetzte in den Flur. Ihr Herz verkrampfte sich bei dem Anblick, der sich ihr bot. Friedrich lag vor der offenen Tür am Boden.

Um Gottes willen! »Friedrich!«

Sie stürzte sich neben ihm auf den Boden. Ignorierte die Schmerzen. Rüttelte ihn. Aber er antwortete nicht. Rührte sich nicht. Seine Haare waren blutverschmiert.

»Schatz!«, kreischte sie.

Tränen schossen ihr in die Augen. Sie klatschte ihm in sein lebloses Gesicht. Immer und immer wieder. Aber er reagierte nicht.

»Wach auf!«

Sie rüttelte ihn noch kräftiger.

Keine Reaktion.

»Bitte, sag etwas!«

Er blieb stumm.

»Tu mir das nicht an!«

341

Ihre Tränen tropften in sein Gesicht. Sie küsste ihn. Schlug ihn. Schüttelte ihn. Küsste ihn erneut.

Da spürte sie den ersten Schlag auf ihren Hinterkopf. Wuchtig wie ein Güterzug. Sie hörte Knochen brechen. Spürte ihr Hirn gegen die Schädeldecke schießen. Und jede Orientierung verlieren. Das alles innerhalb eines Sekundenbruchteils.

Aus Reflex war sie kurz hochgefahren, kippte jetzt aber vorne über. Schaffte es gerade noch, sich mit ihren Händen abzustützen.

Da traf sie der zweite Schlag. Dieses Mal in den Rücken. Die Arme knickten ihr weg. Sie sackte in sich zusammen. Und hatte in diesem Moment, der nicht länger als ein Wimpernschlag war, eine Erkenntnis: Sie würde niemals wieder aufstehen. Und als sie mit ihrer Wange auf Friedrichs Brustkorb zu liegen gekommen war, hatte dieser Gedanke etwas Tröstliches für sie. Etwas Endgültiges. Wunderschönes. Sie würde den Rest ihres Lebens an Friedrichs Seite verbringen. Dem wärmenden Licht ihres Lebens. Das kälter wurde.

Der dritte, der letzte Schlag traf sie. Aber der hatte keine Bedeutung mehr. So wie überhaupt nichts mehr von Bedeutung war.

Auf Friedrichs Brustkorb liegend, sah Elisabeth, wie Sarah über sie hinweg stieg und den mit Pflastersteinen ausgelegten Weg davonlief. Wie sie am ratternden Windrad vorbei durch das Gartentor schlüpfte. Und sich ein letztes Mal zu ihr umdrehte. Wie sich im fahlen Licht, das aus dem Flur und dem Küchenfenster hinaus in die Nacht fiel, die Andeutung eines Lächelns in ihrem Gesicht abzeichnete.

Dann wurde es dunkel vor Elisabeths Augen. Und immer kälter. Ihre Sinne schwanden. Die letzten Geräusche, die sie wahrnahm, drangen vom Fernseher aus dem Wohnzimmer zu ihr an die Türschwelle. Das Publikum des »Quizrennens« applaudierte euphorisch. Die Schlussmelodie setzte ein. Und die Moderatorin wünschte mit ihrem zuckersüßen lateinamerikanischen Akzent eine Gute Nacht.

Dann wurde es still. Unendlich still.

Frost legte sich über ihre Körper.

Und das Licht gefror.

EPILOG
JAHRE SPÄTER

Im ersten Moment begriff Thomas nicht, weshalb er aufgewacht war. Letzte Albtraumfetzen hingen noch an seinem Verstand fest. Es fiel ihm schwer, einen klaren Gedanken zu fassen. Er atmete schwer. War schweißgebadet. Der Pyjama klebte an ihm.

Er schlug die Decke zur Seite. Musste nach ihr sehen. Weil sie in Gefahr war. Sterben würde, wenn er ihr nicht rechtzeitig zu Hilfe kam.

»Was ist los, Liebling? Warum weinst du denn?«

»Wo … wo ist Anna? Ich muss zu ihr!«

»Bitte nicht schon wieder.«

»Was?«

»Nichts, Liebling.«

»Wo ist sie?«

»In ihrem Zimmer.

»Anna!«

»Bitte hör auf zu schreien.«

»Anna!«

»Bitte sei leise, Anna schläft.«

»Ich muss nach ihr sehen.«

»Bleib hier, Thomas.«

»Nein, ich … ich muss …«

»Es ist mitten in der Nacht. Lass Anna schlafen.«

»Aber ich will doch nur …«

»Sie muss morgen ausgeschlafen sein. Für die Schule.«

»Für die …?«

»Ja. Bitte bleib hier im Bett. Alles ist gut.«

»Und Anna ist sicher in ihrem Zimmer?«

»Ja, ganz sicher. Anna geht es gut.«

DANKE

Anna, ohne dich wäre die Geschichte nicht halb so gut geworden. Meinen weiteren Testleserinnen: Andrea Klementovic, Babette Warmuth, Karoline Eadie, Kerstin Freinschlag und Monika Richter. Meiner Familie, für die Unterstützung in allen Belangen. Thomas Neubauer, für die Beantwortung meiner medizinischen Fragen. Dramaturgisch bedingte Übertreibungen sind alleine auf meinem Mist gewachsen. Christina Bichler, für die Beantwortung meiner juristischen Fragen. Umbenennungen juristischer Ausdrücke habe ich mir erlaubt. Thomas Mraz, für die vielen Tipps und das nette Gespräch über die Schauspielerei. Leonie Schöbel, für ihren Einsatz und ihr Vertrauen in mich. Claudia Senghaas, für deinen Glauben an diese Geschichte. Und allen, die mich in den letzten Jahren unterstützt haben – sei es durch das Kaufen, Lesen und Weiterempfehlen meiner Bücher, das Ermöglichen und Besuchen meiner Lesungen, die Beantwortung meiner vielen Fragen, durch wertvolle Ratschläge und konstruktives Feedback.

Alle Bücher von Roman Klementovic:

Verspielt
ISBN 978-3-8392-1797-9

Immerstill
ISBN 978-3-8392-1888-4

Immerschuld
ISBN 978-3-8392-2066-5

Wenn das Licht gefriert
ISBN 978-3-8392-2770-1

WWW.GMEINER-VERLAG.DE
Wir machen's spannend